KB068376

비커밍 제인 에어

BECOMING JANE EYRE

비커밍 제인에어
BECOMING JANE EYRE

실라 콜러 장편소설 | **이영아** 옮김

알에이치코리아

일러두기

* 원서 본문에 나오는 성서 인용구의 우리말 번역은 대한성서공회에서 발행한 개역개정 판에 따랐다.

B E C O M I N G **J A N E E Y R E**

《 차례 》

맨체스터, 1846년
009

호어스, 1846~1848년
143

런던, 1848~1853년
257

에필로그
305

내 일생의 사랑인
나의 남편, 빌을 위하여

맨체스터
1846년

아버지와 딸

아버지는 종이에 연필로 끼적거리는 사각사각 소리에 잠에서 깨어난다.

어둠 속에서 들려오는 소리. 그는 가만히 드러누운 채 소리에 귀 기울이려 애쓴다. 두 귀가 날개 되어 접었다 폈다 하며 그를 멀리로 데려간다. 드문드문하게라도 들려오는 소리만으로 세상은 그에게 닿는다.

이 넓은 공업도시의 변두리인 바운더리 가街에서 들리는 소리는 그에게 낯설다. 종이에 연필로 뭔가를 쓰는 소리 말고는 간간이 울음소리, 길바닥에 마차 바퀴 굴러가는 소리, 새 지저귀는 소리만 겨우 들릴 뿐이다. 고향의 언덕배기 마을에서 듣던 야생의 소리들이 몹시 그리워진다. 황무지에 나지막이 통곡하듯 울부짖는 바람의 소리, 개 짖는 소리, 까마귀 울음소리, 교회 종소리……

그가 살던 세상의 풍경이 그립다. 굽이진 호젓한 언덕, 새끼에게 줄 먹이를 잡으러 푸른 하늘을 날쌔게 곤두박질하는 독수리의 환희. 지금 그는 날개를 다친 새다. 끝을 알 수 없는 지옥으로 영원히 던져지는 것일까? 단단한 사슬에 묶인 채 형벌의 불길 속에서 살아가야 하는 걸까?(존 밀턴의 대서사시 『실낙원』에서 인용─옮긴이) 어릴 적에 외운 밀턴의 시가 지금 그에게 구구절절 와 닿는다. 어둠 속에서 시의 뜨거운 열기가 느껴진다.

상상 속에서 그는 자신의 목사관 정문을 연다. 계단 위의 창문으로 햇빛이 흘러들어오고, 개들이 돌바닥을 정신없이 할퀴며 달려와 그를 반긴다. 그는 검은색과 흰색 얼룩무늬의 작은 킹찰스스패니얼 종인 응석꾸러기 플로시나 키퍼를 품에 안는다. 그러고는 황야의 풀냄새와 바람 머금은 야생의 향기를 들이마신다. 새장에서 노래하는 카나리아와 에밀리의 거위들마저 그립다. 그는 몇 시간 동안 개들과 함께 걷는다. 날씨가 맑든 궂든 거무스름한 히스(진달래 과의 관목─옮긴이)가 무성한 언덕을 성큼성큼 빨리 걷노라면 피가 돌고 심장이 따뜻해지며 시작詩作의 영감이 샘솟곤 했다. 그의 아이들은 동물이라면 무엇이든 좋아하고 그도 마찬가지지만, 개들은 이곳 도시까지 따라오지 않았다.

이 도시에서는 시간을 알리는 교회 종소리도 들리지 않는다. 그는 그토록 오랜 세월 동안 자신의 낮과 밤을 단속해준, 자신을 저버리지 않은 신의 부름을 알려준 종소리를 상상한다. 그는 천국의 빛으로 가는 길을 반드시 되찾을 것이다.

이른 아침인가? 얼마나 오래 여기 누워 있었을까? 이렇게 꼼짝도 못하고 무력한 몸으로 이 끝없는 어둠 속에 누워 있는 건 정말 견디기 힘들다.

'신이시여, 저를 구해주시옵소서!'

그는 일평생 앞으로 나아가고 위로 올라가는 인생을 살아왔다. 학식, 지위, 명예를 얻었고 주님의 군대에 대한 희망과 확고한 목적, 신념을 잃지 않았으며 죄인과 고통 받는 자들을 구원하리라는 믿음으로 하느님의 말씀을 전했다. 젊은 시절에 버릇없는 프랑스로부터 영국을 지키기 위해 케임브리지 지방 의용군에 군목으로 입대해 복무했다.

하지만 지금, 69년 묵은 그의 뼈는 침상에 못 박혀 있다. 가시 면류관에 꿰찔린 눈은 멀어버렸다. 얼마나 더 오래 늦여름의 적막한 어둠 속에서 무력하게 누운 채로 사각사각 연필 끼적거리는 소리만 듣고 있어야 하는가? 서서히 침식해 들어오는 흐릿

함을 그의 정신이 견뎌낼 수 있을까? 얇은 이불 한 장만이 그의
몸을 덮고 있지만, 뼈가 무지근하다. 공기는 무덥건만 그는 춥
고 또 춥다.

그는 시편 23장의 친숙한 말씀을 암송해본다.

"여호와는 나의 목자시니 내게 부족함이 없으리로다. ……
내가 사망의 음침한 골짜기로 다닐지라도 해를 두려워하지 않
을 것은 주께서 나와 함께 하심이라. 주의 지팡이와 막대기가
나를 안위하시나이다."

수술대의 칼 아래 말짱한 정신으로 누워서 그랬던 것처럼 말
씀을 되뇐다.

그들은 그 무자비한 짓을 자행하면서 어떤 강철 기구 같은 것
으로 그의 눈을 확 벌려놓았다. 그가 몸부림이라도 칠까 봐 두
명이 그의 몸을 꽉 붙들었다. 하지만 그는 신의 손에 몸을 맡긴
채 죽은 듯이 가만히 누워서는 그 예민한 곳에서 칼이 움직여대
는 소리, 방 안에서 들려오는 모든 소리, 그리고 구석에 조용히
앉아서 그에게 위안을 주는 존재, 샬럿을 고통스레 의식하고 있
었다.

반듯하고 하얀 침대에 아버지가 누워 있다. 샬럿은 대리석 벽난로 선반 가까이에 낮은 오토만(등받이나 팔걸이가 없는 긴 의자—옮긴이)을 가져다놓고 아버지 곁에 앉아 이른 아침의 어스름과 정적 속에서 글을 쓰고 있다. 그들은 편하게 지낼 만한 하숙집을 찾았다. 아버지의 방은 그녀의 방으로 통하고, 그녀가 물러나 쉴 수 있는 작은 거실도 있다. 3층의 한 방에 묵고 있는, 이십대 후반에서 삼십대 초반의 붉은 머리 간호사는 성가실 만큼 간섭이 심하기는 하지만 유능하다. 샬럿은 그녀가 쿵쿵거리며 계단을 내려오는 소리를 듣는다. 여러 가지 일을 거들어준 의사 윌슨 박사는 하숙집을 찾는 데에도 도움을 주었다. 그들이 묵는 집은 넓지는 않아도 안락하다. 샬럿은 집필용 책상을 무릎에 올려놓고는 작은 양초 한 자루를 옆에 두어 종이를 비춘다.

벽에 놓인 옷장이 괴물처럼 불길하게 어른거린다. 오른쪽에는 커튼 친 창문들이 거리로 향해 있고, 창들 사이에는 흐릿한 거울이 서 있다. 윌슨 박사는 햇빛을 차단하고 완벽한 고요를 유지하라고 당부했다. 그녀는 낯선 공간, 탁한 공기, 무더운 밤, 그리고 자신의 곁에서 고통스러워하고 있는 한 존재에 몸서리를 친다.

옆방에서 간호사가 부산스럽게 움직이며 물건들을 바닥에 떨어뜨리는 소리가 들려온다. 짙은 감색 제복에 둥그런 흰색 모자

의 리본을 등으로 늘어뜨린 그 입주 간호사는 검은색 스타킹이
서로 스치는 소리에 한숨소리까지 내면서 방으로 들어온다. 이
렇게 서로 부대껴 살면서 샬럿은 딱딱한 표정의 덩치 큰 그녀를
싫어하게 되었다.

간호사의 인사에 샬럿은 고개를 끄덕인다. 그녀는 간호사의
침범을 무시하려고 애쓴다. 아버지와 단둘이 있으면서 아버지
의 숨소리를 듣는 게 더 좋다. 크지만 가난한 교구教區, 그 자신
의 큰 고녀, 그리고 외아들에 대한 염려와 그리스도인으로서의
의무에 사로잡힌 냉철하고 독실한 아버지와 이렇게 단둘이 있
어본 적이 없다.

간호사가 샬럿에게 오늘 아침엔 기분이 어떠냐고 묻는다. 샬
럿은 이가 아파서 잠을 설쳤다고 대답한다. 간호사는 새된 목소
리를 시끄럽게 내면서 샬럿에게 밖으로 나가 좀 걸어보라고 권
한다. 샬럿은 고개를 젓는다. 이 흉물스럽고 숨 막히는 거리는
도무지 걷고 싶지 않다.

여태껏 얼마나 많이 걸었던가! 어린 시절에는 갑갑할 정도로
비좁은 집과 엄한 어른들로부터 벗어나 자유와 환희를 느끼기
위해 황무지를 쏘다녔다. 산책은 꼭 필요한 일과였고, 운동이자
위안거리였으며, 덤으로 아름다운 자연 경관을 볼 수 있는 기회
였다. 샬럿은 녹초가 될 때까지 걷곤 했다.

하지만 여기서는 간호사가 부산 떨며 들어오기 전 이른 아침에 아버지와 단둘이 있으면서 상상의 세계로 달아나는 순간이 더 좋다. 눈으로는 아버지를 지켜보면서 마음은 어디든 원하는 곳으로 갈 수 있기 때문이다.

샬럿은 종이에 글을 썼다가 선을 그어 지워버리고는 고개를 든다. 그러고는 눈앞의 광경을 바라본다. 모든 것들이 아주 정적으로 보이고, 이상하게도 지금 이 어두운 방에서 눈이 더 밝아진 것 같다. 이렇듯 선명하게 볼 수 있는 것은 아버지와 단둘이 있으면서 아버지의 눈과 손, 심지어는 목소리, 아버지의 생명줄까지 되어주고 있기 때문이다.

어느덧 샬럿은 회상에 잠긴다. 상상과 기억의 경계가 흐릿하다. 그녀는 떠오르는 것들을 빨아들여 그 이미지들을 이 어둑하고 고요한 공간으로 끌어온다. 알뿌리 모양의 물병, 녹색 침대보, 창턱에 놓인 화분……. 방 안의 작은 물건 하나하나가 의미를 띤 듯이 보인다. 그녀는 이행移行의 순간에서 자신의 미래를 보여주는 징후들을 찾아본다.

샬럿은 기꺼운 마음으로 혼자 아버지를 모시고 맨체스터에 오긴 했지만 여동생 에밀리와 앤, 남동생 브랜웰을 집에 두고 온 것이 내심 걸린다. 어떻게들 지내고 있을까? 에밀리와 앤은 새로운 작품을 시작할 시간과 용기를 되찾았을까? 샬럿이 이곳으로 오기 전에 네 남매는 여름내 책상을 정원 벚나무 그늘 아래로 옮겨다 놓고 글을 썼다. 브랜웰은 또 무슨 못된 짓을 저지르고 있을까? 브랜웰이 서재에 들어앉아 빈 술병을 앞에 놓고 웅크린 채로, 어디든 자신을 졸졸 따라다니는 '고통'이라는 여인, '자기 아내'라는 여인에 대해 헛소리를 해대는 모습이 눈에 선하다.

어릴 적 새벽에 아버지가 권총을 쏠 때마다 샬럿이 그랬던 것처럼, 아버지의 몸이 충격을 받은 듯 부르르 떨린다.

"아버지, 왜요? 왜 그러세요?"

샬럿은 심하게 뛰는 아버지의 심장을 진정시키기 위해 손을 뻗는다. 이렇게 아버지를 쳐다보고, 은은한 빛 속에서 아버지를 마음껏 어루만질 수 있었던 적이 단 한 번도 없다. 아버지가 손을 뻗어 그녀를 찾는다. 오랜 세월이 지났건만 아버지는 샬럿에 대해, 샬럿은 아버지에 대해 무엇을 알고 있을까? 말을 할 수 있다면 아버지는 샬럿에게 어떤 비밀을 알려줄까? 샬럿이 듣고 후회할 이야기는 아닐까? 아버지는 자신의 결혼, 부모, 신에 대해 뭐라고 말할까? 아버지가 어머니와 결혼한 것은 사랑 때문이었을까? 아니면 어머니의 우월한 사회적 지위, 1년에 50파운드라는 지참금 때문이었을까? 아니면 어머니의 종교 때문이었을까? 교회 일을 도와줄 여자가 필요했을까? 어머니를 성공의 발판으로 삼으려 했을까? 아버지에게 종교는 그저 출세 수단에 불과했을까?

아니나 다를까, 아버지는 그저 물만 찾는다. 아버지는 항상 갈증을 느끼는 사람이다. 지역 금주협회의 회장을 맡고 있지만, 과연 아버지가 의료 목적 외에 알코올을 전혀 사용하지 않는지 샬럿은 확신할 수 없다.

그녀는 물을 따르고는 마치 아버지의 옆자리에 묶인 양 다시 자리에 앉아 연필과 정사각형 공책을 집어 든다.

새해 첫날을 보내고 슬픔을 안은 채 브뤼셀에서 돌아온 샬럿은 아버지의 무기력한 모습을 보고는 소스라치게 놀랐다. 자신이 그토록 좋아하는 밀턴처럼 시력을 잃어버린 아버지는 눈이 내리면 눈에 반사된 빛 때문에 눈이 상할까 봐 밖으로 나가지도 못했다. 그런 아버지의 모습이 안타깝기도 하고 가엽기도 하고 두렵기도 했던 샬럿은 아버지의 손을 잡아끌며 좁은 거리들을 지나 교구민들을 찾아가 아버지를 대신하여 보고 읽고 썼다. 그렇게 다니면서 자신에게는 무척이나 눈에 익은 들판, 하늘, 눈의 풍경을 아버지에게 전해주었다. 아버지는 딸의 사랑을 한껏 느끼며 봉양을 받고, 고마움에 겨워서 그 어느 때보다 딸을 배려해주었다.

샬럿은 저녁에 아버지와 한자리에 있을 때마다 수술로 시력을 호전시킬 수 있는 가능성에 대해 얘기했다. 그해 겨울과 이듬해 봄 내내 샬럿은 아버지에게 수술을 받으라고 설득했지만, 아버지는 매번 이런저런 핑계를 대며 머뭇거렸다. 그러나 딸의 끈질긴 설득을 못 이긴 아버지는 결국 수술을 받기로 결정했다. 현명한 일이었을까? 그녀가 이기적이었을까, 아니면 그저 해야 할 도리를 했을 뿐일까? 분풀이를 하고 싶은 마음도 있었을까?

샬럿은 수술 장면을 되새겨본다. 어릴 적 막내 여동생의 요람 머리맡에 서서 보았던 불타오르는 천사들처럼, 흰옷 입은 두 남자가 아버지의 양옆에 서서 몸싸움을 대비하며 아버지의 두 어깨를 꾹 눌러 꼼짝 못하게 해놓는다. 번득이는 수술용 메스. 의

사가 각막을 자르자, 샬럿은 무서우면서도 그 광경에 홀려 눈을 돌리지도 못하고 숨을 죽인다. 그녀는 고통으로 뒤틀리는 아버지의 얼굴을 보고 아버지의 입술에서 새어나오는 비명을 듣는다. 나중에 샬럿은 조수들 중 한 명의 부축을 받고 수술실에서 나간다.

지금 샬럿은 입이 바짝 마르고, 입술이 트고, 창자가 막혀버렸다. 뺨을 만지자 살갗이 벗겨지는 것이 느껴진다. 앞으로 샬럿의 가족은 어떻게 될까? 이제 볕 들 날이 올까? 집세 없는 집, 목사 봉급을 받는 아버지가 없다면 그들은 어떻게 살아가야 할까? 아버지가 돈을 버는 덕분에 그들은 먹고 자고 입는다. 그들은 전적으로 아버지에게 의존하고 있다. 아버지가 없다면 또다시 뿔뿔이 흩어져, 그토록 싫어하고 지독한 실패를 맛본 직업으로 돈벌이를 해야 하리라. 학교 교사나 가정교사로, 브랜웰의 경우엔 철도 사무원으로. 분교구分敎區 목사직은 목사가 살아 있는 동안만 유지되니, 아버지가 사망하면 그들은 생계, 집, 사랑하는 목사관을 모두 잃고 말 것이다.

그녀의 첫 작품 『교수』는 출판을 거절당했는데, 새 작품으로 가족 모두를 가난에서 구해낼 수 있을까? 샬럿은 그 작품에 장점이 있다고 믿는다. 원고지 한 장 한 장에 자신의 영혼이 새겨져 있다. 모든 등장인물에 그녀 자신이 스며들어 있다. 브랜웰이 지어낸 이야기들에 등장하는 형제들이 종종 그랬던 것처럼, 사이가 틀어진 두 형제가 주인공이다. 지금도 주인공들의 목소리가 들리고, 얼굴이 아른거리고, 모습이 느껴진다. 사악한 형의 아내, 에드워드 크림스워스 부인이 명랑한 혀짤배기소리로 "늦었어요."라고 말하는 소리가 들린다. 에드워드의 채찍이 획 하는 소리가 들린다. 꼬마 빅터 크림스워스는 브랜웰처럼 분노에 이글거리는 두 눈을 갖고 있다.

이 어둑한 방의 정적 속에서 지금의 이야기는 어떻게 쓸까?

양초의 어렴풋한 불빛을 받으며 샬럿은 아버지에게 시편 119장 105절을 읽어준다.

"주의 말씀은 내 발에 등이요, 내 길에 빛이니이다."

샬럿은 붕대에 감긴 아버지의 낯익은 얼굴을 가만히 바라본다. 높은 광대뼈, 그녀가 물려받은 오똑한 코. 그녀 생각에 이런 코는 여자보다 남자에게 더 어울릴 듯하다. 입꼬리가 처진 굳은 입, 툭 튀어나온 딱딱한 턱, 뺨에 띄엄띄엄 이어져 있는 가는 핏줄까지 물끄러미 살핀다. 딸이 들려준 시편 구절에 아버지는 위로를 얻고 기운을 차리는 듯하다. 앞을 볼 수는 없어도 그의 얼굴에 미소가 감돌고 이마에 환희가 어린다.

그녀는 아버지에게 의외의 짓궂은 분위기를 더해주는 뻣뻣한 백발을 이마에서 빗어 넘기고는 긴 타원형 얼굴을 꼼꼼히 살펴

본다. 그 순간, 모종의 도취감이 조심스레 들면서 자각의 속삭임이 느껴진다. 쇠약해진 아버지에게 도움이 될 수 있는 지금, 그 어느 때보다 아버지를 사랑한다. 그녀는 칼로 베인 아버지의 왼쪽 눈에서 흘러내리는 눈물을 손가락 끝으로 닦아내고, 가운뎃손가락으로 그의 강인한 얼굴선을 더듬어본다. 공책에 아버지의 얼굴을 대강 스케치한다.

아버지는 거미줄처럼 얼굴을 가볍게 스치는 작은 손가락들을 느낀다. 코를 킁킁거려 손가락들과 몸의 향을 맡는다. 아내인 마리아가 죽은 후로 이렇게 자신을 만져주는 이는 아무도 없었다. 금욕의 고통도 거의 잊어버렸다. 아버지는 앞을 보려고 필사적으로 애쓰며 묻는다.

"누구요?"

아버지는 마리아의 아담하고 단정한 모습, 그녀의 살에서 풍기던 버베나 향을 떠올린다. 꿈속에서 "마리아, 당신이오?" 하며 손을 뻗어 마리아의 치마와 가냘픈 허리를 잡으려 하자, 그녀는 "엉큼한 양반!" 하며 그의 손을 찰싹 때린다.

생의 끝자락에서 고통으로부터의 해방을 구걸하는 그의 아내가 보인다. 평생을 양식 있고 현명하고 독실하고 겸손하게 살았던 여인이다. 최후에는 그녀의 신성한 인생을 시기한 유혹자가 찾아와 그녀의 마음을 휘저어놓았다. 긴 머리칼을 어깨 주위로 헝클어뜨리고 일어나 앉아, 병으로 상해 초췌한 잿빛 얼굴로 쌀쌀맞게 구는 그녀가 보인다. 구겨진 가운 차림의 그녀가 그에게 손을 뻗으며 도와달라고 애원한다.

"당신의 그 빌어먹을 신은 어디 있어요? 대체 어디 있느냐고요?"

마리아는 통증이 자신을 갉아먹고 있는 배에 두 손을 얹고 그에게 비명을 질러댄다.

장장 일곱 달 동안 서서히 죽어가던 마리아의 심정이 어땠을지 지금 처음으로 그는 이해한다. 그땐 그녀에게 신에 대한 불경은 용서받을 수 없는 죄악이라고 경고하며 다가올 최후의 심판을 생각하라고 다그치는 것밖에 해줄 수 있는 일이 없었다.

"도와줘요! 당신이 무슨 말을 해봐야 소용없다니까요."

마리아의 비명 소리가 아직도 귀에 선하다. 그는 옆에 앉아 연필로 끼적거리고 있는 딸에게 똑같은 말을 외치고 싶다.

아이들을 품에 안으면 마리아에게 위로가 될 거라는 생각에, 처음엔 가장 독실하고 영리해서 그가 아끼는 딸아이(아내의 이름을 딴 첫째아이)를, 그다음엔 마리아가 아끼는 외아들을 방으로 데려갔을 때 그녀는 모욕당한 듯 비명을 질러댔다. 늙은 하녀만이 늘 하던 대로 그녀를 진정시켰다. 그녀는 콘월에서처럼 하녀가 난로 닦는 모습을 지켜보거나, 하녀에게 머리를 부드럽게 빗겨달라고 하거나, 다리를 얹어놓을 베개를 가져오라고 시켰다. 무엇보다 하녀는 그녀가 점점 더 많은 양을 원하는 아편을 가져다주었다.

"줘! 빨리 줘!"

마리아는 아편으로 손을 뻗으며 말하곤 했다.

"이게 당신의 신보다 더 도움이 된다고요!"

이른 저녁, 간호사가 식사하러 아래층으로 내려가자 샬럿은 아버지가 부르면 들을 수 있게 문을 열어놓고는 누워서 쉰다. 약한 불빛 속에 꼼짝 없이 누워 있는 아버지를 생각한다. 집에서 짐짝 같은 브랜웰과 함께 지내고 있는 에밀리와 앤도 생각난다. 브랜웰은 술이나 마약에 취해 인사불성이 되어 있거나 발작을 일으키고 있으리라.

샬럿은 주머니에 넣어 갖고 다니는 출판 거절 편지를 꺼내어 쌀쌀맞은 글을 다시 읽어본다. 두 여동생의 처녀작과 함께 그녀의 소설 『교수』는 그들이 성별을 숨기기 위해 선택한 가명들, 커러 벨과 엘리스 벨, 액턴 벨이라는 이름 앞으로 되돌아왔다. 세 자매의 처녀작이 모두 거절당한 데 대해 두 여동생의 작품은 얼마나 책임이 있을까? 샬럿은 에밀리의 소설이 너무 칙칙한 것은 아닌가 싶었으나, 에밀리는 그녀의 충고에 귀 기울이지 않았다. 앤의 소설은 진실하긴 하지만 편집자를 매혹할 만한 힘이 부족하다.

아버지의 수술 당일 도착한 출판 거절 편지에 샬럿은 충격을 받았다. 그녀 자신도 놀랄 만큼 격렬하고 무서운 감정이 일었다. 죽어버릴까 싶은 생각까지 들었지만, 호된 시련을 겪고 있는 아버지를 곁에서 지켜보자니 그런 상념은 멀리 달아나버렸다.

아버지는 툭하면 자기 내면에서 시끄럽게 솟아오르는 소리를 애써서 가라앉힌다. 딸의 가볍고 빠른 발걸음 소리, 딸의 부드러운 목소리, 딸의 상냥한 손길은 께느른한 두 다리로 숏숏 스타킹 스치는 소리를 내는 요란한 간호사의 발걸음 소리, 명랑함을 억지로 쥐어짠 듯한 간호사의 목소리와는 확연히 다르다. 딸과 간호사가 들어오고 나가는 소리가 들린다. 딸이 몸을 구부려 그

의 가슴을 가볍게 스치면서 이불과 담요를 똑바로 매만져주자,
그는 딸의 따뜻한 숨결에 흠뻑 취한 나머지 이렇게 말하고 싶어
진다.

'내 옆에 누워라. 네 젊음으로 날 데워주렴. 말라버린 내 늙은
살과 뼈를 따뜻하게 데워주려무나.'

아버지가 잠결에 딸의 이름을 부르짖는다.

"샬럿! 샬럿! 샬럿!"

샬럿은 흰 가운을 걸치고는 아버지의 곁으로 달려간다.

아버지의 얼굴에 이파리들이 서로 엉킨 듯한 레이스 모양의
그림자가 드리워져 있고, 그의 머리맡에는 양초가 촛농을 뚝뚝
떨어뜨리며 타들어가고 있다. 그는 창백하고 차가워 보인다. 샬
럿은 아버지에게 드리워진 죽음의 그림자를 느낀다. 그는 마치
기사 석상처럼 가슴 위로 두 손을 깍지 낀 채 드러누워 있다. 샬
럿은 아버지가 그녀의 이름을 부르짖다가 죽었을까 봐 두려워
진다. 다가가보니, 아버지의 숨소리도 들리지 않고 깜박이는 양
초의 불빛도 보이지 않는다.

젊은 처녀를 옆에 눕혀야만 몸이 따뜻해지는 늙은 왕에 대한

성서 이야기가 떠오른 샬럿은 아버지의 곁에 살며시 누워 그의 머리 위로 한 팔을 뻗는다. 그러고는 아버지의 품으로 몸을 구부려 조용한 숨소리에 귀를 기울인다.

스승

그날 밤, 샬럿은 스승인 무슈 H의 꿈을 꾼다. 그녀는 흰색 소파에 앉아 무슈 H의 아내와 얘기를 나누면서도 그를 무척이나 생생하게 떠올린다. 무슈 H는 장기 여행을 떠났다. 샬럿은 무슈 H의 검게 숱진 머리칼과 검은 눈동자, 건장한 몸, 떡 벌어진 어깨, 튼튼한 다리를 머릿속에 그려본다. 그는 굳이 고상해 보이려고 애쓰지 않으며 헐렁한 낡은 외투를 편하게 입고 다닌다. 오랫동안 집을 비운 남편에게 토라진 듯한 파리한 얼굴의 마담 H에게 샬럿이 말한다.

"남편을 대신할 사랑은 찾을 수 있어도 아버지는 그럴 수 없죠."

문간에 서서 쓸쓸하게 몸을 구부리고 있는 자그마하고 연약한 아이가 보인다. 아이는 샬럿과 무척이나 닮았다. 샬럿은 옛 슬픔이 한꺼번에 밀려들어 눈물을 흘리다가 흠칫 깨어난다.

샬럿은 그리움, 욕망, 질투로 넋이 반은 나간 채, 학교로 돌아가기 싫어 브뤼셀의 축축한 거리를 많이도 걸어다녔다. 시커먼 속내에서 달아나기 위해 비 내리는 어둠 속을 어슬렁거렸다. 그녀에게 아버지와 남동생의 자리를 대신해준 스승이자 사랑하는 친구를 잊기 위해 그토록 걷고 또 걸었다. 처음으로 그녀의 재능을 발견하고 그녀의 예술을 격려해준 사람, 그녀의 흑고니. 그의 편지를 얼마나 기다렸던가!

샬럿과 에밀리가 브뤼셀에 도착한 그날 저녁, 제일 처음 만난 사람은 무슈 H의 아내였다.

자매는 어쩌다 가방을 잃어버려서 가로등 켜진 축축하고 어둑한 자갈길을 헤매 다녔다. 그러다가 마침내 'Pensionnat de Mademoiselles(여자기숙학교)'라는 이름이 새겨진 놋쇠 명판이 붙어 있는 녹색 문 앞에 도착했다. 문을 열어준 작은 몸집의 꾸부정한 여인이 검은색과 흰색의 대리석이 깔린 밝은 거실로 자매를 안내했다. 그곳에 들어서자마자 그림처럼 아름다운 가정을 마주한 두 자매는 놀랍고도 즐거웠다. 마담 H는 자신의 어머니인 마담 파랑과 함께 앉아 있었고, 그 가까이에 고풍스런 드레스 차림으로 앉아 있는 여인은 마담 파랑의 여동생이었다. 부엌에서 빵을 굽고 스튜를 보글보글 끓이는 맛있는 향기가 풍겨왔다.

샬럿과 에밀리는 고향집에 있는 낡은 검은색 말털 소파와는 딴판인 우아한 흰색 소파에 나란히 앉았다. 땅딸한 녹색 스토브가 방을 데우고 있었다. 금장 액자에 끼워진 그림들, 벽난로 선반 위의 장식물들, 접이문들, 그리고 접이문 너머 커튼이 아름답게 쳐진 거대한 창과 피아노가 있는 작은 응접실은 그야말로 감탄스러웠다.

샬럿과 에밀리가 애플타르트에 이어 브라운소스를 얹은 묵직하면서도 맛있는 뭔가를 신선한 빵과 함께 먹는 동안 마담 파랑은 흥미진진한 이야기를 들려주었다. 아주 푸른 눈과 작은 입을 가진 그녀는 젊은 시절엔 자기가 미인이었다고 우겼다. 그녀는 솜씨 좋은 이야기꾼이었고 새로운 청취자들이 생긴 것이 기쁜 모양이었다. 샬럿은 이야기의 진위는 확신하지 못했지만 이내 그 이야기 속으로 빨려 들어갔다.

마담 파랑은 프랑스혁명 때 무일푼으로 브뤼셀로 도망쳐 온

왕의 동생, 다르투아 백작과 사랑에 빠졌다. 나이 지긋한 마담 파랑은 눈을 반짝거리며 목소리를 떨면서 자기 남편이 기품 있는 남자였다고 말했다. 머리분을 바르고, 반바지를 입고, 그녀를 부를 때 'vous(당신)'라는 경칭을 썼다고 했다. 용감하고 자비로운 수녀였던 마담 파랑의 여동생은 어느 날 한 친구와 함께 남장을 하고 수녀원을 떠났다. 그녀 역시 브뤼셀에 정착했고, 마담 파랑과 함께 이 여자기숙학교를 설립했다. 그리고 지금은 마담 파랑의 딸인 마담 H가 학교를 운영하고 있었다. 이 대목에서 노부인은 자신의 딸을 지그시 바라보며 뿌듯한 듯이 미소 지었다.

샬럿은 흑단빛 머리칼의 품위 있는 마담 H도 감탄의 눈으로 바라보았다. 30대 후반인 그녀는 레이스 칼라를 빳빳하게 편 채 꼿꼿이 앉아 있었다. 이 사근사근한 여인들과 함께 있으니 얼마나 마음이 놓이던지!

하지만 무슈 H는 그녀들과 전혀 딴판으로, 무례하고 다혈질이었다. 그의 갑작스런 입장과 퇴장은 조화롭고 화목한 가정 분위기를 깨는 유일한 불협화음이었다. 이사벨 가에 있는 그의 집. 검은색과 흰색 타일로 바닥이 장식된 홀 안으로 그는 시가 연기를 자욱하게 풍기며 들어왔다. 뭔가를 잃어버렸는지 허둥지둥 서둘렀고, 기분이 안 좋아 보였다. 샬럿은 책상 뚜껑을 열고 안을 샅샅이 뒤지며 나지막이 중얼중얼 지껄여대는 그를 지켜보았다. 그런 그에게 왠지 친근감이 들었다. 홀에 들어와서 찌무룩한 얼굴로 책상을 마구 뒤적거리는 어떤 남자의 캐리커처처럼 느껴졌다. 그녀가 읽은 책들 중에 그런 장면이 있었던가?

마담 H는 응접실의 열린 유리문으로 그를 불렀다.

"콩스탕탱! 여보, 와서 새 학생들 좀 만나봐요."

그는 고개를 들어 아내에게 엄한 눈길을 던지고는 고상한 거실로 성마르게 성큼성큼 걸어 들어왔다.

작은 키, 홀쭉한 몸에 안경을 낀 그는 다른 일에 정신이 팔린 듯 보였다. 짧게 바짝 깎은 검은 머리칼, 넓찍하고 혈색 나쁜 이마, 바르르 떨리는 큰 콧구멍을 본 샬럿은 그가 딱정벌레처럼 생겼다는 결론을 내렸다. 그녀 눈에는 그가 어린아이같이 떼쓰고 있는 것처럼 보였다.

부부 모두 아직 40대는 아니었지만 남편보다 약간 연상으로 보이는 마담 H에게 샬럿은 연민을 느꼈다. 에밀리와 나란히 앉아 있는 샬럿의 손 위로 무슈 H가 잠깐 허리를 굽혔을 때 생각했다.

'참 불쾌하고 못생긴 남자구나.'

그는 새 학생들에게 인사말을 건넬 여유도 없었다. 인사는커

녕 특히 샬럿에게 인상을 찌푸렸고, 첫눈에 자매가 마음에 안
드는 모양이었다.

마담 H는 자매에게 기숙사를 보여주려고 자리에서 일어났다.
방들을 지나가면서 샬럿은 큰 학교 건물들에 감탄했다. 밝게 타
오르는 등불을 발밑으로 둔 벽감 안의 성모 마리아 상 앞에 잠
깐 멈춰 서서 그녀는 자기도 모르게 기도를 올리고 있었다.

'이곳에서 본분을 다하며 지낼 수 있는 용기를 주소서!'

샬럿과 에밀리는 기숙사 침실에 기다랗게 이어진 침대들 중
끝자리를 배정받았다. 고맙게도 침대들 사이의 세면대와 침대
주위의 여유 공간을 개인적으로 쓸 수 있었다. 얼룩 하나 없이
새하얀 커튼이 미풍에 부풀어 올랐다.

이튿날 아침 창밖을 내다보니 낭만적인 정원, 도심 속의 한적
한 안식처가 눈에 들어왔다. 샬럿은 그 무엇보다 정원을 사랑하
게 되었다. 새들이 지저귀는 이른 봄날 아침이나 조용한 밤에
높은 벽들, 한 줄로 늘어선 배나무들, 솜털 같은 가냘픈 이파리
가 가벼운 미풍에 바르르 떨리는 널따란 아카시아나무 아래로
산책하는 것이 좋았다. 그럴 때면 어린 시절 네 남매에게 상상

의 나라였던 '앵그리아'가 생각났고, 예전의 브랜웰이 그리워졌다. 눈부시게 피어난 꽃들, 자갈길, 덩굴나무 속의 낭만적인 정자가 어우러진 아늑한 정원을 브랜웰과 함께 거닐고 싶었다.

2월의 첫 며칠을 보내면서 샬럿은 마담 H의 체계적이면서도 관대한 학교 운영에 감탄했다. 샬럿의 옛 시절과는 달리, 이곳의 소녀들은 굶주리거나 과로하거나 축축한 구두를 신은 채 교회까지 걸어가지 않아도 되었다. 수업 시간은 아홉 시부터 열두 시까지, 그리고 오후 두 시부터 네 시까지로 적당했다. 첫날 저녁 그들이 맛보았던 최고의 음식은 이후로도 변함없이 제공되었다. 이곳에서는 타버린 오트밀죽 같은 것은 먹을 일이 없었다. 정원에서 맑은 공기를 쐬며 운동도 할 수 있었다. 건전한 신체에 건전한 정신이 깃든다 했던가.

아니, 처음엔 그렇게 좋을 줄만 알았다.

다음 날 아침 널찍하고 햇볕 잘 드는 교실에서 샬럿은 무슈 H를 보았다. 그는 아내의 학교와 옆의 남학교에서 문학을 가르쳤다. 교실로 들어오는 순간 그는 딴사람으로 바뀌어버리는 것 같았다. 검은색 딱정벌레는 가장 귀한 새, 흑고니가 되어 있었다.

그는 전과 달리 활달한 분위기를 풍기며 두 날개를 활짝 펴고 잽싸게 날아 들어왔다. 급한 볼일이 있는 사람처럼 눈부신 햇살 속에 두 손을 힘차게 휘저으며 벌써부터 빠르게 말하고 있었다. 그가 강단에 오르자 그의 떡 벌어진 가슴, 강한 두 다리, 미소 띤 입, 강렬한 검은 눈이 그녀의 눈길을 사로잡았다.

무슈 H는 학생들에게 똑바로 앉아 자신의 말을 경청하라고 명령했다.

"들어봐요!"

이렇게 근엄하게 이르고는 교실을 험악하게 훑어보며, 주의를 기울이지 않는 학생이 있나 살폈다. 이 어린 여성들의 감탄 어린 표정을 즐기고 있는 것이 분명했다. 여학생들이 완벽히 집중하자, 그는 『페드르』(17세기 프랑스의 대표적 극작가인 장 라신의 5막 운문 비극—옮긴이)를 섬세하고도 깊이 울리는 목소리로 낭독했다. 그가 감정과 표정을 듬뿍 담아 읊는 이폴리트의 대사에, 프랑스어를 잘하지 못하는 샬럿 또한 정신없이 빠져들어서 자신이 지금 어디에 있는지조차 망각했다. 그가 숨을 가쁘게 쉬며 멈추고는 경이로워 말을 잃은 학생들을 둘러볼 때, 그녀는 생각했다.

'난 사랑에 빠졌어. 이 언어, 이 관능적인 말과 사랑에 빠졌어.'

샬럿은 자신이 읽은 내용을 대담하고 유창하게 파헤치며 분석해가는 무슈 H의 이야기에 귀를 기울였다. 언어를 완벽하게 이해하지는 못해도 이 남자의 독창적인 정신, 어려운 글을 다층적 의미로 깊이 이해하는 능력이 곧바로 샬럿에게 전해졌다. 몸과 마음을 다해 열정을 쏟아 부으며 어린 여성들의 눈길과 정신을 사로잡는 그를 지켜보던 그녀는 갑자기 입이 벌어지면서 호흡이 얕아지는 것을 느꼈다.

그러고 나서 무슈 H는 학생들에게 검사한 숙제를 돌려주었고, 학생들은 강단으로 나가 자신의 숙제를 받아 왔다. 샬럿은 그의 표정이 계속 변하는 것은 보았다. 어떤 학생에게는 입술이나 콧구멍을 움직여 주눅 들게 하고, 어떤 학생에게는 한쪽 눈썹을 치켜세워 기분 좋게 만들었다. 어떤 학생은 훌쩍이고, 어떤 학생은 밝은 표정으로 활짝 웃었다. 무슈 H는 특히 마음에 드는 학생에게는 작은 선물을 주곤 했다. 마치 마술사가 모자에서 놀라운 것들을 꺼내듯이, 수많은 주머니들 중 하나에서 봉봉 사탕 같은 달콤한 것들을 꺼내어 선물했다.

샬럿은 이 남자의 마음에 들고 싶고, 그의 표정이 변하는 걸 보고 싶고, 그의 눈을 즐겁게 해주고 싶었다. 그의 달콤한 선물을 받고 싶었다.

희미한 빛

샬럿의 곁에서 아버지가 살짝 뒤척인다. 그는 어둠 속을 손으로 더듬고, 그녀는 그의 방황하는 손을 붙잡아 그녀의 두 손 안에 가둔다.

"뭐라도 좀 읽어주렴, 얘야. 넌 내 눈이잖니. 주님이 네게 축복을 내려주시고 상을 주실 게다."

예전의 독선적인 말투, 경건한 기독교적 선고에 언뜻 묻어나던 짜증, 천벌에 대한 위협은 이제 아버지에게 남아 있지 않다.

눈이 멀고 말이 없어진 아버지의 곁에서 샬럿은 연필을 집어 든다. 그리고 처음으로 자신의 목소리로 써본다. 삶과 문학과 사랑에 대해 경험한 것들을 쓰고, 장황한 서론으로 독자의 시간을 낭비하거나 인내심을 시험할 것 없이 이야기의 한가운데로 곧장 뛰어든다.

갈등을 겪는 어느 형제를 등장시킨 『교수』에서처럼, 혹은 에밀리가 소설의 서두에서 했던 것처럼 남성 등장인물 뒤에 숨지 않을 것이다. 크림스워스도 없고, 로크우드(에밀리 브론테의 소설 『폭풍의 언덕』의 화자─옮긴이)도 없다. 초기 작품들의 비장하면서도 낭만적인 바이런식 주인공들도 등장시키지 않을 것이다. 웰즐리(아서 웰즐리 웰링턴을 말함. 영국의 군인이자 정치가로, 워털루전쟁에서 나폴레옹을 정복한 인물. 샬럿은 웰즐리를 초기작의 등장인물로 삼았음─옮긴이)도, 타운센드(샬럿의 중편소설 「스탠클리프의 호텔」의 화자인 찰스 타운센드─옮긴이)도, 그리고 전쟁·피·곤경·죽음·재앙을 이야기하는 대장 진니 브래니(브론테 남매는 브랜웰이 선물로 받은 장난감 병정들에 각각 이름을 붙이고 자신들을 그것들의 진니, 즉 『천일야화』에 나오는 정령으로 칭했는데 샬럿은 진니 탈리, 에밀리는 진니 에미, 앤은 진니 애니, 브랜웰은 대장 진니 브래니였음─옮긴이)도 없을 것이다.

샬럿은 로빈슨 크루소의 직접적이고도 매력적인 화법을 떠올린다. 무인도에 버려진 로빈슨 크루소가 된 기분으로 자신의 모험담을 들려주듯이 쓰는 것이다. 그녀는 공책 맨 위에 '자서전'이라고 쓴다. 사람들이 이 이야기를 사실로 받아들이게 만들 생각이고, 정말 그렇게 될 것이다.

출판 거절 편지에서 편집자들은 평범하지 않은 사건을 요구했다. 그렇다면 그런 사건을 하나, 아니 많이 던져주리라. 불가사의한 일들이 터질 것이다. 길고 번거로운 설명 없이 곧장 이야기를 전개할 것이다. 단, 투정은 절대 금지. 불의와 오만, 종교적 협잡꾼들, 착취자들에 대한 분노를 담으리라.

그녀는 이 어둑한 방, 그녀의 어두운 마음에서 불쑥 떠오르는 생생한 영상을 첫 장면으로 순식간에 써내려간다.

비가 내리는 우중충한 11월의 어느 날, 외숙모가 아이에게 던지는 모진 말.

"너를 멀리할 수밖에 없어 안타깝긴 하다."

외숙모는 난롯가에서 자신이 사랑하는 아이들로 둘러싸인 채 그렇게 말한다.

이 새로운 고아 이야기는 이전의 작품들과 달리 아주 급박하게 전개된다. 샬럿은 아주 어릴 때부터 많이 읽고 많이 썼다. 이 이질적인 가족 안에서 지내는 아이의 처지가 한결같은 비애감을 자아내리라는 것을 그녀는 알고 있다. 위급한 상황을 눈앞에 둔 연약한 인물을 등장시키고 그 인물이 용감하고도 정의롭게 고난에 맞서 싸우도록 해야 이야기에 긴장감을 흐른다는 것을 그녀는 안다.

"내가 어쨌다고 베시가 그랬는데요?"
아이는 외숙모에게 말대꾸한다.

'편집자든 독자든 비난하고 싶으면 하라지!'
샬럿은 볼품없는 외모의 열 살짜리 여자아이를 더 부유하고 더 예쁜 사촌들과 대비시킨다. 그리고 가정교사 시절의 경험을 떠올려, 케이크·사탕·과자를 걸신들린 듯 먹어치우는 뚱뚱한 열네 살짜리 악동 존 리드를 만들어낸다. 존에게는 여동생이 둘 있는데, 한 아이는 혈색이 좋지 않고 또 한 아이는 응석받이다. 무슨 짓을 하든 부모들이 오냐오냐 떠받들어주는 버릇없는 아이들 때문에 샬럿이 얼마나 고생했던가! 샬럿은 또래에 비해 키가 작고 예민하며, 또 자기처럼 그리 예쁘지 않은 소녀를 주인공으로 설정한다. 그리고 주인공을 못마땅해하는 외숙모와 활달한 하녀를 머릿속에 그린다.
샬럿은 플롯과 서사에 대해 잘 알고 있다. 그녀가 사랑하는 버니언, 스콧, 바이런, 독일 낭만주의 작가들, 프랑스 소설들, 위대한 새커리, 디킨스, 칼라일의 이야기들을 통해 배웠을 뿐만

아니라, 고전을 본받으라는 스승의 조언을 귀담아들었다. 신데
렐라처럼 버림받은 아이, 부모가 곁에 없거나 세상을 떠난 고
아, 느닷없이 등장하는 공격자가 어우러진 동화가 떠오른다. 형
제자매가 너무 많거나, 샬럿 자신처럼 대가족 속에서도 고독한
사람들, 혹은 아예 가족이 없는 독자들은 바로 공감할 것이다.
냉담한 아버지는 슬픔에 휩싸여 서재에만 틀어박혀 있고 어머
니는 세상을 떠나고 없는 집안의 여섯 남매, 그중 셋째아이는
고아와 크게 다를 것이 없다. 샬럿은 셋째아이의 복잡한 심리를
현실감 있게 그려 지나친 감상을 피할 것이다. 이 아이는 천사
처럼 착하기만 하지는 않을 것이다.

   샬럿은 이모가 자신을 뺀 나머지 아이들을 더 좋아했던 것을
기억한다. 대부분의 사람들이 용기가 없어 이해력 부족한 어른
들에게 감히 묻지 못하는 질문들을 뻔뻔스럽게 던지는 아이, 총
명하고 용감하고 상상력이 풍부한 아이……. 샬럿 자신이 되고
싶었던 그런 아이를 만들어낼 것이다. 지금 이 어두침침한 방에
서 친숙한 책의 페이지를 넘기고 있는 자신처럼, 아이는 가슴속
외로움을 메아리처럼 울려주고 외톨이 처지에서 벗어나게 해주
는 그림들과 글에 푹 빠져 고요한 순간을 즐긴다. 그늘진 왕국,
얼어붙은 황무지, 지도에 없는 미지의 땅을 꿈꾼다. 아이는 그
속에서 나름대로의 행복을 느낀다. 황량한 바깥 날씨, 이질적인

가족의 틈에서 느끼는 외로움으로 아이는 책을 읽고 그림을 그리며 공상의 세계로 떠난다. 샬럿은 폭력적인 사건이 일어나기 직전의 작은 휴식, 희망적인 순간을 만들어낸다. 자신의 여주인 공은 그녀만의 은신처, 꿈의 세계에 있는 편이 더 좋을 것이다. 샬럿 역시 아버지와 단둘이 있으면서 이 새로운 작품을 시작하는 것이 더 좋다. 이제 샬럿의 영혼이 높이 솟아오른다.

문득 등장인물의 이름과 작품 제목이 떠오른다. 몸을 꿈틀거리고 뭐라 중얼거리며 한 손을 뻗는 아버지에게 다가가 담요를 제대로 덮어주고 아버지 입에 컵을 대어주다가 문득 생각난다.

아버지가 묻는다.

"거기 있는 거냐, 애야?"

"그럼요, 아버지."

샬럿은 이렇게 말하지만 사실 그곳에 있지 않다. 은빛 심연으로 뛰어내리고 또 뛰어내린다. 이곳을 떠나 가을밤 속을 날아다닌다.

느닷없이 그 이름이 떠오른다. 그런 이름을 들어본 적이 있는지 확신이 안 선다. 샬럿이 아는 사람 중에 그 이름을 가진 이가 있었나? 예전에 교회에서 본 가문 문장紋章이나, 그녀에게 친숙한 아름다운 에어 강에서 나온 걸까? 공기air, 아니면 불fire에서 나온 이름인가? 불과 분노ire는 작품에 등장할 것이다. 세상에 대한 격노. 억울해! 억울해! 분노와 보는 사람eyer. 샬럿은 지금 아버지 대신에 보는 사람이다. 그녀는 훔쳐보는 사람, 관찰자가 되었다. 볼품없는 평범한 여자plain Jane, 사랑하는 여동생 '에밀리 제인 브론테'의 중간이름, 용감한 잔다르크의 '잔'과 가까운 제인, 재닛·자넷과 비슷한 제인, 꼬마 제인. 의무와 따분함, 어린 시절과 복종뿐 아니라 기백과 자유 또한 떠올리게 하는 이름, 도깨비의 이름, 요정의 이름, 절반의 영혼, 절반의 육체, 어둠 속의 빛, 위선 속의 진실, 보는 자의 이름. 제인 에어.

사랑

    아버지 곁에 앉은 샬럿. 그녀의 눈앞에 무슈 H가 아른거린다. 그가 빠른 걸음으로 성큼성큼 교실로 들어오더니, 자신의 판단에 자신하는 듯 손에 쥔 종이를 열정적으로 흔들던 모습이 눈에 선하다. 그는 몸을 꼿꼿이 세우고 강렬한 시선으로 샬럿을 물끄러미 쳐다본다. 샬럿은 그가 들고 있는 종이가 그녀의 것이라는 걸 깨닫는다. 그는 안경을 매만지며 감정을 한껏 실은 목소리로 그 종이에 적힌 글을 읽는다. 그녀의 글을 칭찬하려는 걸까, 아니면 창피를 주려는 걸까?

    그것은 샬럿이 무슈 H의 전유물로 느꼈던 언어를 마음껏 구사하여 나폴레옹에 대해 쓴 글이다. 이지적이고 감정적인 언어,

눈부시게 빛나는 언어, 멀리 떨어져 있지만 무슈 H 때문에 지금
은 그 무엇보다 친근해진 언어, 매혹의 언어, 프랑스어.

무슈 H가 프랑스어로 "들어봐요!"라고 소리치자, 강의실 가
득 발랄하게 떠들고 있던 소녀들이 금세 그에게 집중한다.

"잘 들어요. 이 작품이 아우르는 범위, 거기에 담긴 희망에 주
목하십시오. 강렬한 글입니다. 집중해요, 학생들. 색다르고 진
기한 이야기를 듣게 될 테니."

칭찬에 익숙하지 않은 샬럿은 기쁨에 볼이 붉어진다. 그가 그
녀의 재능을 알아봐주었다. 그녀의 몸이 빙빙 도는 듯하다. 칠
판, 나무 책상들, 둔감한 벨기에 학생들, 교실 전체가 그녀를
에워싸고 빙글빙글 도는 것 같다.

하루는 화창했다가 그다음 날엔 비가 내리는 갈팡질팡하던
봄 날씨가 기억난다. 샬럿은 정원을 거닐며 화단에 화사하게 피
어 있는 꽃들을 바라보았다. 남학교와 여학교 사이의 높은 벽이
풀밭에 어두운 그림자를 드리우고, 끊임없이 속삭이는 파도 소
리처럼 도시의 소리가 감미롭게 밀려들었다. 음식을 꿀떡꿀떡
삼키듯 아주 빠른 속도로 신나게 프랑스어를 배워가던 샬럿과

에밀리에게 어느 날 무슈 H는 말했다.

"프랑스어가 많이 늘었군요!"

샬럿이 장미꽃 다발을 손에 움켜쥔 채 문가에서 망설이자, 홍조 띤 행복하고 나른한 표정으로 닫집 있는 침대에 누워 그녀에게 미소를 보내던 그의 아내가 떠오른다. 마담 H는 샬럿을 방 안으로 맞으며, 가까이 와서 자기 품 안에 있는 갓 태어난 아기를 보라며 침대를 톡톡 두드렸다. 자그마한 분홍빛 생명체를 보자 샬럿은 와락 눈물이 쏟아졌다.

"안아볼래요?"

마담 H가 권했지만 샬럿은 감히 엄두를 내지 못했다.

"괜찮아요, 괜찮다니까."

이제 막 아이를 낳은 어머니가 고집을 부리며 강보에 싸인 작디작은 아기를 샬럿의 떨리는 두 손에 선물처럼 안겼다. 샬럿도 뱃속에 아기를 품을 날이 올까? 그녀는 따스한 아기를 안아 올려 머리에 입을 맞추고 향을 들이마셨다. 이 작고 연약한 존재를 품에 안고 샬럿은 기묘한 생각을 했다.

'내가 부름을 받는다면, 이 아이가 나의 보살핌에 의존한다면, 이 아이를 지키기 위해서 뭐든, 무슨 짓이든 하리라.'

그리고 그녀의 선생님, 그녀의 스승. 무슈 H는 초기에 마치 열병에라도 걸린 사람처럼 상스러워 보이는 낡은 외투나 구식

중절모 차림으로 이 교실, 저 교실로 급하게 옮겨 다녔다. 더러는 샬럿 홀로 정원을 거니는 이른 아침에 난데없이 나타나기도 했다.

"참 일찍 일어나는군요."

무슈 H는 이렇게 말하며 샬럿의 손을 꼭 쥐고 인사하고는 팔을 내밀어 팔짱을 권하곤 했다. 그들은 꽃이 활짝 피어 있는 사과나무, 배나무, 벚나무 같은 과수 아래를 지나 수선화, 튤립, 앵초, 향기로운 약초 같은 봄꽃들 사이를 함께 거닐었다.

아버지 방의 어슴푸레한 빛 속에서 샬럿은 해질 무렵 모슬린 드레스를 입고 마치 이끼들처럼 어둑한 나무들 사이를 정처 없이 헤매 다니던 어린 여학생들을 떠올린다. 그 소녀들과 얘기를 나누는 스승의 모습을 지켜보던 그녀는 스승이 그들을 대할 때와는 다른 태도로 그녀를 대한다는 사실을 깨달았다.

샬럿은 남동생 브랜웰과 그랬듯이 자유롭게, 하지만 어린 시절과는 다른 이야기들을 무슈 H와 프랑스어로 나누었다. 그러면서도 나이 많고 결혼한 남자와는 사랑에 빠질 순 없다고 생각했다.

샬럿과 무슈 H의 대화는 더할 나위 없이 순수하면서도 강렬했다. 그들은 여러 작품들, 그녀의 글, 프랑스 문학에 대해 논했다. 그녀의 스승은 장소, 시간, 행동의 삼위일체에 대해 장황하게 얘기했다.

"극은 무대 뒤에서 벌어지는 겁니다. 불가사의한 음향, 아득히 들려오는 울음소리, 어두컴컴한 밤에 들리는 웃음소리만으로도 눈앞에 보이는 것보다 훨씬 더 많은 내용을 암시할 수 있어요. 독자가 마음껏 상상력을 펼칠 수 있으니까."

무슈 H는 고전을 모방하는 문제에 대해 아주 엄격했다. 샬럿은 대담하게 자기주장을 펼쳤다.

"하지만 글쓰기는 통제할 수 있는 게 아니에요. 바람이 불거나, 뭐랄까 전기가 흐르는 것과 같으니까요."

무슈 H는 샬럿을 바라보며 미소 짓더니, 말로는 부족하다는 듯 그 답으로 손을 들어 올려 그녀의 머리칼을 만졌다. 그녀는 그의 손을 잡아 존경의 뜻으로 자신의 입술에 댔다.

그들은 프랑스혁명이나 영국 여왕 같은 역사에 대해, 그들 자신의 역사에 대해 자유로이 얘기했다. 무슈 H는 돌연 비극적인 죽음을 맞은 첫 아내와 아기에 대해, 샬럿은 세상을 떠난 언니들과 방종한 남동생에 대해 얘기했다. 무슈 H가 말했다.

"우린 과거가 많이 닮았군요. 젊은 사람치고 당신은 많은 일을 겪었어요. 우린 진정한 친구, 영원한 친구가 될 수 있을 겁니다."

샬럿은 무슈 H를 올려다보고는 그가 자신의 마음을 안다고 느꼈다.

　그의 분위기가 봄 날씨처럼, 맑은 날에 쏟아지는 소나기처럼 바뀌었다. 자상한 미소로 그녀에게 인사를 건네고, 검은 눈동자로 사랑을 이야기하고, 그녀의 손을 꼭 쥐고, 그녀의 글재주를 칭찬했다. 그리고 그녀의 책상에 작은 선물들을 남겨두곤 했다. 이슬에 젖은 작은 야생화 다발, 따분한 사전과 케케묵은 문법책 사이에 마법처럼 피어 있는 꽃, 혹은 지루한 과제 더미 속에 뜻밖에 들어 있던 달콤한 과자…….

　샬럿은 생애 최고의 기분을 맛보고 있었다. 힘이 넘치고, 부지런히 움직이고, 생기가 돌았다. 프랑스어 공부, 과제, 그리고 가르치는 일까지 즐겼다. 두려움을 안고 마담 H를 가르치다가 영어 교사라는 더 큰 권한으로 교실에 서게 되었고, 무슈 H의 따뜻한 인정을 받으며 발전해갔다. 샬럿은 자신에게 학생들 앞에 서서 그들의 시선을 잡아두는 능력, 아는 것들을 그들에게 나누어줄 수 있는 능력이 있음을 깨달았다. 그녀도 가르칠 수 있었다.

　어느 날 저녁, 오렌지색과 분홍색이 뒤섞인 하늘, 아카시아나무 아래의 땅거미 속에 서서 샬럿이 설레는 눈길로 무슈 H를 사랑스럽게 올려다보자 그는 고개 숙여 무겁고 단단한 몸을 그녀에게 바짝 붙이고는 촉촉한 입술로 그녀의 뺨을 스치듯 슬쩍 입을 맞추고 그녀의 귓가에 속삭였다.

"누구죠, 내 연인은?"

"사모님이에요."

샬럿은 이렇게 대답했지만 목소리가 희미하게 떨렸다. 어떻게 그런 질문을 할 수가 있지? 무슨 뜻으로 묻는 걸까?

"만약, 만약에……."

그리고 그녀에게 기대어 오는 무슈 H의 몸이 알 듯 모를 듯한 어떤 기대로 부풀어 오르는 것이 느껴졌다.

그렇게 벨기에에서 샬럿의 존재가 완성되어가고 있었다. 이곳 맨체스터에서 아버지 곁에 앉아 거침없이 또렷하게 떠오르는 작품을 쓰고 있는 지금처럼. 아버지를 위해 계속 불을 때고 있는 맨체스터의 이 숨 막히는 방에서 샬럿은 그해 봄의 무더위를 또다시 느낀다.

집필

도시의 희미한 빛과 적막 속에서 몇 시간이고 앉아 있을 수
있다니, 참으로 호사스런 일 아닌가! 어쩌다 아버지가 뭘 해달
라고 중얼거리거나 간호사가 가벼운 음식을 가져올 때 말고는
거의 멈추는 일 없이 하루 종일 글을 쓴다.

샬럿은 아버지의 쟁반에 담긴 음식을 집어 먹는다. 어릴 적
자주 먹던, 체에 거른 포리지(오트밀을 물이나 우유로 끓인 죽—옮
긴이)와 타피오카('카사바'라는 나무에서 얻는 식용 녹말—옮긴이)를
아버지와 나눠 먹는다. 그녀는 모든 식사를 아버지 곁에 앉아서
하고 아버지에게도 음식을 먹인다. 아버지는 새끼새처럼 숟가
락을 향해 입을 벌린다. 그녀는 아버지의 입술과 턱을 닦아주고

자신의 입술도 닦는다. 그녀의 작업에 방해가 되는 거친 얼굴의 간호사에게 쟁반을 되돌려준다. 그러고는 다시 연필을 집는다.

글을 쓰는 동안은 이 방, 고독과 어둠과 절망의 이 감방에서 달아날 수 있다. 그녀의 마음이 어디든 자유로이 떠돌아다닌다. 수치스럽고 가슴 아팠던 사연들을 용기 있게 고르고 거기에 구조를 부여한다. 순례자의 여정과도 같은 줄거리를 구상한다. 느슨하게 연결된 일련의 사건들, 계속 이어지는 위험과의 결투, 인과관계 등 이야기의 형태가 잡힌다. 그러자 인생과 사랑에 실패했다는 쓸쓸한 기분이 싹 가신다.

"나한테 원하는 게 뭐야?"
열 살배기 소녀는 은신처에 숨어 좋아하는 책을 읽고 있다가 악당 소년이 방해하자 이렇게 묻는다.

샬럿은 무력한 아버지 곁에 앉아 그 장면을 완성한다. 소년이 제인을 모욕하면서 소중한 책을 제인에게 던질 때, 샬럿은 제인으로 하여금 맞서 싸우게 한다.

"잔인하고 못된 자식! 살인마 같아!"
소녀의 머리에 난 상처에서 피가 흐른다. 소녀는 그를 칼리굴라나 네로 같은 로마 폭군들에 비유한다.

샬럿은 순종적이었던 인생을 능동적으로 바꾼다. 그녀의 제
인은 성난 짐승처럼 손톱으로 할퀴어대며 사납게 앙갚음하고,
그 벌로 붉은 방으로 쫓겨난다. 반항을 해보지만 잔인하게 그곳
에 버려진다. 외숙모는 자기 남편이자 제인의 외삼촌이 숨을 거
둔 방, 큼직한 침대 틀과 다마스크 커튼, 가려진 창문과 거울이
있는 그 방에 제인을 혼자 가두어버린다.

문이 잠긴 어두컴컴한 방 안에서 걸상에 앉은 제인이 포박당
하기 싫다고 말하는 것처럼, 샬럿 역시 굳이 묶여 있을 필요가
없다. 그러나 지금 그녀가 떠나면 아버지가 사라져버릴 것만 같
다. 아버지를 근근이 이 세상에 붙들어놓는 것은 흐릿하게나마
보이는 그녀의 모습이 아닐까. 마치 아버지가 그녀를 만든 것이
아니라 그녀가 아버지를 만들어낸 것 같다.

샬럿이 자리에서 일어난다. 그러고는 어둑한 방을 가로질러
거울 앞에 선다. 거울 속에 알아보기 어려울 만큼 어렴풋이 비
친 파리한 얼굴은 꼭 동화책의 삽화처럼 커튼 뒤에서 빠끔히 내
다보는 도깨비 같다. 어린애같이 작은 키에 목이 없고 얼굴은
반듯하지 않은 볼품없는 사람이 보인다. 누굴까? 이 낯선 사람
은 뭐지? 왜 연감에 실린 소녀들과 닮지 않았을까? 완벽한 타원

형 얼굴, 기다랗고 귀족적인 목, 설화석고 같은 어깨, 백조 같은
자태는 어디로 갔지? 샬럿은 윗입술을 위로 말아 올리며 생각
한다.

'고운 잇바디는 대체 어디 간 거야?'

때때로 샬럿은 어두컴컴한 방으로 슬그머니 들어와 벽에 바
짝 붙는다. 사람들은 그녀의 얼굴과 몸매를 칭찬한다.

"눈빛이 강하기도 해라."

"연갈색 머리가 참 곱기도 하지."

"손발이 참 고상하게 생겼네."

미소에 인내, 용기, 지조가 서려 있다는 얘기도 들린다.

어린아이들만이 느끼는 아찔한 공포, 귀신과 망령에 대한 공
포가 또다시 샬럿을 찾아든다. 감리교도였던 이모가 들려주던
죄악과 영원한 천벌에 대한 섬뜩한 이야기들이 떠오른다.

"기도하렴, 애야. 잘못을 뉘우치지 않으면 못된 것이 와서 널
잡아가버릴 거다."

샬럿은 어머니의 품이 그리워진다. 그와 동시에 어머니가 숨
을 거두기 직전 아이들에게 마지막으로 남긴 말이 떠오른다. 그

녀는 혹시라도 죽은 어머니가 마지막 소원이 잘 이루어지고 있는지, 가여운 아이들이 믿을 만한 사람 손에 맡겨졌는지 확인하러 밤에 찾아오기라도 할까 봐 무척이나 두려워진다.

세상을 떠난 모든 이의 망령들이 지금 여기 아버지의 머리맡에 모여 있다. 어머니, 두 언니들, 먼 타지에서 어린 나이에 죽은 사랑하는 친구 마서까지. 마른 돌풍이 창문을 두드리고 저 아래 적막한 거리에서 울음소리가 들려온다. 천장에 비친 촛불의 그림자가 깜박거린다. 샬럿은 이 지하세계로 얼마나 더 깊이 들어갈 수 있을까? 돌아오는 길을 찾을 수나 있을까?

외삼촌의 망령이 붉은 방 안에 있는 제인에게 찾아든다. 제인과 제인의 창조자 모두 그 망령에 혼비백산한다. 제인은 살려달라고 안간힘을 다해 울부짖는다.

샬럿은 마음을 가다듬기 위해 공책 위로 몸을 구부리고, 아버지처럼 시력이 늘 좋지 않았던 눈으로 공책을 들여다본다. 이런 식으로 쓰는 것에 익숙해졌지만, 눈물 맺힌 흐린 눈으로는 써놓은 글을 읽을 수 없다. 그녀는 손으로 공책 한 장을 가볍게 넘기고는 다시 써 내려간다. 달빛만큼이나 푸르스름한 새벽빛이 커튼 사이로 스며든다.

현실

어슴푸레한 어둠 속에서 아버지는 미래의 아내를 처음 만났던 응접실을 머릿속에 그려본다. 경쾌하게 방 안으로 들어오는 그녀의 치맛자락이 바스락바스락 스치는 소리와 기운찬 구두 소리가 들린다. 그녀가 빛을 등지고 그 앞에 선다. 엷은 색 드레스를 입은 그녀는 그리 예쁘지는 않지만 수줍은 표정을 지으며 단정한 자세로 그녀의 이모 곁에 붙어 선다. 그러고는 새침 떨며 그에게 말한다.

"처음 뵙겠어요."

마리아가 무릎을 살짝 굽혀 절하자, 그는 큼직하고 뜨거운 손으로 그녀의 자그마하고 차가운 손을 잡는다. 그녀는 그에게서 떨어져 찬장으로 가서는 유리주전자에 담긴 레모네이드를 따라 그에게 정중히 건넨다. 8월의 무더위 속에서 한참을 걸은 뒤라 그는 목이 바짝 말라 있다.

"고맙소."

말은 이렇게 하지만, 더 진한 음료였으면 싶다. 그는 잔에 레모네이드를 따르는 그녀를 물끄러미 쳐다보고, 그녀도 그를 힐끔거린다. 유리컵을 건네는 그녀의 차가운 손가락이 그의 손가락에 닿을 때, 그는 솔직하고 장난기 어린 미소에 마음이 움직인다.

그는 자신에게 케임브리지대학교 학위와 개명한 이름이 없었다면, 그리고 검은담비가죽으로 만든 성직자복을 입지 않고 이 응접실로 들어왔다면 그의 가난한 부모, 카운티다운(북부 아일랜드의 여섯 카운티 중 한 곳—옮긴이)의 프런티 부부를 그녀의 가족이 얼마나 비웃었을까 하는 생각이 든다.

그는 아내의 천연덕스러운 재치, 불경한 장난, 올바른 판단력, 확고한 감리교 신앙을 기억한다. 그리고 '엉큼한 팻(마리아가 그를 가리켜 부른 별명)'을 가장 기쁘게 했던 건 그녀가 빠른 속도로 그에게 빠져들었다는 사실이다. 그녀에게는 그가 신이나 마찬가지라고 말하던 그녀의 열렬한 편지들이 떠오른다.

당시 마리아는 스물아홉 살로, 지금 그의 곁을 지키고 있는 딸보다 그리 어리지 않았다. 1년에 50파운드라는 혼인 지참금이 있었을지라도 결혼에 대한 기대를 거의 접고 있었으리라.

즐거운 결혼식, 첫날밤 겁에 질려 수줍어하던 마리아가 기억난다.

"우선 서로를 더 많이 알고 나서요."

그녀는 단호하게 말했고, 그는 그녀의 살내가 감도는 어둠 속에서 나직한 그녀의 숨소리를 들으며 욕망에 달아올라 헐떡였다.

그의 몸에 맞닿던 부드럽고 향기로운 그녀의 몸, 그녀가 결국 몸을 허락했던 밤이 떠오른다.

그가 용기를 내어 그녀의 허리를 잡아 확 끌어당기자 그녀가 말했다.

"며칠만 더 있다가요."

이미 오래 기다린 그였다.

"기다릴 만큼 기다렸어."

그는 용기를 내어 반은 장난스럽게, 반은 기쁨에 취해 말했다. 그녀는 기다란 흰색 잠옷에 주름 장식 달린 나이트캡을 쓰고 그의 곁에 누워 와들와들 떨었다.

"며칠 더 기다린다고 뭐가 달라지나? 난 당신 남편이야. 이제 까지 참아줬고, 당신은 나한테 순종하겠다고 약속했잖아."

그러자 그녀가 속삭였다.

"내가 어떻게 해야 하는지 말해줘요."

지금 생각해보면, 그것은 두려운 일이었다.

그때, 혈기 넘치고 성급하고 자신의 권리를 확신했던 그는 그녀가 할 일을 말해주었다. 갈망에 젖어 파르르 떨고 있는 그곳으로 그녀의 자그마한 손을 이끌었을 때 부드럽고 수줍던 그녀의 손길이 어떤 감촉이었는지 지금은 아득하기만 하다.

그녀는 마치 불덩이를 건드린 듯 움츠러들며 말했다.

"아니, 못하겠어요. 안 돼요."

"도와줘. 그럼 금방 될 거야."

그는 이렇게 약속했고, 정말 그랬다.

작고 고분고분한 몸 안으로의 사납고 짧은 돌진, 그리고 그가 다급하고 난폭하게 밀고 들어가며 빠르게 움직일 때 그녀가 신에게 드리던 기도를 아직까지 잊지 않고 있다. 그녀가 그에게 몇 번이고 가져다준 위안, 숨 가쁘게 보낸 다음 날 밤이면 또다시 기대하게 된 위안, 그리고 6년 동안 매년 되풀이된 임신과 다음으로 미루자는 그녀의 차분한 부탁에도 그가 반드시 얻고야 만 위안을 잊지 않고 있다.

마리아는 이렇게 말하곤 했다.

"아직 안 돼요. 아직 회복이 안 됐어요. 나중에요, 여보. 너무 피곤해요. 또 아이가 생기면 정말 감당 못해요."

"아내의 도리를 지켜."

이렇게 이르기만 하면 마리아는 그에게 몸을 열어주었다. 그가 정당한 쾌락을 누리는 동안 "신이여, 도와주소서. 신이여, 도와주소서" 하고 기도를 중얼거리며 도리를 다했던 그녀를 떠올리면, 이상하게도 몸이 달뜬다. 일을 치르고 나서 가슴에 십자를 긋고 "성부, 성자, 성신의 이름으로 아멘" 하고 말하던 그녀가 기억난다. 성교 후에 그녀의 몸에서 풍기던 짙은 향을 기억한다.

마리아가 세상을 뜨고 난 뒤 여섯 남매를 친엄마처럼 맡아 키워줄 두 번째 아내를 구했다면 그 아이들이 모두 잘 자라주었을 것이라고 그는 생각한다. 시도도 하지 않았던 것은 아니다. 하지만 제정신을 가진 어떤 여자가 그토록 추운 벽지에서 한 해에 200파운드의 박봉을 받는 그와 어린 여섯 남매를 떠맡겠는가.

그는 죽은 마리아 대신 1년에 50파운드의 혼인 지참금을 대주던 독신의 처형과 그 오랜 세월 쓸쓸히 같이 살았던 얄궂은 운명을 떠올린다. 처형은 돈을 잘 내놓지 않았다. 교회 오르간을 새로 장만하는 비용으로 그녀가 준 5파운드도 얼마나 받아내기 힘들었던가. 설령 그가 욕심을 냈다 해도, 교회의 계율 때문에 그녀를 아내로 삼을 수는 없었다.

아버지는 눈이 거의 멀자 소리에 민감해졌다. 머리맡에서 촛농이 똑똑 떨어지는 소리, 마치 젊은 시절로 돌아가 들판을 질주하고 있는 것처럼 쿵쾅쿵쾅 거세게 뛰어대는 심장 소리……. 냄새에도 민감하다. 간호사가 풍기는 비누 냄새, 페놀 냄새, 마늘 냄새, 향수 냄새에 짜증이 난다. 지금 자기 곁에 바짝 붙어 있는 딸의 냄새도 느껴진다. 그 냄새에는 감정이 서려 있다. 번민 때문에 숨구멍에서 뿜어져 나오는 듯한 좀 케케묵고 희미한 슬픔의 냄새. 그는 이 딸이 결혼도 하지 않고 아이도 갖지 않은 채, 그가 죽을 때까지 그의 곁에 공손히 남아 그의 위안이 되리라 짐작한다.

생각해보니, 딸은 브뤼셀에서 돌아온 뒤로 한순간도 즐거워하지 않았다. 그녀의 나지막한 흐느낌이 들리고, 그녀의 백단향 향수와 회한의 냄새가 풍긴다. 그는 딸의 손을 찾고, 딸의 얼굴을 어루만지고, 뺨에 흐르는 눈물을 닦아주려 손을 올려 더듬는다. 대체 그 학교에서 딸아이에게 무슨 일이 있었던 걸까? 왜 혼자 그곳으로 돌아갔을까? 감정을 농락당했을까? 두 딸아이가 공부했던 바로 그 학교에서 교사 일을 해줬으면 좋겠다고 친절한 편지로 부탁하던 프랑스인 스승과 무슨 일이 있었던 걸까? 딸아이를 보내줬어야 했을까? 이 착한 아이가 혹시 무슨 죄라도 저질렀나? 그는 자신의 죄를 안다. 그는 오만, 옹졸함, 분노라는 죄를 지었다. 지금 그 벌을 받고 있는 것일까?

'여호와여, 우리의 악과 우리 조상의 죄악을 인정하나이다, 우리가 주께 범죄하였나이다.' (예레미야 14장 20절—옮긴이)

안식일에 감히 일을 한 종지기들에게 불같이 화냈던 일이 떠오른다. 그들에게 곤봉을 휘둘러대며 안식일에 대해 한바탕 설교를 했었다. 하지만 딸아이의 죄는? 딸아이는 뭘 쓰고 있을까? 여동생들에게 보내는 편지? 시? 감정이 철철 넘쳐흐르는 이야기? 이런 밤늦은 시각에? 딸아이가 무슨 이야기를 할 수 있을까? 세상에 대해 뭘 알까? 성서 구절이 떠오른다.

'들의 백합화가 어떻게 자라는가 생각하여보라. 수고도 아니하고 길쌈도 아니하느니라. 그러나 내가 너희에게 말하노니, 솔로몬의 모든 영광으로도 입은 것이 이 꽃 하나만 같지 못하였느니라.' (마태복음 6장 28~29절—옮긴이)

아버지가 딸에게 묻는다.

"웰링턴과 보나파르트 중에 누가 더 잘났느니 못났느니 하면서 너하고 브랜웰이 티격태격했던 일 기억나니?"

샬럿은 아무 대꾸도 하지 않는다. 잠시 그쳤던 연필 놀리는 소리가 다시 삐걱거리며 이어진다.

"그 스승, 프랑스어 선생한테 소식은 있는 거냐?"

그는 어둠 속에서 속삭인다. 그녀는 아무런 대답 없이 계속 휘갈겨 쓴다. 그가 또 묻는다.

"왜 그러니, 애야? 뭐가 잘못되기라도 한 거냐?"

그녀는 여전히 대답이 없다.

아버지는 딸이 멀리 떠나가는 것처럼 느껴진다. 죽어가는 아내 마리아를 도와주고 싶었던 것처럼, 딸 샬럿에게 위로의 말을 건네고 싶고 그녀의 어깨에서 슬픔의 짐을 덜어주고 싶다. 하지만 적절한 말이 떠오르지 않는다.

그는 침대에서 몸을 뒤척인다.

"그래도 난 네가 브뤼셀에서 지낼 수 있도록 해줬다. 처음엔 에밀리와 함께, 그다음엔 너 혼자."

아버지는 자신이 무슨 말을 하고 있는지 알기나 할까? 샬럿은 궁금해진다. 이모가 마련해준 여비 덕분에 샬럿과 에밀리가 떠날 수 있었던 것을 아버지는 기억하고 있을까? 아버지가 둘을 떠나보낼 때마다 힘들어했다는 것을 그녀는 알고 있다.

질투

브뤼셀의 학교에서 지내던 어느 날 오후, 티타임이 지났을 때 이모의 병환을 알리는 편지가 왔다. 샬럿과 에밀리는 곧장 호어스로 돌아가야 했다. 선택의 여지가 없었다. 그렇게 스승인 무슈 H를 떠나야 했다.

그들이 목사관에 도착했을 때 이모는 이미 이 세상 사람이 아니었다. 이후의 따분한 나날들, 이젠 황량하게만 느껴지는 고향 집, 브뤼셀로 돌아가고 싶어 애달파했던 마음이 떠오른다. 그러던 중에 교사직을 제안하며 학교로 돌아오라고 부탁하는 스승의 친절한 편지가 왔다. 에밀리를 아버지 곁에 남겨두고 한껏 들떠서 혼자 학교로 돌아갔던 기억이 난다.

샬럿은 스승에게 영어를 가르쳤다. 교실에서 그의 선생님, 아니 여선생님이 되었다. 그를 꾸짖었다! 그의 억양을 비웃었다! 지금 이 캄캄한 방에서 무력한 아버지를 지켜주고 있듯이, 역할을 바꾸어 스승을 지도하는 것이 얼마나 즐겁던지!

어느 날 갑자기 그는 영어 수업을 그만 받겠다고 했다. 그녀의 눈을 보지도 않고 이렇게 말했다.

"난 할 일이 너무 많소. 우리 생각만 해서는 곤란해요. 나 말고 다른 사람들과 더 많은 시간을 보내도록 해요. 당신은 너무 배타적이야. 다른 교사들, 하다못해 학생들하고라도 친분을 쌓아요. 그럼 그들한테도 당신한테도 좋을 거요."

그러고 나서 그는 부랴부랴 교실에서 나가버렸다.

어떻게 다른 교사들과 친하게 지내라는 거지, 재능이라곤 없는 한심하고 천박한 그 여자들과? 분명 그도 그런 사실을 알고 있었다. 두 사람은 함께 그들을 비웃곤 했다. 둔감하고 허영에 들뜬 학생들은 관심을 기울일 가치도 없었다. 교사들이든 학생들이든, 그녀의 눈에는 위선적이고 어리석어 보였다. 왜 갑자기 그들에게 관심을 가지라는 거지? 그녀는 화가 치밀어 올랐다.

그런데도 그에게로 향하는 눈길을 막을 수가 없었다. 가끔 그는 벨트 달린 블라우스에 발랄한 모자를 쓴 차림으로 시끄럽게 지껄여대는 여학생들에게 둘러싸여 있었다. 그럴 때면 그는 한껏 젊어 보였다. 그의 핏기 없는 얼굴, 투박한 이마, 검은 눈썹은 매력이 없었나? 그녀는 그를 빤히 쳐다보며 그것을 즐겼을까? 사막을 헤매는 목마른 사람이 시원한 물을 들이킬 때 느끼는 그런 쾌감이었을까? 그는 여전히 그녀에게 추해 보였을까? 아니, 아니었다. 전혀 그렇지 않았다. 그녀 곁에 누워 있는 아버지의 백발, 기품, 용기가 여전히 그녀에게 감동스럽듯이. 그녀가 아버지의 이마에 대고 살며시 숨을 내쉬자 머리칼이 파르르 떨린다. 아버지가 그녀의 이름을 중얼거린다.

샬럿의 흑고니인 무슈 H는 그녀에게 눈길조차 주지 않는 것 같았다. 그녀의 작품을 그와 함께 나누기를 기대하며 그이 때문에 호어스에서 돌아왔건만, 게다가 그에게 들려줄 생각으로 소중한 앵그리아 이야기들까지 가져왔건만.

이제 그는 그녀를 보고도 못 본 척하거나 호된 비난도 서슴지 않았다. 얼굴을 찌푸리며 작은 구둣발을 구르곤 했다.

"어떻게 이런 글을 쓸 수 있소!"

그는 그녀의 글이 통속극이라고, 우스꽝스러운 낭만주의라고 혹평했다.

"삼위일체는 어떻게 된 겁니까? 절제는? 글이 난잡하잖소!"

냉랭함과 견딜 수 없는 침묵, 찌푸린 얼굴과 냉소를 당하며 며칠을 보낸 뒤, 그녀는 정원 테두리를 따라 이어진 덩굴시렁을

급하게 걸어가고 있는 그를 보았다. 초봄 아침이었다. 산들바람이 불어 그의 외투가 다리께에서 펄럭이고 먼지가 일었다. 그녀는 그를 따라잡아 그의 팔을 꼭 붙잡고 바짝 끌어당겨 그의 눈을 들여다보았다. 그녀는 이렇게 울부짖고 싶었다.

'얘기 좀 해요. 저한테 이러실 순 없어요. 저도 다른 사람들처럼 감정이 있고, 선생님과 같은 갈망이 있다고요! 선생님의 침묵, 차가움, 무정함을 견딜 수 없어요! 선생님의 따뜻한 말 없이는 살아갈 수 없어요! 우린 친구가 될 거라고, 영원한 친구가 될 거라고 선생님이 말씀하지 않으셨던가요? 우리가 함께했던 순간을 어떻게 잊죠? 선생님께 너무 큰 걸 바라는 건가요? 잠깐의 우정이, 상냥한 말 한마디가 그렇게 큰 건가요?'

하지만 남자에게, 더군다나 유부남에게 여자가 할 수 없는 그런 말을 뱉었다간 곧 후회하리라. 그녀는 그저 입술을 깨문 채 묵묵히 서서, 내리깐 눈에 눈물을 머금고 있었을 뿐이다.

그는 몸을 꼿꼿이 세우고는 근처에 누가 있나 어깨너머로 둘러보았다. 먼지 냄새와 인동덩굴, 라일락의 향기가 감돌았다.

"뭡니까!"

그는 신경질적으로 나무라며 그녀의 손을 떼어내고는 마치 그녀가 먼지인 양, 그녀의 손길이 닿아 몸이 불결해진 양 옷을 툭툭 털었다.

"대체 왜 이러는 거요?"

아무 말도 못하고 눈물만 소리 없이 흘리는 그녀에게 그가 말했다.

"마드무아젤, 제발 자제심을 키워요! 자신을 다잡을 줄 알아야지."

이 일이, 혹은 그녀의 어떤 행실이 그의 아내 귀에 들어간 듯한 느낌에 그녀는 큰 상처를 받았다. 그녀가 도마 위에 오른 것이다. 지나치게 열성적인 학생 때문에 이런 일이 벌어지는 것도 처음이 아니었으리라.

샬럿은 상상해보았다. 어느 근사한 봄밤에 무슈 H와 마담 H는 아무런 말 없이 침대에 나란히 누워 있다. 정원으로 난 창들은 열려 있고 스위트브라이어(가시가 있는 작은 야생 장미—옮긴이)와 개사철쑥, 재스민, 일찌감치 피어난 장미의 향기가 감돈다. 아내는 남편의 팔에 손을 얹고, 젖이 가득 도는 따뜻한 가슴을 가운 밖으로 반은 드러낸 채 윤기 흐르는 칠흑 같은 머리 타래를 풀어헤치고 있다. 아내는 남편의 널찍한 가슴에 느긋하니 기대어 있고, 이번에 또 태어난 딸아이는 침대 발치에 있는 아기 침대에서 단잠을 자고 있다. 아내는 참 쉽게도 끝없이 아이들을 낳는 여자다. 코를 킁킁거리는 작은 숨소리가 들린다.

"무슨 문제가 생겼군요. 당신한테 고민이 있는 게 분명해요.

학생 때문에 그래요? 거북한 학생이라도 있어요?"

아내가 남편의 이마에 내려온 숱진 머리카락을 뒤로 넘겨주고, 가지런한 이마와 검은 눈썹을 살며시 쓰다듬고는 그의 가슴에 손을 얹는다. 아내는 젖가슴으로 그의 옆구리를 짓누르며 자기 다리로 그의 다리를 휘감는다. 그러고는 한숨지으며 덧붙인다.

"내가 언제든 당신을 도와줄 수 있다는 거 알잖아요, 여보."

그리고 자기 엉덩이를 그의 엉덩이에 더 바싹 붙인다. 그러자 그는 한숨을 푹 내쉬고 책을 획 덮고는, 아내를 돌아보며 별일 아니라고 거듭 말한다. 떨리는 목소리로 아니라고 말하지만, 그는 이미 그녀에게 넘어가버렸다.

"아무 일도 없어요? 정말?"

아내는 따스한 몸을 남편에게 기대고는 손가락 하나를 흔들며 장난스럽게 말한다. 그러자 그가 털어놓는다. 당황스러운 일이 생겼다고, 철없이 그를 짝사랑하는 학생이 또 나타났다고.

"누군데요, 여보?"

그는 순간 망설이지만, 그녀의 눈길을 뿌리치지 못하고 고백한다.

"영국에서 온 자매 중 언니 있잖소, 혼자 다니는 못생긴 아가씨."

"나도 눈치를 채고 있었어요. 그 아가씨는 야심이 너무 커요. 훤히 보이더라고요. 정신 차리게 해줘야겠어요."

"왜 나한테 이런 일이 생기는 거지?"

그는 어깨를 으쓱하고는 교실에서처럼 두 손을 흔들어대며, 아무것도 모르는 사람처럼 순진하게 묻는다.

"당신이 너무 너그러워서 그래요, 콩스탕탱. 내가 늘 얘기하잖아요. 학생들한테 지나치게 헌신적이에요. 그 아가씨 작품을 읽어주고 다독여주는 일을 해주지 말았어야 해요. 그런 실수를 하지 말라고 내가 경고했잖아요. 당신도 기억할 거예요."

그러고는 벨기에인답게 야무지게 덧붙인다.

"걱정 말아요. 내가 알아서 해결할게요. 당신이 앞으로 그 아가씨를 완전히 무시하겠다는 약속만 해주면 돼요."

"어떻게 그러겠소? 돈을 내고 배우는 내 제자인데."

"지금은 내는 돈도 별로 없어요. 우리가 그녀한테 교사 봉급을 주고 있잖아요. 그 아가씨는 방과 식사를 공짜로 얻고 있다고요. 세탁비만 내죠. 당신은 그 학생한테 예의는 차리되 차갑게 대하면 돼요. 그렇게만 해요. 약속할 거죠?"

그녀는 그의 눈을 빤히 들여다본다.

"그래, 그래야지, 여보."

그는 약속을 지킨다.

마담 H는 벨기에인다운 좋은 솜씨로 일을 처리했다. 샬럿의 모든 움직임을 지켜보고, 또 다른 젊은 프랑스어 여교사에게 샬럿을 감시하도록 시켰다. 허영심 많고 천박한 여교사는 분명 그 일의 대가로 돈을 받고 있었다. 샬럿은 두 여자가 서로 귀엣말로 그녀에 대한 정보를 주고받는 모습을 보았다. 어쩌면 마담 H도 직접 샬럿을 감시하고 있었는지도 몰랐다. 소리 안 나는 폭신한 벨기에산 슬리퍼를 신고 검은 옷차림으로 프랑스 궁정의 여인네들처럼 복도를 슬그머니 돌아다니다가, 예고도 없이 불쑥 나타나 만면에 거짓 미소를 띤 채 달래는 말로 샬럿을 살살 꾀었다.

샬럿은 누군가가 자신의 사사로운 물건들을 뒤지고, 속옷들을 샅샅이 들추고, 무슈 H에게서 받아 책갈피에 끼워둔 꽃을 다른 곳으로 옮겨놓고, 고향에서 온 몇 장 안 되는 귀중한 편지까지 읽었음을 확신했다. 그토록 소중한 편지에까지 손을 대다니! 샬럿의 물건들에서 마담 H나 여교사의 넌더리 나는 향수 냄새가 났지만, 마담 H는 우아하고 상냥하기까지 한 태도를 잃지 않았다. 마담 H의 가식, 위선, 교활함을 샬럿은 얼마나 증오했던가. 스승은 어떻게 그런 여자와 결혼했을까?

이제 샬럿의 스승은 그녀가 가까이 가기만 해도 마치 전염병 환자를 대하듯 등을 돌리고는 계단을 뛰어 내려갔다.

마담 H는 샬럿을 불러 속내를 끌어내려 했다.

"안색도 안 좋고 우울해 보이네요. 무슨 문제가 있는 건 아니었으면 좋겠는데, 우리가 해줄 수 있는 일은 없나요? 외로우면 저녁에 우리 거실로 와서 이렇게 나랑 같이 앉아 있어요. 외로움이 어떤 건지, 향수병이 어떤 건지 나도 잘 알아요. 아니면 무슨 고민이라도 있어요?"

마담 H는 샬럿과 에밀리가 학교에 온 첫날 저녁 즐거운 마음으로 앉아 있었던 흰색 소파를 쓰다듬었다. 그녀가 가까이 몸을 기울이자 샬럿의 몸에 부드럽게 굽은 그녀의 젖가슴이 스치고 메스껍고도 역겨운 향수 냄새가 났다.

샬럿은 마담 H의 결혼 생활에 자신이 어떤 역할을 할 수 있을지 의아해졌고, 그녀 곁에 앉아서 속마음을 드러내고 싶은 유혹을 느꼈다. 무슈 H가 앉았고, 그의 시가 냄새가 아직도 맴돌고 있고, 얼핏이라도 그의 모습이 보이지 않을까 기대하게 되는 거실에서 그의 아내가 바느질하는 모습을 지켜보았다. 샬럿은 그와 아주 가까운 사이인 이 여인에게 자신의 속내를 털어놓고 싶었다. 이렇게 소리치고 싶었다.

'날 미워하는 거 아니까 위선 떨지 말아요! 어쩜 이리 가식적이죠? 당신 남편이 나한테 관심을 가져서 날 시샘하고 있다는 거 다 알아요. 그가 인정해준 내 작품, 내 글재주, 내 재능을 질

투하고 있잖아요. 나한테 평생 교사 일을 시키고 싶겠죠, 힘든 일에 쥐꼬리만 한 봉급이나 던져주면서!'

하지만 샬럿은 입을 다물고 있어야 한다는 걸 알았다. 지금 "샬럿, 애야, 무슨 고민이라도 있는 게냐?" 하고 묻는 아버지에게 아무 고민도 없다고 말하는 것처럼.

"그냥 두통이에요, 좀 피곤해서요."

빵집 창밖에 서서 통통하고 따뜻하고 향기로운 빵을 동경의 눈으로 바라보는 아이처럼, 사실을 말하면 훨씬 더 고통스러우리라는 걸 알기에 브뤼셀에서처럼 새빨간 거짓말을 한다.

여름방학이 되고 H 부부가 해변으로 휴가를 떠나자 학교는 텅 비었다. 인적 끊긴 복도들과 기숙사에 샬럿의 공허한 발소리가 울려 퍼졌다. 그토록 길고 화창하고 적막한 시간 동안 앉아 있으면서, 그녀는 물이나 먹을거리 하나 없이 사하라사막에 버려진다 해도 이렇게 고독하지는 않으리라 생각했다. 그녀의 부지런한 두뇌는 끊임없이 움직였고, 생각은 여지없이 무슈 H에게로 돌아갔다.

'하느님, 제발 선생님이 날 생각하게 해주세요. 선생님이 내게 돌아오게 해주세요!'

그녀는 오로지 그에 대한 생각뿐이었지만, 그는 생각할 것들이 너무나 많았다!

'난 매순간 그이를 생각하건만 그이는 가족, 아내, 친구들, 그 밖에 다른 생각들로 둘러싸여 있겠지. 억울해! 억울해!'

아버지 곁에 조용히 앉아 어슴푸레한 어둠 속에서 제인의 이야기를 쓰고 있는 샬럿의 마음속 구석구석에는 옛 학교의 모든 것이 새겨져 있다. 그녀가 자기도 모르게 간절한 기도를 올렸던 벽감 속의 성모 마리아, 그 조각상 발밑에 놓여 있던 꽃들, 무더운 여름날 미풍에 흔들리던 흰색 침대 커튼, 이슬 맺히고 땅거미 짙게 내려앉은 정원에 흐르던 은은한 달빛, 꽃들이 흐드러진 화단과 과수들, 그리고 오래도록 잔향이 남아 그녀가 황홀하게 들이마셨던 그의 시가 냄새.

학교가 다시 열린 어느 가을날 아침, 샬럿은 그의 시가 냄새를 확실히 맡았다. 그녀의 책상 뚜껑에서 그 사랑스러운 향이 풍겼다. 그녀는 그가 책상 뚜껑을 들어 올리고 거리낌 없으면서도 점잖은 손놀림으로 책상 속 그녀의 물건들을 뒤적거리는 모습을 상상해보았다. 정말로 책들, 연필, 공책들 사이에 그가 남긴 자취와 얼룩, 반갑기 그지없는 그의 흔적이 있었다. 물건들의 자리가 바뀌어 있고, 펜촉에 잉크가 묻어 있고, 연필이 뾰족하게 깎여 있었다. 그리고 그가 놓고 간 독일어 책의 면지에 그녀를 위한 서명이 남겨져 있었다. 그는 그녀를 신경 쓰고 있었다. 그녀를 완전히 잊은 것이 아니었다. 대담하게도 아내의 말

을 거슬렀다. 얼마나 뛸 듯이 기뻤던가! 우둔한 여자들로 가득
찬 교실이 갑자기 환하게 빛나고 있었다. 그녀는 참지 못하고
정원으로 나가 잠시 숨을 골라야 했다.

그녀는 그가 돌아오리라는 기대를 버리지 않았다. 이른 아침
에 정원을 거닐며 이파리들, 떨기나무들, 새들을 바라보거나 늦
은 밤 별들을 올려다보면서 바로 그 키와 몸매를 지닌 검은 인
영人影이 나타나기를 갈망했다. 그녀는 정원을 떠날 수가 없었
다. 앞길을 계속 나아가지 못하고 선 채로 그 자리에 얼어붙어
버렸다.

샬럿은 맨체스터에 머물면서 그때의 모든 일들을 다시 떠올
린다. 지금 그녀는 매일, 매시간 글을 쓴다. 외롭지 않은 정적,
끝없는 밤. 이토록 완벽한 집필 환경을 찾기란 어려울 것이라는
생각이 든다. 이 낯선 소도시의 이 방에서는 자유로이 쓸 수 있
지만, 머지않아 이곳을 잃게 되리라. 아버지가 건강을 회복하는
대로 곧장 아버지를 모시고 동생들이 살고 있는 호어스로 돌아
가야 할 테니. 서둘러 써야 한다.

간호사

간호사는 늙은 환자 곁에 앉아 바느질을 하며 먹을거리를 걱정한다. 배가 좀 고프지만, 베이컨 조각이나 소시지를 튀기는 기분 좋은 아침 향은 전혀 풍기지 않는다. 그럴듯한 아침 식사를 준비할 수 있으면 좋을 텐데. 맛 좋은 훈제청어, 부드러운 수란水卵, 블랙푸딩(돼지고기와 선지를 섞어 만든 검은색 소시지─옮긴이), 고기 국물에 튀긴 빵 한 조각을 머릿속에 그려본다. 그래봐야 스코틀랜드 오트밀밖에 없을 테고, 그마저도 그리 많지 않을 것이다.

'넉넉하게 주문해놓긴 했을까?'

그녀는 윌슨 박사가 보내준 늙은 하인이 과연 충분한 음식을 차려낼지 의심스럽다.

간밤의 저녁 식사는 재앙이었다. 축축한 화이트소스를 치고 케이퍼를 몇 개 뿌린 대구 비슷한 생선이 거의 식은 채로 나왔다.

'이 부녀는 이 집에 숙식하는 사람들이 몇 주 동안 지내는 데 얼마나 많은 음식이 필요할지 알기는 하는 걸까?'

간호사는 공책을 들고 방으로 들어와 구석 자리에 앉는 딸을 지켜보며 생각한다.

세상 물정 모르는 것처럼 보이는 그 딸은 여자라면 마땅히 잘 알고 있어야 할 살림살이에 기막힐 만큼 무관심하다. 딸은 좋은 요리법을 가르쳐주려는 그녀를 무시했다. 그렇다고 그 딸이 행실 나쁜 여자인 것도 아니다. 뭐가 잘못된 걸까? 하루 종일 저 공책에 코를 처박고 있다. 어쨌든 이 집에서 함께 지내고 있는 사람이 세 명, 늙은 하인 비디까지 더하면 네 명인데 주문해놓은 고기는 그리 많지 않다. 앞으로 5주 동안 계속 감자와 포리지를 먹고 싶지는 않다. 식욕이 왕성한 그녀는 아침으로 훈제청어나 스테이크 한 조각과 키드니파이(소나 양 따위의 콩팥을 넣어 만든 파이—옮긴이), 저녁으로는 양송이 넣은 촉촉한 양고기에 흑맥주 한 잔을 곁들이고 싶다. 그녀가 일을 마칠 때까지 필요할 고기의 양을 어림해본다. 그녀가 딸이라면 미리 요리해둔 새끼 양허리고기, 돼지족 두세 개, 민스파이(다진 고기로 만든 파이—옮긴이) 조금을 저장실에 쟁여놓았을 텐데.

그녀가 환자의 메마른 입술로 찻잔을 들어 올리자 그가 홀짝인다.

"고기수프 좀 드실래요?"

그녀는 맛없는 음식을 가여운 환자의 입술 사이로 떠 넣는다. 이 작고 누추한 집, 이 말없는 부녀를 떠나 어린 세 딸의 곁으로 돌아가고 싶다. 딸아이들을 높이 안아 들고 빙빙 돌리며 아이들의 웃음소리를 들었으면……! 2년 전 발판 사닥다리에서 떨어져 죽은 벽돌공 남편이 생각난다. 달콤한 맛이 나던 그의 입술이 떠오른다.

환자는 그녀가 주는 버터 바른 빵을 조금씩 뜯어먹다가, 차갑게 식은 양고기는 한번 맛보더니 거부한다. 웩웩거리며 성마르게 음식을 밀쳐낸다. 그녀는 고집 센 그를 나무란다.

"이러다 기운 못 차려요, 목사님!"

간호사는 환자의 비쩍 마른 두 다리가 뻗어 있는 담요 밑으로 요강을 살짝 집어넣는다. 그러고는 문가에 서서 기다리며 눈길을 딴 데로 돌린다. 기다리고 있는 그녀의 존재를 그도 느끼고 있는 것이 분명하지만, 지금은 마렵지 않은 모양이다. 소변이 나올 기미가 안 보인다. 그녀는 이런 일에 익숙하다. 그가 그녀에게 줄 작은 선물이라도 만들어내기 위해, 그녀가 준 이 기회를 놓치지 않기 위해 안간힘을 쓰는 동안 그녀는 제자리에 계속 머무른다. 약하게 쉿 하더니 오줌 방울이 똑똑 떨어지는 소리가 들려온다. 그녀는 침대로 간다. 그러고는 요강을 꺼내기 위해 담요를 들어 올리며 그의 몸을 힐끔 본다. 그의 몸은 차가운 법랑 요강 위에 뻣뻣하게 걸쳐져 와들와들 떨고 있고, 벌레 같은 음경은 다리 사이에 축 늘어져 있다. 그녀는 그를 깨끗이 닦아주고 요강을 치운다.

그녀도 늙으면 이렇듯 무력하게 수치스런 일을 당하게 될까? 이 노인처럼 가장 기본적인 품위마저 잃게 될까? 사람들 앞에서 옷을 홀딱 벗은 알몸으로 있는 꿈을 어릴 적에 자주 꾸었다. 지금은 생각만 해도 소름 끼치지만, 늙어 병들게 되면 신경도 쓰지 않으리라. 아이들을 낳을 때 느꼈던 기분을 기억한다. 누가 그녀의 알몸을 보든 말든, 이 세상에 나오기 위해 헤엄쳐 나오는 작은 올챙이 같은 아기가 어떻게 되든 걱정할 여유가 없었다.

좁은 계단은 험난한 장애물이다. 요강을 들고 하루에 수차례 그곳을 오르내리다 보면 목이 부러질 것만 같다. 그녀의 구두가 마루청을 쿵쿵 밟는다.

노인이 병상에 누워 있을 대여섯 주 동안 그녀도 이곳에 머물러야 할 것이다. 윌슨 박사가 그렇게 말했다. 음식만 충분하면 이곳에 머물고 싶은 마음이 들지, 그녀는 확신이 서지 않는다.

집 뒤편의 작은 정원에 들어선 그녀는 흙이 말라버린 화단에 시들어 있는 백일홍 몇 포기, 먼지투성이의 밤나무, 담벼락 옆의 가느다란 삼나무들을 지나간다. 그러고는 나뭇잎들을 올려다본다. 가장자리가 갈색으로 물들어 있다. 해가 구름에 가려 있고 그녀는 날씨가 변하고 있음을 느낀다. 땅에서 열기가 솟아오른다. 옥외 변소는 집 뒤편에서 조금 떨어져 있다. 그녀는 요강을 비운다. 그리고 코를 찌르는 냄새를 참고 앉아서 볼일을 본다. 자신의 질긴 검은색 구두를 물끄러미 보면서 거미줄에 걸린 파리가 윙윙거리는 소리를 듣는다. 잠깐의 휴식.

변소를 나와 정원으로 다시 들어서자 가벼운 산들바람이 분다. 모자에 달린 리본이 간호사의 살찐 팔을 건드리며 팔랑거리고, 깡마른 삼나무들이 흔들린다. 그녀는 캄캄한 붉은 벽돌 건물 안으로 들어가 1층의 음침한 부엌을 들여다본다. 개수대 앞에서 감자를 깎고 있는 비디에게 고개를 끄덕여 인사한다. 비디는 귀가 어두워서 남들과 말이 잘 통하지 않는 것 같다. 윌슨 박사가 약속했던 대로 일도 그리 힘들지 않고, 목사도 점잖은 데다 참을성 많은 환자다. 하지만 이런 경우에는 항상 감염의 위험이 있다. 그녀는 거머리의 효험을 철석같이 믿는다. 오늘 윌슨 박사가 전화하면 얘기를 꺼내볼 참이다. 그는 그녀가 이 부녀와 함께 숙식하는 것을 달가워하지 않는다는 사실을 미처 짐작하지 못했다.

간호사는 계단을 올라 어둑한 방으로 다시 들어간다. 순간 그녀의 환자가 잘 보이지 않는다. 잠시 후 어둠 속에서 참을성 있게 누워 있는 그의 모습, 보기 흉한 암녹색 드레스를 입고 충실하게 그의 곁을 지키고 있는 딸의 모습이 함께 나타난다. 가난은 부족한 식량으로만 드러나지 않는다. 유행에 뒤떨어진 지고 소매(양의 다리 모양과 비슷한 삼각형 소매―옮긴이), 잿빛 숄, 주름 장식과 굴곡도 없는 페티코트, 단정하긴 하지만 세련되지 못한 옷맵시로도 드러난다. 맨체스터의 더 나은 집안들에서 일해본 경험이 있는 간호사의 눈에 딸의 차림새는 그야말로 구닥다리에다 촌스러워 보인다.

이 부녀는 잘 모르겠지만, 그녀를 찾는 곳은 꽤 있다. 그녀는 환자를 고를 수 있다. 간호가 귀한 대접을 받는 직업은 아닐지 몰라도, 젊고 튼튼한 데다 유능하고 나름대로 매력적인 그녀 같은 간호사에게는 일이 끊이지 않는 법이다.

부산 떨고 돌아다니며 방 안을 정리하는 동안 그녀는 적막함에 짓눌린다. 딸은 고개도 들지 않고 계속 연필만 사각사각 놀리고 있다.

'저런 노처녀가 무슨 얘기를 쓸까?'

노인은 죽은 듯 가만히 누워 있다. 서글픈 체념으로 운명에 몸을 맡기고 있는 그는 말하거나 움직이지 말라는 지시를 받았다. 하지만 딸은 괜히 점잔을 빼며 거의 말 한마디 하지 않는데, 어쩌다 몇 마디 할 때에도 낮고 음울한 목소리로 알아들을 수 없게 중얼댄다. 공책을 코까지 들어 올리거나 공책에 고개를 파묻는 걸 보면 아버지만큼이나 눈이 어두운 모양이다.

간호사는 모자란 음식에 대해 얘기를 할까 말까 생각한다. 이 생각을 알아차리기라도 한 듯 딸이 고개를 든다. 어둑한 방 안에서 안경 너머로 큼직하게 반짝이는 두 눈에 순간 뜨거운 불꽃이 번득이는 모습을 보고 간호사는 깜짝 놀란다.

'첫인상처럼 온순하기만 한 사람은 아닐 거야.'

딸은 이내 고개를 숙이고 다시 공책에 코를 박은 채 글을 쓴다.

'당신이 그렇게 잘난 줄 아는 거야, 아가씨?'

그녀는 귀족 같은 지체 높은 환자들한테서도 약간은 부산스럽고도 친절한 인사말, 평가하는 듯한 시선을 받는 데 익숙해져 있다.

지난여름 손턴의 세딕 부인 댁에서 일할 때에는 저녁마다 아늑한 거실에서 가정부와 한참 동안 수다를 떨었고, 마부는 그녀에게서 눈을 떼지 않았다. 그러던 어느 봄날 아침, 이슬에 젖은 정원을 산책하다가 마주친 그 마부의 모습이 지금도 눈에 선하다. 모래빛 머리칼의 건장하고 훤칠한 젊은 남자가 진흙 묻은 장화를 신은 채 두 다리를 벌리고 서서, 정원에서 딴 야생딸기에 크림을 끼얹은 큰 그릇을 그녀에게 건넸다. 그것을 무슨 수로 거절하겠는가.

남편이 자주 집을 비웠던 세딕 부인조차 잠 못 드는 밤이면 자신의 고통을 한참이나 떠드는 걸 즐겼다. 그럴 때마다 애처롭게 그녀를 부르며 약즙과 비스킷을 가져다달라고 부탁하곤 했다. 부인은 비스킷을 잔 속에 살짝 담근 뒤 약즙으로 윗입술의 검은 솜털을 축였다. 더러는 그녀의 손을 잡거나 자신의 숱 적은 머리카락을 빗어달라고 하기도 했다.

"내가 얼마나 괴로운지 자넨 몰라, 모른다고!"

부인은 이렇게 말하며 손으로 심장을 누르곤 했다. 가끔 어깨와 등을 주물러달라고 부탁해놓고는 그녀가 떨리는 손가락 끝으로 부인의 데콜테(소매가 없고 등이나 가슴이 많이 드러나도록 깃을 깊이 판 여성 예복—옮긴이)를 섬세하게 어루만지면 끙끙대며 말했다.

"자네 손은 약손이야."

간호사는 밤잠에 쉬이 들지 못하고 깨어 있다.

"주님, 용서해주소서. 순전히 잠들기 위해서예요."

그녀는 이렇게 속삭이고는 넓적다리 사이로 손을 집어넣고 살살 어루만지며 다리를 꼰다. 그렇게 얻은 위안에 신음한다.

그래도 잠이 오지 않는다. 저녁으로 또 먹은 축축한 생선보다는 든든한 음식으로 뱃속을 채워야 한다. 전날 먹다가 남은 양고기나 치즈 한 조각이면 될 것 같다.

그녀는 침대에서 내려가 어깨에 숄을 두르고는, 양초를 들고 맨발로 살금살금 계단을 내려간다. 지하 부엌으로 들어가 찬장에 넣어둔 접시에서 양뼈를 꺼내고 흑맥주를 한 잔 따라 식탁에 차리고 앉는다. 양뼈를 두 손으로 잡고 게걸스럽게 갉작거린다. 뼈에 붙은 살만큼 맛있는 것도 없다. 맛 좋은 연골 조각을 튼튼한 어금니로 으깨고 있는데, 문이 홱 열리더니 누군가가 놀란 눈으로 그녀를 빤히 쳐다보며 서 있다. 흰색 잠옷 차림에 머리를 어깨로 늘어뜨린 딸이다. 빤히 알면서도 딸은 묻는다.

"여기서 뭐 하세요?"

"잠이 안 와서요."

그녀는 머쓱해져서 양 뼈를 내려놓고는 벌떡 일어서며 생각한다.

'신발이라도 신고 올걸!'

그녀는 턱에 묻은 기름을 손등으로 훔쳐 내고는 죄 지은 아이처럼 눈을 내리깐다. 딸은 잠시 그녀를 바라보다가 미소 지으며 쌀쌀맞지 않은 투로 말한다.

"저도 그래요."

그녀가 정신을 차리고 묻는다.

"뭐 먹거나 마실래요?"

딸은 망설이며 양 뼈와 흑맥주를 물끄러미 본다. 그녀의 눈에 욕심이 번득인다.

간호사가 흑맥주를 잔뜩 따라주자, 딸은 그녀에게 앉으라고 손짓한다. 밤의 적막 속에서 그들은 식탁에 마주앉아 술을 홀짝인다. 딸의 윗입술 솜털에 흑맥주가 살짝 묻은 것을 보며 그녀는 생각한다.

'참 자그마하고, 고상한 여인이잖아!'

딸이 말한다.

"참 길고 외로운 밤이네요."

아련한 빛 속에서 딸의 풀어헤친 머리칼, 빛나는 눈을 보며 간호사는 어느덧 그녀가 거의 미인으로 보인다는 생각까지 한다.

희망

샬럿 역시 밤잠을 설쳤다. 계단을 내려가는 발소리가 들리기에 누가 돌아다니고 있는지 보려고 내려갔다. 간호사가 부엌에서 혼자 촛불을 앞에 두고 어깨에는 숄을 두른 채 앉아 넓적한 뺨, 무딘 턱, 떡 벌어진 입에다 번들거리는 기름을 잔뜩 묻히며 양 뼈를 어적어적 씹어 먹고 있었다. 큼직한 두 맨발은 부엌 바닥에 보기 흉하게 놓여 있었다. 그녀는 말 안 듣는 여학생처럼 간호사와 함께 깔깔대며 수다를 떨고 싶어졌다. 간호사와 함께 흑맥주 한 잔을 다 비웠다. 식탁을 정리한 뒤 같이 부엌을 나와 계단을 올랐다. 그녀의 손을 잡고 잘 자라는 인사까지 했다. 샬럿은 간호사에게 가상의 이름도 붙여주었다. 험버!

샬럿은 주머니 속에 들어 있는 출판 거절 편지로 내내 마음이 뒤숭숭하다. 게다가 그녀와 여동생들이 지은 시들이 거의 팔리지 않은 것에도 심란하다. 비록 아직 큰 빛을 보진 못했어도 에밀리의 시에 훌륭한 점이 있다는 그녀의 믿음에는 변함이 없다.

하늘을 나는 황야의 종달새
히스 꽃들 사이를 노니는 벌.
(에밀리 브론테의 시 「내 여인의 무덤」 중에서—옮긴이)

정밀한 묘사에 운율이 깃든 이 구절은 아직도 그녀를 살짝 전율시킨다.

'이 시구는 분명 살아남겠지?'

그들이 출판 비용을 부담한 165쪽짜리 시집은 지금껏 겨우 두 권이 각각 4실링에 팔렸다.

샬럿은 이제 자신의 스승에게 사랑을 애걸하는 구차한 편지 따위 쓰지 않으리라, 그를 생각하지도 않으리라, 최후의 복수로 그를 작품에 써먹으리라 다짐한다.

한때 사랑했던 브랜웰에게는 모든 희망을 접었다. 남동생에게 걸었던 기대는 무참히 깨져버렸고, 남동생을 아꼈던 만큼 환멸감 또한 컸다. 생김새를 비롯해 쉽게 격정에 빠지는 성격까지 자신을 쏙 빼닮은 남동생을 이제는 멀리하리라 굳게 마음을 다잡는다.

'이 실수투성이 인간들을 나의 목적에 맞게 써먹을 물건으로 바꾸어버릴 것이다. 나를 푸대접하고 무시했던 모든 이들을 이용하리라. 나의 글에 대한 세상의 부당한 평가와 나 자신의 가치를 깊이 인식하고, 나의 분노를 글에 담으리라. 내가 잘 아는 것, 나의 열정에 대해 쓰리라.'

샬럿은 눈을 감고 세상과 격리된 채 글을 쓰는 버릇이 있다. 하지만 이번엔 그럴 필요가 없다. 그리 길지 않은 인생을 살면서 그녀는 아주 많은 글을 썼고, 대부분은 남동생과 함께였다. 두 사람은 하나의 감성, 하나의 상상력, 그리고 똑같은 감정의 떨림을 가지고 있었다. 그 모든 것은 이 순간을 위한 연습이었을까?

샬럿은 다른 많은 여성들의 마음을 움직이고 싶다. 즐거움과 놀라움을 선사하고, 그들이 마음속에 간직하고 있는 비밀을 토로하고, 그들이 스스로를 고통받는 자로 느낄 수 있게 해주고 싶다. 여성이 느끼는 감정, 따분한 집안일에 갇힌 삶의 권태로움을 보여주고 싶다. 선행을 베푸느라 분주하고, 귀에 거슬리는 목소리로 시끄럽게 떠들고 웃어대며, 참견 잘하고 먹성 좋은 이 간호사의 마음까지 움직일 수 있을지도 모른다.

의자에 앉아 꾸벅꾸벅 졸다 깨어난 샬럿은 순간 자신이 어디에 있는지 기억나지 않는다. 방 안의 벽난로에 지펴진 작은 불의 붉은 빛이 보인다.

'아, 그렇지. 이곳은 맨체스터지.'

그녀는 자기 앞에 선 낯선 사람을 보고 벌떡 일어나 드레스의 레이스깃을 매만져 바로잡는다.

"깜빡 졸았나 봐요."

윌슨 박사가 그녀에게 손을 내민다. 키가 그리 크지 않은 그는 언뜻 보면 날카로운 인상이지만 상냥한 표정, 움푹 팬 큼직한 눈, 숱 많고 곱슬곱슬한 백발을 갖고 있다. 간호사가 그를 방 안으로 안내해주고는 다른 방으로 건너가버렸다.

아버지 곁으로 다가가 마치 후광처럼 어렴풋한 흰색으로 빛나는 머리를 숙이고 아버지에게 살며시 말을 건네는 윌슨 박사의 모습이 든든해 보인다. 그녀는 윌슨 박사가 촛불의 빛을 받으며 조심스레 붕대를 풀고 아버지의 눈꺼풀을 들어 올리는 모습을 지켜본다. 잘 다듬어진 그의 가느다란 손이 그녀의 눈길을 사로잡는다. 날래고, 팔팔하고, 거침없는 손이다. 그녀는 다가가 아버지의 눈을 내려다본다. 마치 아버지가 그녀를 쳐다보는 것 같다.

월슨 박사가 묻는다.

"보이는 게 있습니까?"

아버지가 대답한다.

"유리를 통해 흐릿하게 보이는 것처럼 뭔가가 희미하게 보여요."

월슨 박사가 다시 묻는다.

"아! 그럼 물건이나 빛을 알아보시겠습니까?"

아버지가 난로 쪽을 보며 말한다.

"타오르는 빛이 보여요, 뿌여니 불그스름하게."

"촛불은요?"

"자욱한 연기 같은 게 빛나는 것 같군요."

월슨 박사는 수술 결과가 아주 만족스럽다고 말한다. 샬럿은 감격하여 손을 내민다. 월슨 박사는 처음엔 한 손으로, 그다음엔 두 손으로 그녀의 손을 잡는다.

그녀가 말한다.

"오, 고맙습니다. 박사님이 저희를 구하……."

하지만 그녀는 말을 끝맺지 못한다. 그 치유의 손이 주는 전율이 따뜻한 물처럼 그녀의 온몸을 휘감는다. 그와 동시에 작품을 위한 착상이 떠오른다.

'친절한 약제사의 약속과 함께 희망의 순간이 제인에게 찾아올 것이다. 제인은 외숙모와 사촌형제들, 리드 가족의 저택, 매정한 친척들을 떠나 학교로 갈 것이다.'

샬럿은 윌슨 박사를 못 가게 붙들어두고서 그의 어깨에 머리를 얹고 그에게 기대고 싶은 마음이 굴뚝같다. 상상 속에서 그녀는 '박사님, 가시지 말고 차라도 같이 드세요.' 하면서 타르트, 버터 바른 크럼핏(이스트를 발효시켜 만든 핫케이크의 일종—옮긴이), 딸기잼, 시드케이크(캐러웨이 씨앗이 든 케이크—옮긴이)를 그에게 대접한다. 물론 그들은 그런 별미들을 주문하지도 않았다. 박사는 다른 환자들도 보러 가야 한다며 서둘러 가버린다. 그녀의 들뜬 기분도 이내 사그라진다.

깨어남

간호사는 노인의 늙고 뻣뻣한 몸 위에 시트 한 장만 남겨놓고 담요를 젖힌다. 눈길을 돌린 채 그의 한 손, 그다음엔 한 팔, 그다음엔 한쪽 다리를 끄집어낸다. 그의 머리가 움직이지 않도록 신경 쓰면서, 따뜻하고 축축한 천으로 그의 몸을 조심스레 닦는다. 그는 서서히 긴장을 풀면서 주먹을 편다.

그녀는 그의 옷을 풀어헤쳐 가슴을 드러내며 중얼거린다.

"가만히 누워 계세요. 아무런 느낌도 안 들 거예요."

그는 정적 속에 편안히 누워 있는 것이 새삼 기쁘다. 시력이 점차 돌아와 형체들과 희미한 빛이 깜박거리며 보인다. 마음을 달래주는 가랑비처럼 고요가 그에게 내려앉는다.

'제 기도에 답해주셨군요. 주님, 고맙습니다.'

그는 이 여인의 야무진 손에 몸을 맡긴 채 고분고분 꼼짝 않고 누워 있다.

'아무 데도 안 가고 남의 얘기를 들어주지 않아도 되니, 남을 위로해주거나 격려의 말을 찾지 않아도 되니, 거짓된 희망을 심어주거나 용감한 말과 행동으로 도와주지 않아도 되니 참으로 좋구나!'

기억하는 한 아주 옛날부터 그는 일을 했다. 어릴 적에는 들판에서 두 손으로 일했고, 나중에는 마음으로 일했다. 한 오두막 안에 앉아 있는 꼬마 모습의 그가 보인다. 진흙 바닥, 회반죽 벽, 작은 창문 하나, 대들보가 드러나 있는 초가지붕, 공기 중에 맴도는 밀 굽는 향기……. 다른 이들은 모두 깊은 잠에 빠져 있는 시간, 그 꼬마는 조악한 테이블 앞에 웅크리고 앉아 가정용 성서의 미세한 활자에 눈을 붙박고 있다. 성서의 처음부터 끝까지 아름다운 말씀을 가슴에 새기며, '예수 그리스도의 계보'가 이어지는 따분한 장들까지 읽는다. 심신이 지쳐 있지만, 논밭에서의 노동으로 팔다리가 쑤시지만, 뱃속이 비어 허기지지만, 출세하여 신사가 되는 데 필요한 학식을 얻고자 꼬마는 필사적으로 애쓴다.

성서, 밀턴의 작품들, 버니언의 『천로역정』 외에는 집에 책이 거의 없었다. 그의 어머니는 책을 싫어했다. 그는 밭에서 아버지를 돕거나 많은 동생들을 돌봐야 했다. 자신의 아들에게만은 그런 고생을 시키고 싶지 않았다.

그는 스물두 살에 7파운드를 들고 아일랜드를 떠났던 때를 떠올린다. 교회에서 끝까지 살아남은 그는 자신이 주님의 군대에 속한 병사, 십자군 전사라고 생각한다. 평생 열병처럼 품은 정력은 너무 갑갑하게 봉인되어 있다가 이따금 그의 통제에서 벗어나버리기도 했다. 가끔은 하느님에게조차 울화통을 터뜨렸다. '그렇지 않으면 위대한 왕자님이 감옥에 갇히리'(존 던이 지은 시 「황홀」의 한 구절—옮긴이)라는 유명한 시구가 생각난다. 그는 블레이크의 시들을 좋아한다.

내 불타는 황금의 활을 가져다주오.
내 욕망의 화살을 가져다주오.
내 창을 가져다주오.
오, 구름이여, 펼쳐져라!
내 불의 전차를 가져다주오.
(윌리엄 블레이크의 시 「예루살렘」 중에서—옮긴이)

그는 자부심과 재기가 넘치던 순간 자신의 이름을 세련되게 고쳤다. 넬슨 제독의 작위인 브론테 공작을 사용함으로써 그에게 더 가까이 다가갔다. 그는 자신을 재창조했다.

편자를 박으러 말을 데려온 한 행인에게 대장장이가 그를 가리키며 했던 말이 떠오른다.

"손이랑 얼굴이 시커먼 이 촌놈 좀 보쇼. 타고난 신사라오."

예닐곱 살 무렵 그는 불똥 튀는 대장간에서 뜨거운 불을 쏘이며 힘들게 일했다. 평생 잊지 못할 순간이었다. 자부심과 수치심이 공존했다.

'난 진짜 신사가 될 거야. 두고 봐!'

대장장이가 한 말을 계기로 그는 거만해지는 동시에 자신의 비참한 상황을 의식하게 되었다. 그 순간부터 자기보다 나은 사람들을 흉내 내며, 그들이 어떻게 먹고 어떻게 입는지, 그리고 무엇을 읽는지 지켜보았다.

그는 자신의 부모가 창피했지만 그런 자신의 마음, 특히 어머니를 창피하게 여기는 마음이 부끄러웠다. 어머니는 아버지와 결혼하면서 가톨릭 신앙을 버렸다. 모두 잠든 한밤중이면 어머니가 라틴어로 가톨릭 기도를 중얼거리는 소리가 들려오곤 했다.

그는 자신의 아들에게 그리스어와 라틴어를 가르쳤다. 그의 서재는 물론 주위 부잣집의 서재에 있는 책들을 마음껏 읽게 해주었다. 그의 구세주였던 교육이 이 가엽고 그리 예쁘지 않은 딸들도 구원해주기를 기대했다. 그래서 딸들이 아들과 함께 호라티우스나 카툴루스의 글을 번역하는 것까지 허락해주었다. 샬럿이 바이런의 『돈 주안』을 읽는 걸 보고도 그의 젊은 시절을 떠올리며 눈감아주었다.

아이들이 들판을 거닐다가 돌아와 그에게 건넸던 물건들이 기억난다. 어린 에밀리는 댕기물떼새의 깃털, 이끼를 손에 들고 바람과 야생의 냄새를 풍기며 그의 서재로 뛰어 들어왔다. 에밀리의 선물은 그가 지은 시의 한 구절을 떠올리게 한다.

고운 나이팅게일과 구구 우는 비둘기
젖빛 가시나무, 이파리 달린 나뭇가지

썩 괜찮은 구절이다.

그의 기억력에 깜짝 놀라던 타이그 목사가 떠오른다. 그는 우아한 응접실에서 묵직한 구두, 잘 맞지 않는 바지, 너덜너덜한 소맷부리를 의식하며, 놀란 표정의 복음주의자들 앞에 어줍게 서 있었다. 노란색 비단 커튼, 크림색으로 칠한 징두리널, 은식기들, 꽃들을 물끄러미 바라보며 성서의 장과 절들을 인용했다.

"하느님의 영으로 인도함을 받는 사람은 누구나 다 하느님의 자녀입니다. 여러분은 또다시 두려움에 빠뜨리는 종살이의 영을 받은 것이 아니라, 자녀로 삼으시는 영을 받았습니다. …… 현재 우리가 겪는 고난은 장차 우리에게 나타날 영광에 견주면, 아무것도 아니라고 나는 생각합니다."(로마서 8장 14~18절을 인용한 내용─옮긴이)

로마서의 내용을 하나도 틀리지 않고 거침없이 인용해가는 그를 타이그가 멈추며 말했다.

"우리의 대의를 위해서는 바로 이런 인물이 필요하지요."

타이그는 미소 지으며 마치 자기가 그를 창조해낸 주인인 양 득의만만하게 복음주의자들을 둘러보았다.

지식, 주님의 말씀에 대한 사랑, 용기라고 믿었던 것이 또한 분노이기도 하다는 사실을 그는 이제야 깨닫는다. 그의 한심한 행동을 부추겼고, 지금도 그의 안에서 치밀어 오르고 있는 분노. 아무래도 그는 교회보다는 군대에 들어갔어야 했다. 소명에 필요한 연민이 그에게는 없는 걸까? 그래서 벌을 받고 있는 것이 아닐까? 자신의 곁에서 줄곧 조용히 앉아 있는 딸조차 제대로 사랑할 줄 모르는 건가?

가여운 아내, 마리아의 순수하면서도 화사한 드레스를 못마땅해했던 일을 생각하면 부끄러워진다. 그는 아내가 그 옷을 절대로 못 입게 옷장에 꼭꼭 감춰두었다.

제때에 표출된 분노도 있었다. 거친 아이들이 불쌍한 백치 꼬마를 놀리다가 시커멓게 소용돌이치는 얼음장 같은 물속으로 떠밀어버리는 광경이 눈에 선하다. 그는 물속으로 뛰어들어 꼬마를 구했다. 러다이트운동(19세기 영국의 수공업자들이 자신들의 일자리를 빼앗은 섬유 기계를 파괴하는 소요를 일으킨 사건-옮긴이) 당시 한밤중에 일어나 장전된 권총을 허리띠에 찔러 넣고는 축축한 황무지를 터벅터벅 걸어가 공장 주인을 도왔던 일도 기억난다. 빈곤한 노동자들은 그들의 생계를 빼앗아버린 기계와 그 주인들에게 분노를 터뜨렸다.

'할 일 하나 없이 이렇듯 정적과 어둠 속에 한가로이 누워서 간호사의 친절한 손길을 받으며 순수의 상태로 돌아갈 수 있다니, 얼마나 은혜로운 일인가. 평생 이럴 수 있다면……. 이 여인이 나를 따뜻한 물속에 완전히 잠기게 해준다면……. 물! 성수! 기름을 내 머리에 부으셨으니 내 잔이 넘치나이다. 내 평생에 선하심과 인자하심이 반드시 나를 따르리니 내가 여호와의 집에 영원히 살리로다(시편 23편 5~6절-옮긴이).'

세례. 얼마나 많은 아기들을 세례반(세례수를 담은 용기-옮긴이) 위로 안았던가.

"성부 성자 성신의 이름으로 네 이름을 명명하노라."

복 받은 자들의 세상으로 첫발을 내딛는 환희, 흥분, 희망의 순간이건만 세례가 끝나기 무섭게 그의 비위생적인 교구에서는 조종弔鐘이 울렸다. 무덤의 부패한 시신들에서 흘러나오는 썩은 물을 불평하는 편지를 계속 보냈는데도 묵살하고 아무런 손도 쓰지 않았던 당국에 또다시 분노가 느껴진다.

그의 가슴 여러 군데가 동시에 따끔거린다. 그는 울부짖는다.

"이게 뭐요?"

무덤 속 벌레들의 모습이 떠오른다. 자신이 먹히고 있다.

"살려줘!"

울부짖는 목사에게 간호사가 설명한다.

"거머리예요. 몸이 붓지 않게 하려는 거예요. 가만히 계세요. 금방 끝나요."

"몇 마리나 되오?"

이상하게도 알고 싶어진다.

"겨우 여섯 마리예요, 피를 빨아들이죠."

수술에 비하면 이건 아무것도 아니라고, 간호사는 침착하고 조리 있는 목소리로 말한다. 그녀는 거머리들을 떼어내고 상처를 문질러 피를 더 빼낸다.

그는 울부짖는다.

"내 딸은 어디 있소? 샬럿은 어디 있냐니까?"

이런 순간에 어떻게 딸이 그의 곁에 없단 말인가!

샬럿이 와서 아버지 곁에 앉아 그의 손을 잡으며 중얼거린다.

"저 여기 있어요, 아버지."

그는 더듬거리며 말한다.

"제발 나 혼자 남겨두지 말거라, 얘야. 내 귀한 딸, 내 딸아, 네가 있어서 얼마나 기쁜지 모른다."

그는 딸의 손을 꽉 쥐어 쿵쿵거리는 그의 심장에 대고는 딸을 가까이 끌어당긴다.

"언제고 널 내 곁에 둘 수만 있다면 내 시력이 돌아오지 않아도 좋다."

치맛자락이 바스락거리는 소리가 들리자 그는 손을 뻗어 치마를 쓰다듬고 거기에 매달리고 싶다. 수술을 받는 동안 그러고 싶었던 것처럼, 가여운 아내가 예전에 그랬던 것처럼, 또 소리치고 싶다.

"못 견디겠으니 도와줘!"

혈통

아버지가 샬럿에게 성서를 읽어달라고 부탁한다. 샬럿은 그 날의 기도문을 펴고 얇은 책장을 손가락으로 짚어가며 읽는다.

"어린이, 젖먹이들이 노래합니다. 이로써 원수들과 반역자들을 꺾으시고 당신께 맞서는 자들을 무색케 하셨습니다."

성스러운 말씀을 포도주처럼 꿀꺽꿀꺽 들이켜는 아버지의 모습이 머릿속에 그려진다. 정말로 아버지는 하느님의 말씀을 들으며 아이처럼 입을 벌리고 있다. 성서와 아버지의 얼굴 위로 촛불이 깜박인다. 방이 어둠 속으로 사라진다. 구석에는 갈색 가죽의자가 불경한 짐승처럼 음험하게 웅크리고 있다. 슬픔의 땅, 쓸쓸한 불모지(존 밀턴의 『실낙원』에서 인용―옮긴이). 새벽 두

시, 두 사람은 함께 깨어 나란히 숨 쉬고 있다.

샬럿은 동생들과 함께 장난감 병정을 가지고 놀고 있을 때 아버지가 갑자기 그들의 작은 방으로 들어왔던 순간을 기억한다. 아버지는 자신의 방문 안쪽에 걸려 있던 물건을 내밀며 다른 놀이를 해보자고 했다. 케임브리지대학교 시절부터 간직해온 가면이었다. 아버지는 그들에게 가면을 쓰고 익명의 사람으로 변장해보라고 했다. 그러고는 질문을 던졌다. 딸들은 조심스럽게 대답했고, 아들만이 대담하게 자기 생각을 밝히며 그들의 신체적인 차이점을 당당하게 얘기했다.

지금 샬럿에게는 가면이 필요 없다. 깜박이는 촛불 속에 어렴풋이 아버지가 보이지만, 아버지는 딸을 보지 못한다. 이젠 아버지가 두렵지 않다. '이젠 오롯이 내 뜻대로 할 수 있어!' 하고 생각하며 샬럿은 살짝 미소 짓는다. 이젠 자유롭게 말하고 쓸 수 있다. 아버지가 자신을 지켜보는 것이 아니라 자신이 아버지를 지켜본다. 아버지가 자신의 감시를 받고 있는 것이다. 이렇게 바뀌어버린 처지가 마음에 든다.

샬럿은 성공하고 정복하고픈 욕망에 사로잡혀 작업에 몰두한다. 자신에게 눈길 한번 주지 않고 지나갔던 그 오만한 바보들, 그 혐오스러운 멍청이들, 자신에게 굴욕을 주고 또 주었던 모두를 이기고 말리라. 그 위대한 시인이 예전에 뱉었던 말을 도로 주워 담게 하리라(샬럿 브론테는 무명 시절 자작시를 계관시인인 로버트 사우디에게 보냈다가 부정적인 평가를 들은 바 있음―옮긴이)! 고용주들도 내 앞에 살찐 무릎을 꿇고 용서를 구하게 하리라! 선생님에게도 내가 무엇을 할 수 있는지 똑똑히 보여주리라. 이 새 작품으로 그들의 눈길을 사로잡으리라.

영원한 천벌을 피하기 위해 아버지가 "아그누스 데이(Agnus Dei. '하느님의 어린 양'이라는 뜻―옮긴이)"로 시작되는 성가를 계속 웅얼거리는 소리가 들린다.

아버지는 때에 따라 다른 내용으로 자신의 인생사를 들려주었다. 듣는 사람에게 교훈을 줄 것인가, 깊은 인상을 남길 것인가에 따라서 근면하고 성실했던 젊은 시절을 얘기하거나 발표한 시집들, 단편소설들, 신문사에 보낸 편지들, 케임브리지대학교 시절의 이야기 등 학자로서의 성공담을 들려주었다. 아일랜드어보다는 스코틀랜드어처럼 들리는 북부 아일랜드 사투리로 칼라일의 격언을 강조했다.

"내가 가진 것이 아니라 내가 하는 일이 바로 나의 왕국이다."

교구의 소박한 목양업자들에게는 끔찍한 으깬 감자와 옥수수죽을 먹고 만성 소화불량에 걸렸던 일을 들려주었다. 아일랜드의 친척들, 특히 가톨릭교도 어머니에 대한 이야기는 절대 입에 올리지 않았다. 처음엔 대장장이로, 그다음엔 직공의 도제로 일하다가 열다섯 살에 학교를 다니기 시작한 사연을 감탄한 청중들에게 들려주곤 했다.

샬럿의 학교 친구들과 히턴 가 같은 지주들은 아버지의 아일랜드 혈통을 무시하면서도, 케임브리지대학교 세인트존스칼리지와 파머스턴 경(케임브리지대학교에 다녔으며 외무장관과 총리 등을 역임한 정치인으로, 토리당원에서 시작하여 휘그당원으로 정치 인생을 마쳤음—옮긴이)에 대한 이야기들은 즐겁게 들었다. 완고한 토리당 지지자들인 그들은 아버지를 파머스턴 경과 절친했던 옛 친구로 여기는 것 같았다.

샬럿도 근면과 규율이라는 아버지의 토리당 신념에 동의하고 전통적인 엘리트를 신뢰한다. 자신의 영웅인 웰링턴 공작도! 아버지처럼 샬럿도 우상숭배와 미신으로 가득 찬 가톨릭교의 제한된 해방을 지지했다.

아버지가 말한다.

"너희들 중 몇 명이라도 보내지 않으면 네 이모마저 떠날까 봐 두려웠다. 너희들에게 그게 최선인 것 같았지. 그 학교를 적

극 추천받았잖아. 거기서 무슨 일이 벌어질지 누가 짐작이라도 했겠냐?"

종이 사이로 공기가 통하는 느낌이 나더니, 한 가지 생각이 생쥐처럼 종종걸음 치며 샬럿의 머릿속으로 들이닥친다. 이야기를 이어나갈 좋은 방법이 떠오른다.

온통 검은 옷을 차려입고 응접실에 기둥처럼 꼿꼿이 서 있는 키 크고 깡마른 목사가 보인다. 목사는 아이들에게 화려함과 사치의 맛을 보여줘서는 안 된다고 믿는다. 옛날에 샬럿의 아버지가 자식들을 협박하며 그랬던 것처럼, 그 목사 또한 아이들의 색깔 있는 구두를 태워버린다. 목사의 이름은 샬럿의 성 첫 글자로 시작된다. 브로…… 브로…… 브로클허스트.

그날 밤도 샬럿은 잠 못 들고 깨어 있는다. 마침내 잠들자, 때만 되면 어김없이 찾아오는 꿈을 꾼다.

잿빛 교회탑에 나란히 서서 창밖을 내다보고 있는, 낯설고 어두운 두 사람의 옆모습이 보인다. 교회 묘지에는 묘비들이 너무 꽉 들어차 있어 무성한 잡초도 그 사이를 비집고 자라지 못한다. 두 사람은 고급 깃털이 달린 비단드레스를 입고 풍성한 곱슬머리를 찰랑인다. 두 사람의 입을 반쯤 가린 부채가 장갑 낀 그들의 손 안에서 팔랑거린다. 두 사람은 서로에게 몸을 기울이고 거드름 피우며 묘지를 내다본다.

목사관에 이런 손님들이 찾아온 적은 좀처럼 없는데 두 사람에게 왠지 친숙함이 느껴져서 샬럿은 두려움에 몸을 떤다.

그리고 조용한 목소리로 묻는다.

"나를 보자고 하셨나요?"

두 사람이 호박단드레스를 바스락거리며 창에서 몸을 돌려 부채를 내리자, 오래전 어릴 때 죽어서 이젠 돌아올 수 없는 존재가 되어버린 언니들이라는 걸 깨닫는다. 언니들을 안으려고 달려가자 그들은 모르는 사람 보듯 샬럿을 빤히 쳐다본다. 그러더니 다가오지 못하게 하고는 친숙한 방을 불만스럽게 둘러본다.

"그나저나 방이 너무 작고 어두침침하지 않아?"

코원브리지기숙학교에서 지낸 고통스러웠던 그 열 달의 기억, 아니 그 상처는 샬럿을 평생 따라다녔다. 일요일마다 축축한 신발을 신고 교회까지 한참을 걸어가서 드리던 기나긴 예배, 살을 에는 듯한 추위, 일흔 명의 학생들과 교사들에게 딱 하나 있던 옥외 변소, 부실한 음식, 끊임없는 허기, 무엇보다 고통 속에 서서히 죽어가는 맏언니를 무력하게 지켜볼 수밖에 없었던 굴욕감과 괴로움.

샬럿이 작품에 옮긴 언니의 고통은 다른 사람들에겐 허구처럼 보이겠지만, 현실은 그보다 더 비참했다. 폐를 치료하다 옆구리에 생긴 물집 때문에 괴로워하던 언니를 교사가 침대에서 바닥으로 내팽개치며 "일어나, 이 게을러빠진 것아, 당장 침대에서 나오란 말이야!" 하고 날카롭게 소리치던 순간을 무슨 수로 설명할 수 있을까. 샬럿은 기숙사 침대 옆 물동이의 물이 얼 정도로 지독히 추웠던 그날 아침, 언니를 도왔다가 체벌이라도 받을까 두려워 아무 말 않고 지켜보고만 있었던 얘기는 뺀다. 초주검 상태의 언니가 힘겹게 옷을 차려입는 모습을 지켜보던 기억이 난다. 열 살의 마리아는 "게으르고 지저분한" 아이라는 소리를 들으면서도 그리스도 같은 인내심과 용기로 아무런 대꾸도 없이 잠자코 있었고, 하루 일과를 시작하라는 명령을 받았다.

어린 소녀들은 죽음이란 죄악을 막아주는 위대한 보호자라고, 모든 아이들이 기쁘게 달려가서 얻어야 할 목표이자 보상이라고 배웠다. 그 모든 아이들에서 카루스 윌슨의 응석꾸러기들은 제외되었다. 그 학교의 지독한 교장을 폭로하고 말리라. 그

를 그물로 낚아 올려 꿰찔러버리리라. 신랄한 독설로 그의 사악
함과 위선을 영원히 남기리라.

작품 속에서 제인은 죽어가는 친구의 품에 안겨 누워 있을 것
이다. 아버지가 집에 데려온 후 세상을 떠난 언니에게 샬럿은
그렇게 안기고 싶었다. 어머니가 죽어가고 있을 때 언니가 동생
들에게 자주 그래줬던 것처럼, 언니의 손을 잡고 언니의 아픔을
달래주고 싶었다. 언니가 영원히 세상을 떠나버리기 전에 언니
의 매끄럽고 파리한 볼에 입을 맞추고 싶었다. 왜 언니를 지켜
내지 못했을까.

진전

어릴 적 기숙학교로 보내진 후 샬럿은 종종 향수병에 시달렸다. 어둠 속에 아버지와 단둘이 있는 지금, 예전에 느꼈던 버림받은 기분이 되살아난다. 고향집, 잘 알지 못하는 어머니, 죽은 언니들, 꼬마 시절의 남동생, 예전의 친밀했던 가족에 대한 그리움이 밀려든다. 영리한 남동생이 런던에 가서 화가가 될 수 있도록 샬럿은 세상으로 나와 돈벌이를 했다. 상상했던 것보다 훨씬 더 힘들었다.

글을 쓰려고 고개를 숙일수록 치통이 더 심해진다. 그래도 고요한 가을날에 이 낯선 도시, 덧문 달린 이 작은 방에서 방해받지 않고 계속 집필할 수만 있다면 더 바랄 것이 없다. 과거는 필요 없다. 남동생과의 친밀함도, 흑고니의 덧없는 애정도 필요 없다.

9월의 서늘한 밤이지만, 가끔 침대에서 담요를 걷어내고 일어나 연필과 공책을 챙겨 든다. 그러고는 맨다리와 맨발만 담요로 감싸고 아버지의 침대 곁에 앉아 달빛을 등불 삼아 글을 쓴다. 깨어 있든 잠들어 있든 아버지는 딸이 옆에 있음을 알고 있는 듯하다. 아버지는 세상을 떠난 어머니와 언니들, 아니면 이곳에 없는 남동생과 더 많은 이야기를 나누는 것 같다. 눈에 감았던 붕대는 풀었지만, 윌슨 박사가 요구한 대로 아버지는 가만히 누워 있다. 딸에게 성마르게 굴던 모습은 이젠 사라지고 없다. 딸의 이름을 걸핏하면 불러댈 뿐이다.

"샬럿! 샬럿! 어디 있니, 얘야?"

샬럿은 작은 정사각형 공책에 깨알 같은 글자들을 거침없이 써 내려간다. 치통은 좀 덜하고, 글을 쓴 후로 변비도 많이 나은 듯하다. 마치 단어들이 머릿속에서 공책으로 술술 흘러 들어가듯이 창자도 활발히 움직이는 것 같다.

"샬럿, 가까이 오렴."

아버지가 부르자 다가가 몸을 숙인다.

"왜 그러세요, 아버지?"

아버지는 딸의 팔을 더듬어 잡더니 더 가까이 끌어당긴다.

"그 여자를 내보내거라."

"네? 뭐라고 하셨어요?"

아버지는 딸의 팔이 마치 새 날개인 양 붙잡더니 더 가까이 끌어당기며 속삭인다.

"그 여자한테 이제 시중들 필요 없다고 말하렴. 우리끼리도 잘 지낼 수 있어. 쓸데없는 데 돈 낭비할 필요 없지."

앞으로는 자기가 늙고 쇠약한 아버지의 몸을 씻기고 요강도 닦아야 한다는 생각에 심란하면서도, 샬럿은 아버지의 귀에 바짝 대고 속삭인다.

"곧 그렇게 할게요, 아버지."

아버지는 딸의 얼굴과 목을 어루만지며 고집스레 말한다.

"며칠이면 충분해. 우리 형편에 쓸데없는 낭비는 안 된다. 우리끼리도 할 수 있어. 요강만 내 가까이에 놔두렴. 내가 알아서 할 테니."

샬럿은 머뭇머뭇 속삭인다.

"아버지가 정 원하신다면요."

"그렇게 해다오."

샬럿의 여주인공은 빨리 자라나 자립을 구한다. 광고를 내고 다른 곳에서 일자리를 구해 냉혹함과 무관심, 친절과 배움의 추억이 뒤섞인 로우드학교를 떠날 것이다. 마음씨 좋은 템플 선생님이 제인에게 브로치를 준다. 손필드 홀의 페어팩스 부인으로부터 답신이 온다. 가정교사 일을 제안받는다. 그렇게 제인은 앞으로 나아갈 기회를 얻는다.

방으로 들어오는 간호사에게 샬럿이 말한다.

"여기 일은 이제 그만하셔도 될 것 같아요."

간호사는 샬럿을 물끄러미 쳐다보다가 입을 연다.

"윌슨 박사님 말씀으로는……."

"우리가 알아서 할 수 있소."

아버지가 침대에서 예전의 위엄 있는 목소리로 말하고는 덧붙인다.

"물론 비용은 주말 치까지 쳐 주겠소."

"그러시면."

간호사는 이렇게 대답하고는 살짝 무릎을 굽혀 절한다.

짐을 싸기 위해 돌아서는 간호사의 얼굴에 안도감이 어리는 듯하다. 막상 떠난다고 하니, '험버'라는 이름을 붙인 이 여인이 그리워질 것 같다.

"따님들이 건강히 잘 지내고 있었으면 좋겠네요."

작별 인사를 하러 온 험버에게 이렇게 말하자 험버는 미소 지으며 샬럿의 손을 잡는다.

"행운을 빌어요. 글이 잘됐으면 좋겠어요, 브론테 양. 지금쯤은 거의 다 완성됐겠군요. 언젠가는 나도 읽게 되겠죠."

"정말 그랬으면 좋겠어요."

샬럿은 이렇게 말하지만, 과연 자신의 작품이 책으로 만들어져 이 여인에게까지 닿을지 상상이 되지 않는다.

한때 학생이었던 로헤드학교에서 교사로 일하는 동안, 샬럿은 창작의 열망을 토로한 절절한 편지와 함께 자신이 쓴 시들을 모아 존경하는 시인 사우디에게 보냈다. 석 달이 더 지나 그에게서 답장이 왔다. 편지를 읽고 샬럿은 그 봉투에 이렇게 썼다.

영원히 간직할 것.

내 스물한 번째 생일에.

계관시인 사우디의 답장은 우둔하고 굼뜬 학생들의 멍청한 낭독을 들으며 힘들게 보낸 하루의 끝 무렵에 도착했다. 얼마나 마음에 안 드는 학생들이었던가! 리스터, 매리엇, 워커, 쿡 등의 여학생들은 관사와 명사의 차이도 이해 못하는 모양이었다. 샬럿은 차를 마신 뒤 일부러 오랜 시간을 걸어 몸을 지쳐빠지게 만들고는 돌아와서 기숙사 위층으로 조용히 올라가 침대에 검은 커튼을 쳐놓고 행복한 고독의 순간을 맛보고 있었다.

침대에 누운 채, 젊은 공작이자 악마인 자모나(앵그리아 이야기들에 등장하는 인물—옮긴이)가 다가오는 색정적인 몽상에 달콤하게 빠져들었다. 화려한 옷차림과 군도軍刀, 들썩거리는 맨가슴, 헝클어진 머리, 욕정에 불을 지피는 불덩어리 같은 두 눈을 떠올리면서. 그때 학교를 운영하는 다섯 자매 중 맏이인 마거릿이 커튼 사이로 고개를 쑥 들이밀고는 곱슬머리를 열정적으로 내저으며 편지를 허공에 흔들었다.

"편지 왔어요."

마거릿은 자신이 아끼는 교사의 짐을 덜어주고 있다는 생각에 상냥한 미소를 띠고 낮은 목소리로 중얼거렸다.

샬럿은 침대에서 벌떡 일어나 간절한 마음으로 편지를 받아들었다. 심장이 벌써부터 쿵쾅거리고 있었다. 그땐 편지들이 샬럿의 유일한 낙이었다. 발신인의 이름을 보고 나니 기숙사의 벽, 심지어 은은한 계곡이 보이는 바깥의 저녁 풍경조차도 그녀를 에워싸고 빙빙 도는 것 같았다. 쓰러질까 봐 앞에 있는 침대 철틀의 끄트머리를 꽉 붙잡아야 했다.

마거릿이 문을 닫고 나가자 샬럿은 차마 봉투를 열지 못하고 그냥 앉았다. 좁고 휑뎅그렁한 방의 정적 속에 몸을 옹그린 채 너무 두려워 뜯지 못한 봉투를 두근거리는 심장에 갖다 댔다. 호의적인 답장에 대한 기대가 무참히 밟히지나 않을까 싶어서, 잠시만 그대로 가만히 앉아 있고 싶었다.

그런데 마거릿이 저녁 근무를 하러 나오라며 불렀다. 그래서 그럴 기회를 놓쳐버렸다. 리스터 양의 옷을 수선하고, 자기 방을 못 찾는 멍청이들을 도와주고, 어떤 바보의 나이트캡을 찾아줘야 했다. 판에 박힌 일상에 비참히 얽매인 자신의 딱한 처지에 이를 악물며, 여전히 태평스레 제멋대로 사는 남동생을 생각했다.

느지막한 밤이 되어서야 깜박이는 촛불을 켜놓고 유명 시인

의 편지를 읽었다. 얼마나 끔찍한 편지였던가! 그 내용은 샬럿
의 마음속에 영원히 새겨졌다. 그녀 자신을 위해서가 아니라 후
세의 평가를 위해 그 편지를 간직해야 하리라. 시인은 샬럿에게
친절히 가르쳐주었다.

문학이란 여성의 직업이 될 수 없고 되어서도 안 됩니다…….

한참 동안 샬럿은 잠들지 못했다. 흰색 플란넬잠옷을 입고 얼
굴로 쏟아지는 달빛을 받으며 누워 있었다. 학생들, 오랜 산책,
시끌벅적한 감정들로 고단하고 정신없는 하루를 보낸 후라 기
진맥진해 있었지만, 머릿속에는 상념들이 들끓고 있었다. 몸을
이리저리 뒤척이며, 위안을 달라고 신에게 기도했다. 예전이나
지금이나 불면증이 자주 샬럿을 괴롭혔지만 약은 절대 먹지 않
았다. 아편이 든 약을 먹고 나서 망신스러울 만큼 어리석은 짓
을 저지르는 남동생을 보고 나니 그런 치료제가 꺼려졌다. 그래
서 침대에 누워 신에게 마음의 평온을 빌었다. 동이 트자마자
일어나 펜을 잡았다. 펜촉을 격정적으로 휘갈기며, 더할 나위
없이 성실한 답장, 빈정거림과 분노로 가득 찬 답장을 시인에게
썼다.

고백하건대 그러지 않으려고 애써도 저녁마다 상념에 젖는 건 사실이지만…….

가정교사

    사랑하는 에밀리와 앤, 남동생과 아버지를 떠나면서 샬럿은 집을 떠나는 게 끔찍한 실수는 아닐까 불안했지만, 향기로운 봄날 새 일터에 도착하자 젊은이다운 화려한 희망들이 되살아났다. 샬럿은 스물세 살이었다. 마차 창밖으로 고개를 내밀어 햇빛을 한껏 받으며, 저택의 광대하고 깨끗한 정면, 활짝 열린 창문들, 검은색 원피스에 흰 모자를 쓰고 내다보는 두 명의 하녀들을 보았다. 그녀를 찾고 있는 걸까?

    샬럿은 아이들이 잔디밭을 가로질러 뛰어와 무릎을 살짝 구부려 절하고는 그녀를 위해 꺾어 온 야생화 한 다발을 주지 않을까 상상해보았다. 이 집 주인들도 그녀를 기쁘게 맞아주리라.

어쨌든 사교적으로 아는 사이였고 공통의 친구들도 있으니까. 그들은 신분 상승을 이루어낸 실업가들, 다름 아닌 졸부였다. 그런 그들이 그녀를 하녀로 취급하지는 못하리라. 그녀는 고귀한 목사의 교육받은 딸이니까.

거목들이 그늘을 드리운 기나긴 찻길 끝에 위치한 저택은 북향이 아닌 따뜻한 남향에 자리 잡고 있었다. 마치 샬럿의 앵그리아 이야기에서 바로 튀어나온 듯한 집이었다. 집 안으로 들어가기 전에 테라스에 서서 기다리고 있자니, 로더 골짜기 너머에어 강까지 보였다.

안내를 받아 호화로운 응접실을 지나고, 서재를 지나고, 세 개의 아치가 있는 연결 복도를 지나가면서도 아직 얼떨떨한 기분이었다. 큰 키와 굵은 뼈대에 굳이 입술연지를 바르지 않아도 충분히 매력적이고, 파란색 호박단드레스 아래로 또 다른 아이를 불룩하니 밴 여주인이 요란을 떨며 사근사근하게 샬럿을 맞았다.

"정말 잘 오셨어요."

큰 단지에 담긴 봄꽃들을 반지 낀 손으로 손질하던 여주인은 반쯤 몸을 돌리며 말했다.

"이렇게 화창한 날 오셔서 정말 다행이지 뭐예요. 여행은 즐거우셨나요? 우리 아이들을 만나보셔야죠."

여주인은 샬럿과 이미 만난 적 있는 사이임을 까맣게 잊은 모양이었다. 샬럿의 대답을 기다리지도 않고 계속 수다를 떨더니 어린 두 아이를 불러 가정교사와 대면시켰다. 여주인의 무릎 위에 앉은 단단한 몸의 아들아이는 몸을 꿈지럭대며 끈적끈적한 입과 손을 어머니의 드레스에 닦았다. 딸아이는 분홍색 2인용 비단소파에서 어머니 곁에 앉아 있었다. 어머니는 아이들이 최근에 앓았던 병, 아이들의 예민함, 툭하면 걸리는 감기, 그리고 영리함과 총명함에 대해 얘기했다. 특히 아들은 그 어린 나이에 옳고 그름을 아는 "군계일학"이라고 했다. 기운이 넘쳐 가끔은 다루기 힘들지만 그렇지 않은 사내아이가 어디 있냐면서. 딸은 조금 소심하고 조금 민감하고 조금 신경질적이라고 했다. 또한 두 아이 모두 귀한 대접을 받고 자란 터라 모진 말에는 익숙하지 않다고 했다.

팬찮을까? 샬럿은 이곳에 익숙해지는 데 시간이 좀 걸리겠다고 속으로 중얼거렸다. 그들을 만족시키기 위해 열심히 노력하리라. 부지런한 모습으로 그들의 마음을 얻고 건강한 정신이 무엇인지, 도덕적 신념이 무엇인지 확실히 보여주리라. 그녀는 많은 책을 읽었고 프랑스어와 그림에도 뛰어나지 않은가. 그러니 이 가족은 점차 그녀의 내면을 알아보고, 그녀의 값진 정신에 관심을 가지리라.

껑충거리는 덩치 큰 뉴펀들랜드 개를 옆에 데리고 손에는 말
채찍을 든 채 빠른 걸음으로 계단을 내려오는, 금발에 건장하고
정력적인 모습의 가장이 힐끔 보였다. 아내보다 더 인상적인 남
자였다. 채찍을 목이 긴 구두에 찔러 넣고 한 손으로 개를 잡고
는 친절하게도 다른 한 손을 내밀어 진실하고도 기분 좋게 샬럿
을 맞았다.

하녀가 그녀를 3층 하인 숙소로 데려가고 있다는 걸 깨달았을
때, 샬럿의 기대감은 낭떠러지 아래로 떨어지듯 무참히 짓밟히
고 말았다. 방에 홀로 남아 조지 왕조풍의 유리창 밖을 내려다
보니, 손님을 태우고 들어오는 마차들이 보였다. 마차에서 내려
저택 안으로 들어오는 남자들과 여자들의 쾌활하게 떠드는 소
리가 들려왔다. 한 여자가 "어림없는 소리 말아요!" 하자 어떤
남자가 웃었다. 그들은 하인이 아니었다.

'도대체 내가 무슨 잘못을 했기에 이리도 외로운 운명을 짊어
져야 하는가. 왜 고생스럽고 고독한 삶을 살아야 하는가.'

다음 날 아침 일어났을 때 샬럿은 허기가 졌으나 새로운 기대
감이 차올랐다. 내가 아는 모든 것을 그들에게 보여주리라. 스
콧, 버니언, 바이런, 밀턴, 엘리자베스 여왕 시대의 작가들, 심
지어 조르주 상드(프랑스 낭만주의 시대의 대표적인 여성 작가—옮긴
이)까지 읽지 않았던가. 고용주들은 조르주 상드가 누군지도 모

르겠지!

2층의 육아실에서 아주 어린 두 아이들과 함께한 아침식사가 끝나갈 무렵, 샬럿은 자신이 보모 겸 가정교사 노릇을 하게 되리라는 걸 깨달았다. 그녀가 맡은 아이는 첫째아이와 둘째아이가 아니라 그 아래 어린 두 아이들이었다. 그러니 바이런이나 스콧은 필요 없을 것이다. 그녀도 아래 식당에서 즐기고 있는 손님, 가족과 함께 어울릴 수 있으리라 생각한 건 부질없는 바람이었다. 2층의 육아실 겸 공부방에서 거친 아이들과 함께하거나, 아니면 그녀의 방에서 혼자 식사를 해야 했다.

샬럿은 이 집에서의 첫 식사를 하는 동안 배가 고픈데도 오트밀 한 입 제대로 삼키지 못한 채, 테이블에 뻣뻣하게 앉아 세 개의 퇴창 밖으로 비치는 5월의 햇살과 그 속에 빛나는 공원의 풍경도 즐기지 못했다. 아이들이 테이블 밑이 아니라 의자에 앉아 있고 음식이 공중으로 날아다니지 않은 것은 순전히 마음씨 고운 아일랜드인 식모 덕분이었다.

한 손은 허리에 얹고, 다른 한 손으로는 달걀프라이와 베이컨 조각이 담긴 큰 접시를 꼭 잡은 채 식모가 남자아이에게 말했다.

"죽 가지고 장난치는 거 당장 그만두지 않으면 이 맛있는 달걀프라이는 못 먹을 줄 알아."

안 들었다간 손해를 보는 이 명령에 아이는 고분고분 따랐다.

가정교사는 치욕과 분노로 손을 떨며 아이의 지저분한 코를 닦아주고 걸쭉한 죽을 아이의 입 속으로 떠 넣어주었다. 샬럿은 몇 번이나 자리에서 일어나, 바닥에 떨어진 여자아이의 턱받이를 주워야 했다.

"얌전히 굴지 않으면 너희들 엄마한테 이를 거야."

기어이 샬럿은 이렇게 말하며, 뚱뚱한 남자아이의 굵은 목에다 냅킨을 찔러 넣었다. 아이는 펑퍼짐한 얼굴로 올려다보며 통통한 팔을 휘둘러대고 악을 썼다.

"멍청한 하녀 말을 엄마가 왜 들어. 엄마한테 혼날 줄 알아!"

그때 샬럿은 이 집안사람들이 절대 자신을 이해하지 못하리라는 걸, 아이들도 자신을 존경하지 않으리라는 걸 깨달았다. 그들에게 샬럿은 부려먹는 도구에 지나지 않았고, 이 일은 그녀에게 맞지 않았다. 고용주들은 샬럿을 잘 쳐다보지도 않았고 한마디 말을 거는 법도 없었다. 어쩌다 상대를 해줘도 겸손 떠는 척하며 거들먹거릴 뿐이었다. 어느 날은 잔디밭 접의자에 앉아 있는 샬럿에게 어떤 손님이 이런 부탁까지 했다.

"내 숄 좀 가져다주겠어요? 바보처럼 침실에 두고 왔지 뭐예요."

첫날 아침, 가정부는 샬럿을 불러다놓고 해야 할 장황한 허드렛일들을 쭉 늘어놓았다. 머리 앞쪽에 곱슬머리 가발을 붙이고 있어 이모가 생각나게 하는 그 여인이 말했다.

"짬이 날 때마다 바느질을 하도록 해요."

최소한의 액수로 최대한의 노동을 뽑아내기 위해 샬럿을 고용한 것이 분명했다.

샬럿은 에밀리와 앤에게 쓰는 편지에서 아버지나 이모에게는 편지를 보여주지 말라고 이르고는, 못 믿겠지만 자신의 일과가 새벽 6시에 시작되어 밤 11시에 끝난다고 알렸다. 품위도 없고 보람도 없는 일을 하는 노예나 마찬가지였다. 조그맣고 버릇없는 두 아이는 복종에 대한 개념이 전혀 없었다. 어떤 종류의 벌도 내릴 수 없는 샬럿에게 무기라곤 인내와 확고함밖에 없었다. 남자아이가 손발을 휘두르며 난동을 부리면 잠잠해질 때까지 바닥에 눌러놓는 수밖에 없었다.

또한 샬럿은 자신도 아버지처럼 아이들과 함께하는 걸 좋아하지 않는다는 사실을 깨닫고는 적잖이 당황했다. 샬럿을 무시하면서도 어디든 끌고 다니려 하는 이 버릇없는 응석받이들은 더더욱 좋아할 수가 없었다. 남자아이의 주된 관심사는 새나 두더지들을 잡기 위해 정원에 놓은 덫들이었다. 또 집 안에서 흔들목마를 타며 인정사정없이 채찍을 휘두르고 발뒤꿈치로 말 옆구리를 때려댔다. 뭐라도 가르치려고 붙잡아서 자리에 앉히면 새된 비명을 질러대고 발로 차고 물어뜯고 샬럿의 얼굴에 침을 뱉기까지 했다.

아이들은 말발굽에 채일 위험 때문에 마구간에서 노는 것이 금지되어 있었다. 하지만 어느 날 아침, 남자아이가 슬쩍 빠져나가 형을 따라서 마구간으로 뛰어 들어갔다.

"당장 돌아와!"

샬럿은 자기도 모르게 소리를 질렀다. 그 소리에 소년은 달음박질을 멈추고 돌아보고는 씩 웃었다. 그러더니 땅에서 돌 하나를 집어, 팔을 힘껏 휘둘러 샬럿에게 돌을 던졌다. 돌은 샬럿의 눈을 아슬아슬하게 피해 이마를 때렸다.

다음 날 아침 아이들을 보러 공부방에 들어온 여주인은 난롯가에 잠깐 서 있다가 가정교사의 퉁퉁 부은 눈을 보고는 무심하게 물었다.

"다쳤어요?"

샬럿이 어깨를 으쓱하고 아무 말도 않자, 남자아이는 감동받았는지 가정교사를 사랑한다고 말했다. 부인은 아들의 다정한 성품을 칭찬하고는 점잔 빼며 방에서 나갔다.

아이들이 잠자리에 든 후에는 바느질감이 쌓여 있었다. 공부방에 홀로 앉아 있으면, 아래층에서 사람들이 흥겹게 즐기는 소리, 음악 소리, 대화 소리가 들려왔다. 샬럿이 힘들게 일하는 동안 그들은 정찬을 들고 이야기를 나누고 춤을 췄다. 방 안에 숨어 있는 샬럿은 책을 읽거나 펜을 들 시간도 없었다. 촛불 옆에 앉아 그러잖아도 안 좋은 눈을 혹사하며 자그마한 모슬린보닛(뒤에서부터 머리 전체를 싸듯이 가리고 얼굴과 이마만 드러낸 모자—옮긴이), 작은 양말, 조그만 페티코트 같은 인형 옷을 수선하거나 꿰맨 후에야 하인 층으로 올라가 잠 못 이룬 채 누워 있었다.

낮 동안에는 호화로운 방들을 슬그머니 지나다녔다. 거울은 절대 보지 않았다. 가끔 풀밭에 드리워진 자신의 그림자만 힐끔 보곤 했다. 샬럿은 점점 말라가고 있었다. 끊임없이 허기져 있었지만, 난폭한 아이들과 함께하는 테이블에서는 제대로 먹을 수가 없었다. 아래층 식당으로 들어가는 트라이플(포도주로 적신 스펀지케이크에 휘핑크림을 바른 과자—옮긴이)이나 블라망주(우유를 갈분·우무로 굳힌 과자—옮긴이)나 토끼 혓바닥 같은 대단한 요리를 원한 것은 아니었다. 그저 소박한 음식, 책 한 권과 함께 홀로 고요한 순간을 즐길 수만 있다면 그만이었다. 무엇보다 그리운 것은 외부로부터 찾아오는 새로운 착상이나 극적인 생각이었다. 샬럿은 지적 침체를 점점 의식하고 있었다. 이 사람들처럼 지성이 병들고, 감정이 굳고, 영혼이 움츠러들까 봐 두려웠다.

여주인의 남편도 무심하긴 마찬가지였다. 교회에 가는 일요일이 아니면 거의 눈에 띄지 않았다. 평일에는 시골에서 흥청거리며 놀고, 여우사냥이나 승마를 즐겼다. 능숙한 농부이자 식욕 왕성한 미식가인 그 집주인이 유쾌하게 인사를 건네는 그 한순간이나마 샬럿은 기운을 차릴 수 있었다.

이 상류층 사람들은 그녀의 앵그리아 이야기에 등장하는 인물들과 어찌나 다르던지. 앵그리아에서는 샬럿 스스로가 주인공이거나, 아니면 주인공의 귀환을 사랑스럽게 기다리는 사람이었다. 이곳에서는 시간이 갈수록 그녀 자신의 정체성에 의문이 들기 시작했다. 저녁에 손님들에게 둘러싸여 있을 때가 가장 외로웠다. 구석에 가만히 앉아 뜨개질을 하고 있다가 견딜 수 없어지면 그녀의 방으로 살며시 달아나버렸다. 호흡이 짧아지고, 두 손은 바르르 떨렸다. 걸핏하면 울음이 터질 것만 같았다.

6월의 어느 비 내리는 아침, 아이들을 따라 계단을 내려온 샬럿에게 여주인이 타일렀다.

"더 싹싹하고 명랑하게 좀 굴어보세요, 아이들을 위해서라도. 더 솔직하고, 더 자연스러워지란 말이에요."

아이들이 달려가 어머니를 껴안았다.

"그렇게 뚱한 얼굴을 하고 있으면 아이들한테 좋을 리가 없잖아요. 그렇지, 얘들아?"

샬럿은 고용주 앞에 서서 힘겹게 눈물을 참고 있었다. 여주인은 몸을 꼿꼿이 세우고는 또 훈계에 들어갔다.

"선생은 허영심에 상처를 입은 거예요. 오만해서 고마운 줄을 모르죠. 어쨌든 상당한 봉급까지 받고 있는데 그 가당찮은 불만을 죽이지 않으면 병적인 자존심 때문에 정신이 망가져서 결국 정신병원에 갇히게 될 거예요."

고소하다는 듯 선생을 빤히 쳐다보는 아이들 앞에서 치욕적인 수모를 당한 샬럿은 결국 참지 못하고 눈물을 터뜨렸다. 계단을 다시 뛰어 올라가 비통함과 분노에 사로잡혀 침대에 몸을 던졌다. 창 밑 의자에 앉아 눈물을 흘리고 주먹으로 무릎을 쾅쾅 때리며, 운무에 싸인 정원을 바라보았다. 폭풍우에 휩쓸린 딸기나무들과 축축한 잔디밭이 음산해 보였다. 어떻게 그런 말을 할 수가 있지!

천박한 영혼에 소견머리 좁고 배운 것도 없는 그 여자가 그녀보다 나을 게 뭐가 있어서? 여주인의 남편은 아버지로부터 지위를 물려받았고, 그 아버지의 재산과 이 사유지는 하루에 열세 시간씩 일하는 아이들 덕에 얻은 것이었다. 그렇지만 가정교사인 샬럿은 일요일에 교회에 갈 때마다 가족 뒤로 한참 떨어져서 따라오라는 지시를 받았다. 어쩌다 허락을 받고 그들과 함께 마차에 타기라도 하면 창에서 멀리 떨어진 자리에 말을 등지고 앉아야 했고, 그러면 속이 울렁거릴 정도로 숨이 막혔다.

샬럿은 이 집을 떠날까도 생각해보았다. 차라리 죽었으면 좋겠다는 순간들까지 있었다. 하지만 남아서 견뎌내리라 마음먹었다. 끝까지 버티리라. 아버지를 본으로 삼으며, 가족에 대한 애정을 생각하며, 지적이고 도덕적인 자신의 우월함을 생각하며 굴복하지 않으리라. 품위를 잃지 않으리라.

그러던 6월의 어느 날 아침, 샬럿은 그 가족과 함께 총안 뚫린 성가퀴가 있는 저택을 방문했다. 분홍색 공단프록을 차려입고 레이스장갑을 낀 여자아이는 웬일로 얌전히 굴었고, 시끄러운 남자아이는 하녀와 함께 집에 남겨졌다. 여름날 지붕 없는 마차를 조신하게 타고 있던 여자아이는 가정교사에게 배운 프랑스어 몇 마디까지 해 보였다. 이목구비가 오목조목한 창백한 얼굴을 들어, 고요한 녹색 들판을 잔잔히 비추고 있는 태양을 올려다보며 거의 상냥하다 싶은 투로 말했다.

"참 즐거운 여행이죠, 선생님?"

그들이 저택의 정문으로 들어갈 때 시각을 알리는 교회종이 울렸다.

샬럿은 성가퀴에 띠까마귀들이 노니는 3층짜리 대저택의 회색 정면을 올려다보고, 새까만 새들이 하늘을 맴돌다가 가시덤불로 휙 급강하하거나 호젓한 푸른 언덕으로 사라지며 까악까악 하고 우는 소리에 귀를 기울였다.

현관 홀로 들어선 그녀는 절반은 유리로 만들어진 문 옆에 서 있었다. 갑옷들과 천장에 매달린 청동램프가 보였다. 싹싹하고 수다스러운 저택 관리인이 먼저 서재를 구경시켜준 다음, 커다란 스테인드글라스창, 페르시아 양탄자, 거무스름한 벽널의 호화로운 식당을 지나, 흰색 쇠시리 장식과 꽃무늬 융단들로 꾸며져 있고 벽로 선반 위에 붉은 유리잔이 반짝이는 내실 딸린 근사한 응접실로 그들을 데려갔다. 샬럿은 눈과 불이 생각났다. 관리인은 "보헤미아 유리랍니다." 하고는 오크나무계단을 오르고 침실들을 지나 3층까지 그들을 안내했다. 기다란 복도는 캄캄하고, 천장이 낮은 어둑한 방들에는 고상한 고가구들이 가득 차 있었다.

여자아이는 흥분해서는 이 저택과 관련된 귀신 이야기가 있느냐고 묻더니 샬럿의 손을 꼭 잡으며 말했다.

"꼭 귀신 나오는 집 같아."

관리인은 귀신은 없지만, 18세기에 이 위층에 저택 주인의 미친 아내가 갇혀 있었다는 기묘한 이야기가 마을 사람들 사이에 떠돈다고 답했다.

저택을 다녀온 지 얼마 되지 않은 어느 날 저녁, 산책을 하던 샬럿은 심장이 가볍게 두근거리며 (아직 스물다섯도 채 되지 않은 나이였기에 심장이 허약하지는 않았다) 한 가지 생각이 문득 떠올랐다. 홀로 있는 시간이 절실했기에, 난폭한 아이들을 침대에 재워 놓고 끝없이 쌓여 있는 바느질감들도 팽개쳐둔 채 식모 곁을 달아나, 그녀를 인도해줄 달빛도 없는 곳으로 나와서 별빛과 추억을 벗 삼아 고독한 길을 걸었다. 숲속을 걷다가 돌벽에 이르자 멈추어 섰다. 희미하게 빛나는 땅, 별이 총총한 하늘을 빠르게 흘러가는 잿빛 구름으로부터 새로운 힘이 그녀에게 전해져 오는 듯했다. 가을바람이 폭풍우로 불어나는 소리가 들렸다. 그 어둠으로부터, 쉴 새 없이 치맛자락을 팔락거리게 만드는 낮은 바람으로부터 정기를 빨아들이자 이런 목소리가 들리는 듯했다.

'이곳을 떠나서 앞으로 나아가라.'

발휘하지 못한 재능, 이루지 못한 갈망을 자각한 그녀는 날개를 달고 싶은 소망, 보고 배우고 알고픈 욕망에 부풀었다.

샬럿은 앤을 아버지와 함께 집에 두고, 에밀리를 데리고 외국으로 나가기로 결심했다.

그날 밤 내내 머릿속으로 이모에게 편지를 쓰고 또 고쳐 썼다. 동이 트자마자 펜을 들었다. 그리고 100파운드, 안 되면 50파운드라도 보내달라는 사무적인 편지를 썼다. 샬럿은 프랑스나 독일보다는 벨기에를 택했다. 그곳이라면 생활비도 덜 들뿐더러 프랑스어와 이탈리아어는 물론 어쩌면 독일어까지 겉핥기로나

마 배울 수 있을지도 몰랐다. 그러면 나중에 그녀나 여동생이 더 많은 학생들을 그러모을 수도 있었다. 그녀는 그 계획을, 고향을 떠나 케임브리지대학교로 향했던 아버지의 행로와 비유하기까지 했다.

그러나 샬럿의 포부는 크게 줄어들어 있었다. 어린 시절 품었던 무수한 환상들도, 청소년기의 환상도 걷혀버렸다. 새로운 시는 오랫동안 전혀 쓰지 못했다. 샬럿은 거듭되는 좌절에 분노와 초조함을 삼켰던 어린 시절을 돌이켜보았다.

여섯 달 후 샬럿은 여동생 에밀리와 함께 단조로운 벨기에 들판을 천천히 지나갔고, 오스텐데(벨기에 북쪽에 위치한 도시—옮긴이)행 배에서 잠 못 이루는 밤을 보낸 뒤 녹초가 되어 있었다. 뱃속은 여전히 울렁거리고, 차가운 2월 초 아침 공기에 손가락 끝과 발가락이 얼어붙었다. 에밀리는 학교를 세우면 그들 모두 함께 지낼 수 있고, 그러려면 여러 언어를 익혀야 한다는 샬럿의 강력한 설득에 넘어갔다. 여동생은 가족을 위해서라면 뭐든 하기로 단단히 마음먹은 것 같았다.

샬럿은 그들이 도착한 시골에 그리 매력을 느끼지 못했다. 그곳엔 샬럿에게 친숙한 탁 트인 공간이 아니라 나무 한 그루 없이 살풍경하고 단조로운 벌판이 펼쳐져 있었다. 사악한 초록뱀처럼 꿈틀꿈틀 기어가는 진흙투성이의 좁아빠진 수로하며, 침울한 잿빛 하늘이라니. 그래도 샬럿은 자유와 기쁨의 고요한 희열에 한껏 들뜬 나머지 가끔 여동생의 손을 꼭 쥐곤 했다. 세상을 알게 될 거라며 스스로를 달랬다. 그들이 처한 새로운 상황을 절감하자 쓸쓸함이 몰려왔다. 마법에 걸려 멀리 휩쓸려 와서 생경한 곳에 떨어진 듯한 기분이었다.

샬럿은 앞으로 다니게 될 학교와 그곳에서 배우게 될 것들, 그리고 그곳에서 보게 될 정묘한 그림들과 고색창연한 성당을 생각했다. 다른 언어를 말하고, 가르치는 것이 아니라 다시 배우면서 여동생과 함께 차분하고 부지런히 보낼 수 있으리라. 그런 평범한 일들이 왜 그리도 힘들었을까? 새로운 사람들, 새로운 풍경, 새로운 상황들과 마주하는 것이 왜 그리 고통스러웠을까? 그녀는 신에게 의지해 도움을 청하곤 했다.

'하느님 도와주소서. 고통에 지지 않게 해주소서.'

굳은 결심을 했건만, 이자벨 가에서 그녀는 전혀 예기치 못한 일과 맞닥뜨렸다.

손필드

제인은 가정부인 페어팩스 부인의 편지를 부쳐주기 위해 시내로 걸어간다. 어스름한 어둠 속에서 가이트래시(한적한 길을 맴돌며 나그네를 기다린다는 영국 북부의 전설 속 검은 개—옮긴이)의 소리가 들리는 듯하다. 털이 긴 검은색과 흰색의 얼룩무늬 개가 제인 옆을 지나가지만 말에는 귀신이 아닌 한 사내가 타고 있다. 사내와 말이 미끄러져서 땅으로 쓰러진다. 사내가 일어나자 떡 벌어진 그의 가슴이 제인의 눈길을 사로잡는다. 그는 두툼한 손을 제인의 어깨에 얹고 부축을 받아 절뚝거리며 말에게 간다. 제인이 채찍을 건네주자, 사내는 가던 길을 간다. 그녀는 편지를 부치기 위해 우체통으로 향한다.

샬럿은 손필드의 주인인 로체스터 씨와 제인의 첫 만남을 그렇게 그린다. 그녀가 무슈 H와 그랬듯이, 제인은 로체스터 씨와 함께 산책한다. 샬럿은 감히 그러지 못했지만, 제인은 나이가 훨씬 많은 주인에게 자기 의견을 거리낌 없이 밝힌다.

단지 저보다 나이가 많다 해서, 혹은 저보다 세상 물정을 더 많이 안다 해서 제게 명령을 내릴 권리는 없다고 생각해요. 누가 더 우월한가 하는 문제는 시간과 경험을 어떻게 사용했느냐에 달려 있죠.

자기보다 먼저 파멜라(사무엘 리처드슨의 소설 『파멜라』의 주인공—옮긴이)와 레베카(윌리엄 새커리의 『허영의 시장』에 등장하는 레베카 샤프—옮긴이)를 만들어낸 창조자들처럼, 샬럿도 제인과 로체스터 씨가 주고받는 격렬한 대화를 대담하게 써낸다. 제인은 파멜라와 레베카가 그랬듯이, 도덕적으로 우월하다.

지금 샬럿에게 또 다른 장면들이 떠오른다. 어둠 속에 들리는 수수께끼 같은 소리들, 발소리, 고미다락방의 비명 소리, 이해할 수 없는 하녀, 밤에 일어나는 까닭 모를 화재, 서글픈 웃음, 무신경하게 커튼 고리를 꿰매는 그레이스 풀, 다락에 갇힌 채 그레이스 풀 뒤에 숨어 있는 미친 아내. 선생님에게 배웠던 대로 이 모두는 시간, 장소, 행동의 삼위일체를 이루고 있다.

샬럿은 제인이 주인과 함께 행복한 한때를 보내게 한다. 제인은 인생의 새로운 흥밋거리에 기뻐하며, 가정교사 일을 하기 위해 온 대저택 손필드에서 운명을 개척해 나간다.

샬럿은 고통스러워하고 있는 아버지 곁에서 어스름한 어둠 속에 앉아, 자신의 주인이요 유부남인 로체스터 씨에 대한 제인의 갈망을 쓰고 있다. 제인 역시 편지를 받고 죽어가는 외숙모에게 불려간다.

제인은 손필드에 찾아온 멋진 손님들, 특히 블랑슈 잉그램을 눈여겨본다. 자줏빛 승마복 차림으로 로체스터 씨와 나란히 말을 달리는 블랑슈는 반짝이는 베일을 미풍에 휘날리며, 칠흑 같은 곱슬머리와 자질구레한 장신구들과 재주를 뽐낸다. 이 다른 여인으로 인해 제인은 정염이 불타오르고 욕망에 사로잡힌다.

샬럿은 손님들끼리 하는 제스처 게임, 신부 역할을 하는 블랑슈 잉그램의 모습, 제인이 느끼는 지독한 시기심을 묘사하며 상실과 질투의 장면들을 쓴다. 하지만 로체스터 씨는 제인의 슬픔을 알아차리고, 몰래 방을 빠져나가려는 그녀를 붙잡아 그녀의 얼굴로 흘러내리는 눈물 한 방울을 본다.

샬럿이 마담 H에게 그랬듯, 제인 역시 경쟁자에게서 경멸감만 느낄 뿐이다. 돈밖에 모르는 블랑슈 잉그램은 집시 여인으로 변장한 로체스터 씨가 그의 재산이 그녀가 생각하는 것만큼은 아니라고 말하자 그에 대한 흥미를 잃어버린다.

제인은 로체스터 씨가 잉그램과 결혼할 거라 생각하며 손필드를 떠난다. 어린 시절을 보낸 게이츠헤드로 돌아가보니, 리드 부인은 죽어가면서도 제인에 대한 감정에는 변함이 없다. 부인은 눈이 멀진 않았지만 제인을 알아보지 못한다. 이젠 제인이 그녀를 지켜본다. 외숙모가 세상을 떠난 후 제인은 알 수 없는 기쁨에 부푼 채 손필드로 돌아와, 황혼의 희미한 빛을 받으며 층계에 앉아 있는 주인을 만난다. 그는 책 한 권과 연필을 들고 앉아 있다. 제인은 처음으로 로체스터 씨에 대한 감정을 고백한다. 당신이 있는 곳이 바로 나의 집, 나의 유일한 집이라고.

그러자 로체스터 씨는 이미 유부남인 자신의 처지를 잊고 제

인에게 자신과 결혼해달라고, 그러면 안락과 사랑이 가득한 생
활을 누릴 수 있을 거라고, 악덕과 육욕의 인생에서 자신을 구
해달라고 간청하면서 또 한 번 제인을 유혹한다. 그러고는 그녀
에게 말한다.

"세상 누가 당신을 걱정하겠소? 당신이 무슨 짓을 하든 상처
입을 사람이 누가 있냔 말이오?"

제인은 울부짖는다.

"바로 나 자신이 날 걱정해요!"

호어스
1846~1848년

침체

샬럿은 공책에서 연필을 떼고 고개를 들어, 계단에서 울리는 대형 괘종시계 소리에 귀를 기울인다. 빗줄기가 집을 두드려대고 비바람이 휘몰아치고 있다. 집으로 돌아온 후 매일 비가 내린 듯하다. 서풍이 사나운 소리를 내며 집을 휘감는다. 샬럿은 그 음조에 귀를 기울인다. 잠 못 이루는 망령들처럼 울부짖으며 소용돌이치는 그 바람이 집안 구석구석 스며들고 있다. 여동생이 연필로 휘갈겨 쓰는 소리, 하녀들의 바늘이 짤깍거리는 소리, 지붕에서 뭔가가 덜걱대는 소리가 들린다. 남동생은 집에서 살그머니 빠져나가 안개 속으로 사라져버렸고, 남은 이들은 조마조마한 심정으로 그의 귀가를 기다리고 있다.

샬럿은 이야기를 계속 이어나가려고 해보지만, 좀처럼 길이 보이지 않는다. 아버지와 함께 호어스의 집으로 돌아온 후 집 안에만 틀어박힌 채 한 단어도 쓰지 못했다. 맨체스터에서는 몇 주 동안 거의 쉬지 않고 써 내려갔건만 지금은 착상도, 이미지도, 생각도 떠오르지 않는다. 제인이 신혼여행을 위해 싸두었던 가방들과 진주목걸이를 남겨둔 채 손필드의 주인을 떠났듯이, 샬럿 역시 앞으로 나아가지 못하고 있다.

샬럿은 지난 내용을 읽고 또 읽어본다. 밤중에 끔찍하게 쥐어 뜯기는 면사포, 교회 근처의 무덤과 묘석들 사이에서 불길하게 서성이고 있는 낯선 두 사람, 두툼한 외투를 입고도 냉랭한 영국 날씨에 와들와들 떨고 있는 창백한 메이슨, 작고 텅 빈 교회에서 벌어지는 극적 사건, 이 혼인에 장애가 있느냐는 의례적인 질문에 로체스터에게 아내가 있다는 사실이 폭로되는 장면. 샬럿 그녀의 현실은 비록 그렇지 못하지만, 독자들을 위한 흐뭇한 결론을 어떻게 이끌어내야 할까? 소개장도, 돈도, 지낼 곳도 없는 제인이 홀로 어디로 갈까? 로체스터 씨는 어떻게 될까? 그의 난폭한 미치광이 아내는 어떻게 될까?

샬럿은 깔끔하게 정돈된 이 익숙한 방을 둘러본다. 깨끗하게 문질러 닦은 사암바닥, 윤이 나는 민무늬 호두나무화장대, 고풍스런 의자들, 책들이 꽂혀 있는 유리문 벽장, 벽에 기대어져 있는 백랍접시들, 벽에 걸린 익숙한 그림들, 존 마틴(묵시록적 정경을 많이 그린 영국 낭만주의 대표 화가—옮긴이)의 탑들, 달빛 어린 웅대한 궁전의 잔해를 응시한다.

늙은 하녀가 그들과 함께 마호가니테이블에 앉아, 바늘 네 개로 회색 양말을 뜨고 있다가 문득문득 익숙한 시구를 읊조린다.

"왜 나를 이리도 멀고 이리도 쓸쓸한 곳, 황야가 펼쳐지고 회색 바위가 쌓여 있는 곳으로 보냈더냐?"

샬럿의 두 여동생은 공책으로 고개를 숙인 채 똑같은 자세를 취하고 있다. 에밀리는 가끔 고개를 들어, 생기 넘치고 진지한 표정으로 샬럿과 앤을 바라본다. 에밀리의 큼직한 청회색 눈에는 앤이 갖지 못한 강한 개성, 번득이는 자립심이 담겨 있다. 익살 넘치는 에밀리의 두 눈은 언니가 쓴 글을 보자 맑고 파리한 얼굴 속에서 금세 무섭게 불타오른다. 무척이나 맑고 믿음직한 영국인다운 얼굴이다. 보랏빛 눈과 고운 눈썹, 투명하다시피 한 안색을 가진 앤은 세 자매 중 가장 예쁜 편이고, 연민을 불러일으킬 만큼 가냘프고 매력적이다.

샬럿의 여동생들 역시 두 번째 소설을 쓰고 있지만, 첫 작품들은 여전히 받아주는 곳이 없었다. 세 자매의 작품 모두 보냈다가 또다시 거절당했다. 그들은 거절당한 출판사 이름에 선을 그어 지워버리고, 똑같은 갈색 포장지 소포를 다른 출판사들에 계속 보내고 있다. 그들의 시는 호평을 받았지만 팔리지는 않았다. 거둔 성과는 별로 없어도 세 자매는 계속 글을 쓰고 서로 의견을 나누어왔다. 호평된 구절을 인용하여 자비로 시를 광고하기까지 했다.

다들 얼마나 의지가 대단하고 끈기 있고 자립적인지. 아니면 어리석은 걸까? 샬럿은 작업 중인 두 동생들, 특히 무릎에 책상을 올려놓고 있는 막내를 보며 이런 의문에 빠진다. 하지만 샬럿은 동생들의 성실함뿐만 아니라 그들 작품의 진가도 확신하고 있다. 검은 옷차림에 핼쑥한 모습의 에밀리와 앤은 진지하고 신중하며 엄숙하기까지 한 데다 기품 있고 지적으로 보인다. 두 사람은 어떤 일을 계기로 사이가 더욱 돈독해진 듯하다. 그들이 앉고 말하는 진지한 모양새와 웃음으로 그 사실을 알 수 있다. 서로 쳐다보지 않고 있을 때에도 그들 사이의 끈이 느껴진다.

아버지의 시력은 계속 호전되어, 친절한 아일랜드인 부목사 아서 벨 니콜스가 대신 해주던 몇몇 직무를 다시 시작할 수 있게 되었다. 하지만 그렇게 생기는 돈은 남동생의 술이나 아편 값으로 다 나가버렸고, 자매들은 일거리가 없기에 살림은 여전히 어려운 형편이다. 한때 목사관에 설립하기를 꿈꾸었던 학교 얘기는 이제 입에 올리지도 않는다. 게으르고 방탕하며 구제불능인 짐짝 같은 남동생이 집에 있는 한 그런 계획은 생각도 할 수 없다. 친구들을 초대하지도 못한다.

샬럿은 차갑게 식어버린 차를 한 모금 마시고는 한숨지으며 말한다.

"이렇게 허송세월이나 보내고 있다니. 나이 서른에 이뤄놓은 게 아무것도 없잖아, 아무것도! 이모가 돌아가신 후에 무모하게 브뤼셀로 돌아간 벌을 받고 있는 걸까?"

"말도 안 되는 소리 하지 마."

에밀리가 무뚝뚝하면서도 야무지게 말한다. 두 사람의 눈이 마주치자, 여동생의 아름답고 지친 눈을 들여다본 샬럿은 돌연 젊음과 희망이 되살아나는 듯한 기분을 느낀다.

"우린 일이 있고, 누구도 그걸 빼앗지 못해. 아무리 지치고 아무리 우울해도 우린 작품을 쓰고 있어. 그걸로 충분해. 그리고 우리에겐 서로가 있잖아."

하녀는 친딸 같은 이 세 아가씨들을 보며 흐뭇하게 고개를 끄덕이고는 미소 지으며 말한다.

"그렇고말고."

하녀가 이 집에 들어온 후 세 자매는 늘 사이가 좋았다. 서로에 대한, 그리고 브랜웰에 대한 애정으로 서로에게 힘을 북돋아주었다. 어릴 적 그들이 손에 손을 잡고, 널찍하고 양지 바른 산책길을 따라 함께 뛰놀곤 하던 모습이 아직도 눈에 선하다. 황무지를 이리저리 뛰어다니는 그들의 맨 앞에는 햇빛에 붉은 머리를 반짝이는 꼬마 브랜웰이 있었다. 꼬마가 "잡을 테면 잡아봐!" 하고 소리치면 소녀들은 그를 쫓아갔고, 그러다가 자기보다 어린 동생들이 넘어지면 일으켜 세워주기도 했다. 여자아이들은 궂은 날씨에도 플란넬원피스 차림으로 집에서 내쫓기다시피 했다. 하녀가 이토록 살 에는 듯한 추운 날에는 아이들을 밖에 내보내지 말자고 청하면, 엄격한 목사는 이렇게 말하곤 했다.

"운동을 해야 건강하지."

저녁이면 난롯가에 바싹 모여 앉은 아이들에게 옛날이야기를 들려주던 일이 기억난다. 분지의 디기탈리스 이파리들 사이로 자주 출몰하고 황무지의 양치식물 무성한 골짜기에서 나타나 달빛 어린 밤에 시냇물에서 까불거리며 노는 요정들과 소인들, 자그마한 유령들의 이야기를 해주었다. 그러면 아이들은 더 강렬하고 더 신비롭고 더 매혹적이고 더 재미있는 이야기를 해달라며 졸라댔다. 그러면 하녀는 이 마을에 공장이 들어서기 전, 집에서 손으로 털실을 잣던 시절의 이야기들을 들려주었다. 할머니에게 들었던 민담, 큼직한 개나 말의 모습을 하고 사람들을 홀리는 심술궂은 유령 가이트래시의 이야기를 전해주기도 했다. 지역의 유명 인사들에 대해서도 마음껏 수다를 떨었다. 엄청나게 호화롭게 살았으나 한동안 폰든 홀에서 쫓겨났던 히턴 가족, 남부끄럽게도 제대로 교육받지 못한 난폭한 소년 상속자, 요절한 상속녀 엘리자베스 히턴과 그녀 뒤를 따라 곧 세상을 떠난 어린 딸, 엘리자베스와 배달 소년의 어울리지 않는 결혼, 이제는 없는 호화로운 곳들의 이야기.

지금 하녀는 어두운 귀를 쫑긋 세우고, 자매들이 아버지가 잠자리에 들자마자 서로에게 자기 작품을 읽어주는 소리를 듣고 있다. 그들은 서로 팔짱을 끼고 방 안을 서성이며 엉뚱한 줄거리를 짜고, 웃고, 서로를 격려하고, 의견을 밝히고, 평가한다. 그 이야기 속에 가끔은 하녀가 아는 장소나 물건이 나오기도 한다. 자매들은 그리 많이 배우지 못한 하녀를 작품 속에 이런저런 식으로 써먹었다. 몇몇 작품들에 가족사를 훤히 아는 현명한 여인으로 가정부들이 등장한다. 얼마나 격렬한 이야기들인지! 한 가정부는 집에서 하룻밤 묵는 손님에게 그 집안 이야기를 들려준다. 지금의 그녀처럼 앉아서 바느질이나 뜨개질을 하며 대부분의 이야기를 들려준다. 샬럿의 새 작품에 나오는 또 다른 가정부는 새 가정교사를 맞는다. 가정교사는 가정부를 여주인으로 오해하고, 가정부는 가정교사와 집주인의 결혼을 반대하기긴 하지만 친절하고 깍듯하게 그녀를 대한다.

세 자매는 종종 의견이 달라 충돌하기도 하고 더러는 다투기도 하지만, 매정하거나 속 좁은 말은 하지 않는다.

자매들은 하녀를 많이 도와주기도 했다. 그녀가 병이 났을 때도, 어느 날 저녁 캄캄한 빙판길에서 미끄러지는 바람에 다리 하나가 부러져서 신음하다가 지나가는 사람에게 발견됐을 때도, 자매들은 하녀의 일을 도맡아 하며 간호까지 해주었다.

에밀리 아가씨는 빵을 만들겠다고 나서더니, 독일어 문법책을 옆에 펴놓고 밀가루를 반죽했다. 그 빵의 껍질이 두껍고 단단해진 것은 아무래도 그 책 때문이리라. 그녀는 위층 방에서 다리미질도 하면서, 다리미를 쿵 하고 셔츠에 힘차게 내려놓는다. 자매들은 하녀를 도와줄 아둔한 여자아이를 하나 들이기도 했다. 수 년간 함께 지낸 그들의 이모가 한때 하녀를 내쫓기도 했지만, 세 자매는 계속 그녀를 집에 두고 종종 그녀의 일을 대신해주겠다며 고집을 부리기도 했다.

하녀는 이 사랑스런 자매들과 함께 있는 것을 감사하며 천천히 일어난다. 왼쪽 다리가 아직도 아프고 무릎은 조금만 서 있어도 부어오르지만, 그런 얘기를 하고 싶지는 않다. 아아! 노쇠한 몸이 그녀를 저버리고 만다. 예전엔 할 수 있었던 일들을 하지 못해 화가 치민다. 속이 타고 짜증스럽다.

"내가 안경을 어디 뒀더라? 방금 전까지 끼고 있었는데."

하녀는 자신의 우둔함에 고개를 절레절레 흔들며 세 자매에게 물었다.

"머리에 있잖아요."

에밀리 아가씨가 웃으며 말한다. 머리를 툭 쳐보니 정말로 그곳에 걸쳐 있다! 하녀는 잃어버린 물건들을 찾느라 시간을 쓰고, 이 자매들은 적절한 단어를 찾느라 시간을 보낸다. 그래도 하녀의 마음만은 여전히 젊다. 거울에 얼굴을 비춰볼 때면 충격을 받는다.

'주름이 자글자글한 이 늙은 여자는 누구지?'

그녀는 자기만큼 이 집안을 가장 잘 아는 사람은 없는 것 같은 기분이 든다. 게다가 이 가여운 자매들을 도와주고 지켜주고 싶다.

'계속 나아갈 힘을 주소서, 살아갈 용기를 주소서.'

하녀는 뜨개질감을 바구니에 넣은 다음 어깨에 숄을 두르고는, 그들이 어릴 때도 그랬듯이 세 자매에게 자러 가라고 말한다. 그들은 초췌하게 핏발 선 눈으로 하녀를 올려다보며 고개를 젓는다. 하지만 고맙게도 이 집안 식구들은 항상 일찍 자고 일찍 일어나는 편이고, 목사는 그 처량한 늙은 머리로 아들 걱정은 잊고 벌써 깊이 잠들어 있다.

에밀리 아가씨가 특히 고요한 밤 시간을 좋아한다는 것을 하녀는 잘 알고 있다. 가끔 에밀리 아가씨가 이리저리 돌아다니면서 혼잣말을 중얼거리거나, 덩치 크고 우둔한 개를 데리고 달빛 속으로 성큼성큼 걸어 나가는 소리가 들린다. 에밀리 아가씨가 휘파람을 불어 개를 부르고, 남자처럼 뒷짐을 진 채 정원을 돌아다니는 소리가 들린다. 에밀리 아가씨는 자연 세계의 그 어느 것도 두렵지 않은지, 싸우는 개들을 떼어놓기도 하고, 미친개에게 물렸을 때는 시뻘겋게 달아오른 부지깽이로 자기 몸을 지지기도 하고, 말을 안 듣는 자기 개의 얼굴을 주먹으로 치기까지 했다. 블랙불(브랜웰이 자주 다니던 호어스의 술집 ─ 옮긴이)에서 인사불성으로 취해 돌아온 오빠를 끌고 계단을 올라가 침대에 눕히고 구두를 벗긴 다음 포근히 이불을 덮어줄 만큼 강한 사람은 에밀리 아가씨밖에 없다.

잠깐 괜찮아지는 듯하더니 결국은 서서히 망가져간 오빠를 지켜보며 에밀리 아가씨는 어떻게 견뎠을까? 집안일, 덩치 큰 개, 자기밖에 모르는 아버지, 정신 못 차리는 오빠를 기꺼운 마음으로 똑 부러지게 돌보면서 꼭두새벽까지 글 쓰는 생활을 어떻게 계속할 수 있었을까? 에밀리 아가씨는 혼자 있는 것을 즐기는 듯하다. 올여름에도 아침 허드렛일들이 끝나면 오후 내내

고목 밑 초록 풀밭에 꼼짝 않고 누워 눈앞에 펼쳐진 푸른 하늘과 흘러가는 구름을 바라보곤 했다.

목사가 맨체스터에서 돌아온 후 상황은 더욱 나빠졌다. 아들은 하루 종일 침대에서 빈둥거린다. 그러던 어느 날은 침구에 불을 질러, 에밀리 아가씨가 손을 쓰지 않았으면 모두들 침대에서 불타 죽을 뻔했다. 우연히 오빠 방을 지나다가 불길을 본 것은 앤 아가씨였지만, 그녀는 오빠를 깨우지 못했다. 침착하게 부엌으로 뛰어 내려가 물을 길어 와서 침구에 물을 퍼붓고 침대 커튼을 떼어낸 후 오빠를 방구석으로 던져놓은 사람은 에밀리 아가씨였다. 불타오르는 침구, 그 소동 속에 인사불성으로 누워 있는 브랜웰 도련님이 아직도 눈에 선하다. 오늘 밤 이 자매들은 얼마나 더 잠 못 이루며 그를 기다릴까?

유년 시절

　여동생들과 함께 앉아 남동생을 기다리고 있자니, 샬럿의 머릿속에 그 옛날 어느 날의 모든 일이 또렷이 떠오른다. 파리한 다섯 소녀와 불꽃처럼 붉은 머리의 소년, 이렇게 여섯 명의 겁에 질린 작은 아이들은 작고 캄캄한 방에 그들끼리만 갇혀 있었다. 아이들은 알 수 없는 두려움에 사로잡힌 채 냉랭한 집 안에서 온기를 찾아 바짝 붙어 앉았다. 오직 하나 뚫린 창문 밖에는 묘지가 기다리고 있었다. 비바람이 창유리를 때려대고, 날카로운 그림자가 깔린 저 너머 쌀쌀한 마을에는 반들반들하고 가파른 자갈길이 보였다. 그날 그들은 파국을 예상하며 외로움에 떨고 있었다. 죽어가는 어머니를 무력하게 갈망하고, 슬픔에 젖어 혼자 자기 방에 틀어박혀 있는 아버지를 걱정했다.

아이들은 옆방에 있는 어머니의 죽음을, 아버지가 서재에서 나오기를, 하녀가 저녁을 차려주기를, 비가 그치기를 이상하리만치 얌전하게 기다리고 있었다. 맏이인 일곱 살의 마리아는 뒤엉킨 엷은 색 머리를 어깨로 늘어뜨린 채 그들 한가운데에 앉아 있었다. 더러운 회색 에이프런드레스와 검은색 원피스를 입은 그녀는 구두끈이 늘어진 축축한 검은색 구두를 앞뒤로 흔들어 댔다. 그리고 무릎에 앉혀놓은 아기를 인형처럼 흔들며 아기의 차가운 맨발을 손으로 데워주었다. 아기 앤은 머리를 마리아의 에이프런드레스에 기댄 채 엄지손가락을 빨며 턱으로 침을 흘리고, 열이 있는 두 볼은 홍조를 띠었다. 아이들이 죄다 감기에 걸린 탓에 번갈아가며 콜록거렸다. 소년 브랜웰 역시 마리아 곁에 바싹 붙어 있었다. 다섯 살의 샬럿은 겨우 한 살 어린 남동생 곁에 바싹 붙어 앉아 코를 훌쩍였다. 남동생은 샬럿 곁에서 꼼지락거리고, 콧물을 질질 흘리며, 옆구리를 쿡쿡 찔러 간질였다. 남동생은 한시도 가만있지를 못했다. 샬럿은 회색 손수건으로 남동생의 코와 자신의 코를 닦고는, 쉿 하고 조용히 시키며 한 팔로 그를 끌어당겨 감싸 안았다.

네 명은 벽에 붙어 있는 침대에 모여 있고, 다른 두 소녀 엘리자베스와 에밀리 제인은 입가에 잼을 묻힌 채 매트에 나란히 앉아, 긁힌 상처가 난 무릎을 껴안고 맏언니를 사랑스럽게 올려다 보며 그녀의 이야기에 귀를 기울였다. 그들이 좋아하는 요셉 이야기였다. 시샘한 형들 때문에 구덩이에 버려졌다가 노예로 팔려간, 여러 빛깔 외투를 가진 막내아이. 심금을 울리는 부드러운 목소리로 언니는 희망, 반전, 구원을 이야기했다.

빛나는 줄무늬 옷, 나뭇가지들에 가려진 깊은 구덩이, 저 멀리 사막으로 사라져가는 대상 행렬이 아직도 샬럿의 눈앞에 선하다. 요셉은 파라오의 꿈들을 해석하고 그의 고문이 되어 이집트를 기근으로부터 구한다.

어느 날 저녁 큰 몸집의 이모가 방 안으로 들어왔다. 엄청나게 큰 구식 모자에 검은색 비단드레스를 입고, 머리 앞쪽에 가짜 곱슬머리를 붙인 엄한 표정의 낯선 사람. 그들만큼이나 이모도 함께 있는 것이 싫은 기색이었다. 외풍을 걱정하고 차가운 돌바닥, 커튼 없는 창문, 불모의 찌무룩한 황무지를 불평하던 이모는 어깨에 회색 숄을 두르며 중얼거렸다.

"나무 한 그루, 꽃 한 송이 없는 이런 황량한 곳에서 어떻게 산담!"

샬럿은 용기 내어 물었다.

"정원에 있는 라일락이랑 까치밥나무는요? 벚나무는요?"

"질문이 너무 많구나. 좋은 말을 할 게 아니면 그냥 입 다물고 있으렴."

이모는 아이들의 입을 막아버렸다.

어머니를 잃은 여섯 아이들과, 슬픔 때문에 정신을 잃은 완고한 목사까지 느닷없이 맡는 일은 누구에게도 버거웠을 것이다. 이모는 마지못해 할 일을 하긴 했지만, 절약을 모르는 게으른 하녀들, 그칠 줄 모르는 비, 흐린 하늘, 지독한 냄새, 살을 에는 바람, 소음을 늘 불평했다. 그러면서 절망적으로 한탄했다.

"여긴 해도 안 비치나?"

샬럿이 어머니를 찾자 이모는 이렇게 답했다.

"나도 여기 있는 사람이 내가 아니라 너희들 엄마였으면 좋겠구나."

이모는 아이들에게 거의 말을 걸지 않았고, 조용히 하라며 다그치기만 했다. 고통에 빠진 아버지와 마찬가지로 이모 역시 혼자 식사를 했다. 이모는 막내 앤과 나쁜 짓을 할 리 없는 남자아이만 편애했다.

샬럿보다 한 살 어린 아들 브랜웰은 항상 가족과 심지어는 어머니의 관심까지 독차지하는 어린 왕이었다. 저물녘 목사관 응접실의 창가에 기대서서 아름다운 그림자를 드리운 이모가 머리를 뒤로 젖히고 미소 지으며 브랜웰을 높이 안아 올리던 모습이 지금도 눈에 선하다. 아버지처럼 아일랜드인의 붉은 혈색을 타고났지만, 어머니를 닮아 자그마하고 가냘픈 브랜웰의 머리와 웃음기 어린 두 눈에 햇빛이 어른거렸다.

이모는 가장 맛있는 고기 살점이나 케이크 조각을 브랜웰에게 먹였다. 특히 맛있는 음식이 있으면 남자아이의 몫을 챙기기 위해 잽싸게 잡아채며 소녀들에게 "그건 많이 먹지 마!" 하고 말하곤 했다. 아니면 또 하는 말은 "자, 어서 방 청소하고 불 피워놓자. 그래야 브랜웰이 좋아하니까."였다.

샬럿은 브랜웰이 살금살금 다가가 이모의 살찐 팔을 쓰다듬는 모습을 지켜보곤 했다. 그러면 이모는 브랜웰에게 미소 짓고 머리를 헝클어뜨리며 안아 올려 무릎에 앉히고는 자신의 풍만한 젖가슴에 편히 기대게 했다. 온기를 찾아 난롯가에 웅크리고 앉아 있는 이모에게, 브랜웰은 봄에 처음 핀 갈란투스를 꺾어와 명랑하게 말하곤 했다.

"이모 드릴게요."

이모의 곱슬곱슬한 적갈색 앞머리 가발을 짐짓 진지하게 올려다보며 이렇게 말하기도 했다.

"곱슬머리가 예뻐요, 이모."

브랜웰은 이모가 콘월에서 가져와 벽로 선반에 자랑스레 올려놓은 몇 안 되는 보물들 중 하나인 코담뱃갑에서 코담배를 조금만 꺼내달라고 건방지게 부탁하기도 했다. 이모는 그 부탁을 들어주었다. 브랜웰이 과장되고 시끄럽게 재채기를 하며 바닥을 뒹굴뒹굴 구르면 이모는 관대하게 미소 지어 보였다.

이모는 여자아이들에게는 살아남으려면 쓸모가 있어야 한다며 요리, 잠자리 준비, 청소, 바느질을 시켰다. 어머니가 돌아가시자 1년에 50파운드씩 지급되던 어머니의 지참금도 없어져 늘 살림이 쪼들렸다. 이모는 혼인 지참금을 준비할 형편도 안 되고 인물도 떨어지는 여자는 결혼을 못하고, 잘돼야 학교 선생이나 가정교사 신세가 될 테니 미래를 대비해야 한다고 말했다.

샬럿은 바람이 들어올 만한 곳은 모조리 꼭꼭 막아 공기가 안 통하는 이모 방에 앉아 있던 자신들의 모습을 떠올린다. 막내만 바닥에서 장난감을 가지고 놀아도 좋다는 허락을 받았다. 나머지 아이들이 기나긴 오후 내내 열심히 앞뒤로 뒤집어가며 감침질을 해 바느질 견본을 만드는 동안, 이모는 양지 바른 고향집을 꿈꾸는 양 입을 꼭 다물고 엄한 표정으로 앉아 있었다. 그녀는 극성스런 감리교 잡지들에 실린 지옥불과 천벌에 대한 이야기들을 읽어주며 아이들을 겁주었다.

기다림

에밀리는 그녀에게 가장 소중한 세 사람이 사랑의 고통으로 얼마나 황폐해졌는지 생각한다. 앤은 가장 씩씩하게 상실감을 속에 묻어두고 작업에 몰두하고 있다. 언니 샬럿은 여전히 스승을 그리워하는 것 같아 걱정스럽다. 언니의 깐깐한 얼굴을 힐끔 보며 이런 의문을 떠올린다.

'언니는 아직도 처량하게 스승의 편지를 기다리고 있을까? 아직도 그에게 편지를 쓰고 있을까? 그가 답장을 해주었을까?'

최근에 샬럿의 시 몇 편을 읽어보았다. 그중 몇 구절이 떠오른다.

조금은 묻히고 약해지고 꺼졌다 해도

그 불은 지금도 타오르고 있다네

내 생명의 근원에서.

가정교사 일을 하던 오빠 브랜웰은 여주인에게 유혹당했다가 거짓된 이유로 버림받았다. 히스클리프가 캐서린 언쇼에게 퇴짜를 맞듯이.

에밀리는 둥그스름한 얼굴이 움직일 때마다 밝은 빛에 반짝이는 촉촉하고 매끄러운 앤의 머리칼을 쳐다본다. 앤의 눈이 등불로 향하자 반투명한 두 눈은 유백색의 푸른빛이 된다. 그녀는 어둠 속에서 나타나 치명적인 램프 유리 안에 갇혀버린 작은 나방들을 빤히 보고 있다.

에밀리가 야윈 뺨을 앤의 뺨에 대자, 앤은 눈을 감는다. 가엾은 우리 앤. 참 대단하구나. 아직도 오빠를 기다리고 있다니. 에밀리는 언니와 동생에게 자러 가라고 말한다. 그녀는 오빠를 집으로 데려오는 일에 익숙해져 있다.

처음부터 다른 두 자매보다는 그녀가 그를 더 잘 다루었다. 아버지가 "네 오빠를 어떻게 해야 할까?" 하고 물었을 때, 여섯 살이었던 에밀리는 그들 모두 지시받았던 대로 가면을 쓴 채 이렇게 답했다.

"설득해보고, 그래도 말을 안 들으면 매로 때려요."

하지만 어느 누구도 브랜웰을 설득해본 적이 없었고, 아마 그랬다 해도 달라진 건 없었을 것이다.

혼자 기다리겠다는 에밀리의 제안을 두 자매는 거절한다. 어차피 잠들긴 글렀다.

"같이 기다리자."

샬럿은 단호하게 말하지만 맥없이 한숨을 내쉰다. 브랜웰에 대한 그녀의 연민은 거의 바닥나버렸다. 그가 방에 들어오면 못 볼 거라도 본 듯 등을 돌려버린다.

'왜 언니는 그토록 오빠를 싫어하게 됐을까? 왜 그깟 사랑에 매달려 훨씬 더 심각한 남동생 문제는 나 몰라라 하는 걸까?'

그래도 에밀리는 언니가 가엾게 느껴진다.

2년의 아픈 짝사랑을 겪은 언니가 몸져눕지나 않을까 하는 염려와 연민 때문에 에밀리는 시집을 발표하자는 언니의 의견에 따랐다(1846년 브론테 자매는 자신들의 시들을 모아 가명으로 자비 출간을 함—옮긴이). 하지만 때 이르게 가장 비밀스러운 경험이 대중에게 까발려진 것에는 화가 났다. 시를 절대 발표하지 않을 생각은 아니었지만, 그땐 그 신비를 사람들에게 드러내고 싶지 않았다. 평론가들은 그녀의 시에 호감을 표하며 그녀의 독창성과 비상하는 힘을 칭찬했고, 그녀가 자신했던 대로 엘리스 벨이 가장 강렬한 목소리를 가졌다고 말했다. 하지만 그녀의 영적 상상력을 제대로 이해하지는 못하는 듯했다. 그리고 거기 오빠의 시는 한 편도 실리지 못했다. 오빠의 시 몇 편은 언니 샬럿의 시보다 훨씬 뛰어났는데, 언니가 그의 작품을 시집에 싣지 않으려 했기 때문이다.

맨체스터에서 돌아온 후 샬럿은 조금 밝아진 듯 보였고, 그들에게 자신의 새 작품을 조금 읽어주었다. 『제인 에어』는 그야말로 샬럿의 최고작이다. 에밀리는 다음 장을 애타게 기다리고 있다. 그런데 오늘 밤 브랜웰을 기다리는 샬럿의 모습이 무척이나 기운 없고 언짢고 슬퍼 보인다. 남동생의 무모한 욕망 속에서 스승에 대한 스스로의 가눌 수 없는 애원이 보여서 끔찍한 걸까?

샬럿은 그녀의 『폭풍의 언덕』이 너무 극단적이고 지나치게 감상적이라며 비판했지만, 극단으로 치닫기는 샬럿 역시 마찬가지다. 손필드 꼭대기에 숨어 살면서 침대 커튼에 불을 붙이고, 면사포를 갈가리 찢고, 칼과 이를 함부로 놀리는 로체스터 씨의 미친 아내는 샬럿 자신은 물론이고 브랜웰의 거친 욕망도 어느 정도 투영하고 있다. 로체스터 씨 안에는 자모나 같은 샬럿의 초기 주인공들뿐 아니라, 바이런과 벨기에인 스승의 모습까지 담겨져 있는 건 아닐까? 분명 그는 스승과 닮았고, 스승처럼 성마르고 외고집이며 시가 냄새를 풍긴다. 스승을 시골 대지주라는 인물로 바꿈으로써 샬럿은 갈망을 극복할 것이다. 집필이 번민과 슬픔을 치유해줄까? 사건들이 넘쳐나는 이 역동적인 작품으로 샬럿은 과거의 고통을 잊을 수 있을까? 고통이 끝날까? 그리고 그 작품으로 집에서 지낼 수 있을 만큼의 큰돈을 벌어들일 수 있을까?

앤은 공책에서 고개를 들고 말한다.

"밤을 새서라도 오빠를 기다려야 할 사람은 바로 나야. 내 탓이 제일 커. 소프 그린의 일자리를 소개해주지 말걸 그랬어!"

그러자 샬럿이 말한다.

"그게 어떻게 네 탓이니? 다른 집에서 개한테 일자리를 주기나 했겠어? 걘 무슨 일이든 제대로 한 게 없잖아. 군인이 되기엔 너무 작고 목사가 되기엔 신앙심이 턱없이 부족해. 네가 신원 보증이라도 해주지 않았으면 아무도 그 앨 안 썼을 거야. 오히려 네가 너무 너그러웠지! 그 지독한 사람들은 네 봉급까지 깎았고, 넌 그 집을 무지 싫어했잖아."

앤이 대꾸한다.

"난 그 집 딸들을 정말 좋아하게 됐고 지금도 마찬가지야. 아이들한테 충고할 권한이 있었다면 품위 있는 기독교도의 삶을 가르쳐줬을 텐데. 그리고 애들 엄마가 그렇게 처신할 줄은 꿈에도 몰랐지."

앤은 한숨을 쉬며 덧붙인다.

"뭐, 그 덕분에 버릇없는 아들 녀석한테서 벗어나기는 했지만."

앤은 자신의 은밀한 슬픔은 얘기하지 않는다. 신이 자신에게 삶의 작은 기쁨을 주리라 기대했건만, 죽음이 사랑의 희망을 꺾어버렸다.

'하느님, 제 운명을 받아들일 수 있도록, 용감하고 품위 있게 살아갈 수 있도록 해주소서.'

샬럿이 말한다.

"그땐 그게 최선인 것 같았잖아. 우리 모두 희망에 차 있었어. 난 바보처럼 브뤼셀로 돌아가고 싶어했고, 에밀리는 집에서 혼자 동물들과 아버지를 돌보는 데 아무 불만도 없었어. 어쨌든 네 덕에 브랜웰이 우리 손을 떠났지. 그 일이라도 안 했으면, 여기서 빈둥빈둥 술이나 마시고 말썽이나 피웠을 거야."

앤이 대꾸한다.

"난 아름다운 가족의 모습을 보여주려고 했어. 그런데 오히려 역효과만 난 것 같아. 오빠 내 말을 귓등으로도 안 들었어."

샬럿은 나란히 앉은 두 여동생을 바라본다. 그들 옆에는 오랜 세월 그들을 돌봐준 나이 지긋한 여인이 있다. 그 모습을 보고 샬럿은 로체스터 씨를 떠난 제인을 누가 구해줄지 결정한다. 자신의 동생들 같은 두 자매나, 아니면 가장 절친한 학창 시절 친구들인 엘런과 메리 같은 두 여인을 등장시켜 제인을 돕게 하리라. 샬럿의 자매와 친구들은 모범을 보여주기도 하고, 사랑으로 감싸주기도 하며, 서로 다른 방식으로 샬럿에게 용기를 주어 몇 번이고 그녀를 절망에서 구해주기도 했다.

샬럿은 용감하고 아름다운 두 여동생과 충직한 늙은 하녀를 바라보며, 이 여인들 덕분에 지금까지 버틸 수 있었다고 생각한다. 기품 있고 박식한 두 여인, 독일어를 공부하고 집안 사정 때문에 가정교사 일을 해야 하는 학구적인 두 자매, 마치 자신의 동생들 같은 두 자매, 제인이 즐겁게 귀 기울이는 대화를 나누는 사랑스럽고 지적인 두 여인, 어릴 적 세상을 떠나 아직도 샬럿의 꿈속에 나타나는 두 언니들처럼 어려움에 처한 제인을 지켜줄 두 여인을 만들어낼 것이다. 품행은 거칠지만 마음씨 좋은 성실한 하녀와 두 자매, 그리고 브랜웰보다는 엘런의 오빠처럼 침착하고 명민하고 건실한 미남에 이성적이며 자신의 짐을 함께 나눌 동료 선교사나 협조자를 찾는 오빠를 만들어내리라. 그리하여 여주인공을 구해줄 사람은 세 남매와 부지런히 뜨개질을 하는 그들의 늙은 하녀 해나가 될 것이다. 중혼죄를 범한 로체스터 씨의 곁을 떠나는 제인을 그들 네 사람이 지켜줄 것이다. 히스가 무성한 황야를 비틀거리며 걷던 제인이 그들의 집 앞에 허기져 쓰러진다. 그 집의 이름은 당연히 '무어하우스('무어moor'는 히스로 뒤덮인 황야 지대를 의미함—옮긴이)'가 될 것이다.

귀가

에밀리는 같이 가겠다는 언니와 동생의 제안을 거절하고는 자리에서 일어나 숄을 걸치고 보닛을 쓴다.

"나 혼자 가야 오빠를 다루기가 더 쉬워. 그리고 지금 안 가면 영영 집으로 못 데려올 거야. 키퍼를 데려갈게."

에밀리는 허리를 굽혀 개의 머리를 살짝 어루만진다. 말은 그렇게 했지만, 자기 혼자서도 아무 탈이 없을지 확신이 서지 않는다. 오빠는 사탄이 자기를 몰래 따라다닌다며 칼을 숨겨 가지고 다닌다. 그는 언제든 폭력을 휘두를 수 있는 사람이다.

에밀리는 기운이 없어 다리가 후들거린다. 이상한 꿈들 때문에 잠을 설친 탓이다. 새벽녘에 일어난 그녀는 맨발로 휘청휘청

부엌으로 내려가 문을 열었다. 오렌지빛과 분홍빛이 뒤섞인 옅은 색 하늘, 벌써부터 쌀쌀한 가을 공기, 그리고 개가 그녀를 맞았다. 그녀는 커피를 홀짝이면서 빌려 온 신문을 꼼꼼히 읽으며 한창 잘나가고 있는 철도주에 대한 정보를 찾았다. 샬럿은 팔자고 했지만, 에밀리는 거부했다. 매사에 그렇듯 그녀는 자신의 확신을 믿는다. 아주 어릴 적부터 스스로 생각하는 법을 배웠다. 그리고 지금은 오빠를 찾으러 가는 수밖에 별 도리가 없다. 오빠와는 어떤 불가사의한 끈으로 연결되어 있는 듯한 느낌이 든다.

이모가 남긴 유산 중 31파운드를 써서 그들의 시집이 출판된 5월 26일, 바로 그날 오빠가 집을 떠난 것은 우연의 일치로 보기 어려웠다. 오빠는 초록색 정장을 말쑥하게 차려입고, 붉은 곱슬머리를 넓은 이마 주위로 정성 들여 빗었다. 잘생긴 매부리코를 뽐내고, 귀족적인 기다란 윗입술을 위로 당기며 춤추듯 거리를 껑충껑충 뛰어가던 오빠의 모습이 아직도 생생하다. 그는 이제 진정 자유의 몸이 된 부유한 불륜 상대가 자기를 부르리라 기대했다. 요란하게 사랑한 여인의 곁에서 그를 내쫓았던 R씨가 마침내 죽었으니 말이다.

그런데 정작 그 여인은 마부인지 말구종인지를 오빠에게 보내 다시는 연락하지 말라는 명령을 내렸다. R 부인은 더 야심

찬 계획이 있는 모양이었다. 자신의 사회적 지위를 의식한 그 현실적인 여인은 잠깐 같이 놀아난 가난하고 시시한 가정교사와 나머지 인생을 함께할 생각이 없었다. 그 후로 에밀리가 사랑하는 오빠는 망가져버렸다. 때로 오빠에게 출처를 알 수 없는 돈이 생기기도 했는데, 대부분은 R 부인의 돈인 듯했다. 에밀리는 오빠를 그 여자로부터 떼어내기 위해 돈을 주었지만, 오빠는 돈이 생기는 족족 약국에서 구할 수 있는 싸구려 아편이나 술을 마시는 데 탕진해버렸다. 에밀리의 소설 속 인물 힌들리 언쇼처럼, 오빠는 일부러 인사불성이 되도록 술을 마셔댔다.

에밀리는 그 이야기를 쓸 수밖에 없었다. 시에서 이별, 버림, 결합에 대해 얘기했다면 소설에서는 세상 다 끝났다는 듯 방탕하게 사는 오빠의 어리석음을 폭로했다. 작품 구상은 쉽게 이루어졌다. 그것이 바로 그녀가 세상에 선보이고 싶은 얘기다.

에밀리는 장갑을 끼고 개와 함께 축축한 거리로 나가 우산을 쓴다. 기운을 북돋아주는 바람, 모든 것을 가려주는 어둠, 쓸쓸함과 정적이 기분 좋게 느껴진다. 허리를 숙여 개의 뒤통수를 쓰다듬는다. 가을의 냉랭하고 축축한 공기를 쐬니 힘이 생기고 왠지 조급해진다. 이름도 형태도 없이 초조한 불안을 불러일으키는 것들에 지지 않으려, 몸을 떨지 않으려 애쓰며 성큼성큼 앞으로 나아간다.

그 화재 사건 이후로 아버지는 좁은 침대에서 오빠와 함께 자며 감시했다.

'언니의 새 작품에 나오는 미친 아내처럼, 오빠가 자신은 물론 가족의 목숨까지 앗아갈까 걱정되는 걸까? 왜 아버지는 방벽에 가득한 무기들을 치우지 않을까?'

에밀리가 그 생각을 입 밖으로 꺼낸 적도 있지만, 아버지는 절대 그 총들을 버리지 않을 것이다. 참 별나고, 고약하고, 앞뒤 안 맞는 노인이다. 그래도 에밀리는 아버지를 사랑한다. 아버지, 그리고 목숨보다 사랑하는 오빠와 함께 살고 싶다.

에밀리는 오빠가 큰 빚에 허덕이고 있다는 걸 알고 있다. 오빠는 친구든 생판 남이든 가리지 않고, 심지어는 자신을 버린 여인에게까지 돈을 구걸한다. 밤마다 툭하면 드나드는 선술집의 주인에게도 빚을 져서 잘못하면 철창신세를 질 판이다. 그녀의 히스클리프처럼, 조상 대대로 내려오는 집과 재산을 물려받은 사람이 고약한 짓을 저지르는 사연은 주변 가족들 사이에서 흔히 들린다. 집으로 돌아온 지 네 해째, 그녀는 오빠의 실성한 모습을 빠짐없이 목격했다.

지금 그녀가 술집 창으로 들여다보고 있는 남자가 바로 히스클리프와 힌들리의 바탕이 된 사람이다. 구두를 진창에 박은 채 우산을 들고 서 있는 에밀리의 주위로 술 냄새와 지린내가 짙게 풍긴다. 오빠는 사람들에게 둘러싸여 웃으며 얘기하고 있다. 뭔가 재미난 이야기를 해주고 있는 모양이다. 그는 거나하게 취하면 사람들을 홀리는 이야기꾼이 되곤 한다. 누이들과 달리 그는 글재주보다는 말솜씨가 더 낫다. 오빠는 이야기로 사람들을 즐겁게 해주고 주목을 끌도록 격려받으며 자랐다. 집안의 유일한 아들인 그는 자신의 모험담을 이야기하고 성공담을 들려주어야 했던 것이다.

오빠의 친구들 중 한 명이 몸을 들썩이고 머리를 뒤로 젖히며 입을 크게 벌리고는 시끌벅적하게 웃어댄다. 다른 한 명은 오빠의 잔을 채우고 있다.

'오빠한테 어떤 영향을 미치는지 알기나 하고 저런 짓을 하는 건가?'

요란한 웃음소리와 한바탕 노래를 불러 젖히는 소리가 들리더니, 어떤 이가 바텐더에게 포도주를 더 달라고 외친다. 오빠는 이제 의자 등받이를 짚고 구부정하게 서서 휘청거리며 사람들에게 노래를 불러주고 있다. 앞치마를 두른 바텐더는 뒤에 붙은 거울 앞에서 술잔을 닦으며 함께 노래를 부른다. 오빠가 의자에 풀썩 주저앉으며 술잔을 떨어뜨리자, 누군가가 허둥지둥 다른 술잔을 가져와 다시 채워준다.

오빠를 부추기는 친구들을 보니 부아가 치민다.

'오빠가 얼마나 병들어 있는지 보이지도 않나?'

에밀리는 화가 나서 창유리를 주먹으로 두드리지만, 누구 하나 눈길 한 번 주는 이 없다. 오빠가 술잔을 내팽개치더니 브랜디 병의 목을 꽉 움켜쥐고는 술병을 기울여 게걸스레 꿀꺽꿀꺽 삼킨다. 그녀는 얼굴을 유리창에 바짝 붙이고 더 세게 두드리며 오빠의 이름을 부른다. 순간 그가 고개를 들고 멍한 시선으로 그녀를 바라본다. 얼굴은 벌겋게 부어올라 있고 두 눈에는 핏발이 서 있다. 그녀에게는 너무도 익숙한 모습. 바르르 떨리는 그의 입술이 축 늘어져 있다. 아마도 아편을 피웠으리라. 오빠는 종종 그런 것들을 무분별하게 해서 정신과 건강을 돌이킬 수 없이 망가뜨렸다. 오빠가 몸을 앞으로 굽히고 콜록거린다. 마구 섞어 먹는 약물들, 그리고 집안 내력인 허약한 폐 때문에 그는 죽어가고 있다. 친구들은 오빠의 안 좋은 상태도 보이지 않는 건가. 오빠는 그녀를 알아보지도 못하는 걸까. 그녀는 더 세게 다시 한 번 창을 두드리며 큰 소리로 오빠의 이름을 부른다. 그를 둘러싼 남자들이 창을 힐끔 보고 그녀의 오빠를 다시 보더니, 갑자기 심각하고 당혹스러운 표정을 짓는다. 그들 중 하나가 고개를 숙이고 오빠에게 무슨 말인가를 하자, 오빠가 창 쪽을 힐끔 쳐다본다. 그러고는 얼굴이 어두워지더니 소매에 손을 얹는다. 거기 칼을 넣어뒀나? 그녀를 사탄으로 생각하는 걸까?

이런 애정이라면 느끼지 않는 편이 이롭다. 저런 인간을 사랑하느니, 열정적이고 맹목적으로 헌신하는 동물을 사랑하는 편이 차라리 안전하다. 에밀리는 몸을 숙여, 곁에 서 있는 사랑스런 키퍼를 토닥거린다.

이렇게 빗속에 계속 서 있을 수는 없다. 에밀리는 술집 앞으로 돌아가, 우산을 접고 문을 활짝 열어젖힌다. 개 목걸이 줄을 한 손에 쥔 채 차가운 바깥 공기를 몰고 연기 자욱한 술집 안으로 성큼성큼 걸어 들어간다. 찬물을 끼얹은 듯 좌중이 조용해지고, 그녀는 모든 이의 시선을 한 몸에 받으며 오빠가 친구들에게 반원으로 둘러싸여 있는 난롯가로 향한다. 모두가 에밀리와 덩치 큰 개를 지켜보며 움직이지도, 소리를 내지도 못한다. 잠시 후 어디선가 낮게 중얼대는 소리가 들리기 시작한다. 누군가는 여자와 개는 사절이라고 얘기하는 듯하다. 에밀리는 곧장 오빠에게 다가가서 몸을 수그려 그의 귀에 대고 속삭인다. 오빠는 가늘어진 눈으로 멍하니 여동생을 올려다본다. 그녀는 오빠의 팔을 붙잡아 일으켜 세우려고 애쓰며 오빠 옆의 남자에게 말한다.

"좀 도와줘요."

두 사람은 함께 오빠를 일으키고 어깨에 망토를 걸쳐준다. 오빠의 허리에 팔을 두르고 문 쪽으로 가려 하는데, 순간 그가 동생에게 눈을 부라리며 저항한다. 하지만 곧 동생의 어깨에 고개를 툭 떨어뜨리고 기대어 축 늘어진다. 빤히 쳐다보는 구경꾼들 사이를 지나 문 쪽으로 가는 남매를 개가 뒤따라온다.

오빠에게 향하는 연민은 막을 수가 없다. 오빠가 애처롭다. 다른 세상으로 달아나고픈 그의 소망을 에밀리는 이해하고 있다. 자신의 고통만큼이나 오빠의 고통이 힘겹게 느껴진다. 오빠의 괴로운 한숨 소리가 들리지만 위로해줄 수도 없다. 과도한 사랑의 파괴력에 망가진 인생이다. 에밀리는 오빠가 거짓말쟁이라는 걸, 마약만 얻을 수 있다면 무슨 말이든 무슨 짓이든 하리라는 것도 알고 있다. 지금 이 순간 오빠는 의지라고는 없는 무골충에 불과하지만 그래도 미워할 수 없고, 그가 정신을 차리리라는 믿음은 이제 없지만 힘이 닿는 한 그를 보살펴줄 것이다.

오빠를 데리고 정적이 흐르는 집 현관으로 들어오니, 거실의 등불은 여전히 밝게 타오르고 난로도 환히 빛나고 있다. 언니와 여동생은 거실을 정리해놓고 잠자리에 든 모양이다. 에밀리는 테이블에 놓여 있는 등불을 들고서 오빠를 데리고 계단을 올라 아버지의 방으로 간다. 문이 빠끔 열려 있고 아버지는 나이트캡을 쓴 채 작은 침대 한가운데에 큰대자로 뻗어 있다. 그들은 문가에 나란히 서서 아버지의 코 고는 소리를 듣는다. 그러다가 에밀리는 침대로 가서 아버지의 이마에 살며시 손을 얹어본다.

오빠가 문설주에 살며시 기대며 말한다.

"불쌍한 노인네 깨우지 마."

에밀리는 어머니가 죽어가는 동안 그들 여섯 남매가 참을성 있게 기다렸던, 한때 그들의 서재였던 작은 방으로 오빠를 데려간다. 오빠가 좁은 침대로 푹 쓰러지자, 오빠의 구두와 재킷을 벗겨준다. 담요를 덮어주니 오빠는 살금살금 벽 쪽으로 다가들어 돌아눕는다. 녹초가 된 에밀리는 그 옆에 누워 팔다리를 오빠에게 기댄다.

브랜웰

    샬럿은 자신의 방에서 글을 쓰고 있다가 여동생과 남동생이 돌아오는 소리를 듣는다. 사춘기 시절 남동생과 함께 만들었던 상상의 세계, 앵그리아가 지금도 그립다. 멍고 파크(스코틀랜드의 탐험가—옮긴이)가 서아프리카에서 새로운 곳을 발견했다는 기사를 읽고 흥분했던 일이 아직도 기억난다. '아프리카'라는 단어만으로도 가슴 설레었다. 우거진 초목, 찬란한 햇빛, 무성한 이파리들 속에서 번뜩이는 사자의 호박색 눈, 다이아몬드와 황금으로 지어진 잊힌 궁전들. 〈블랙우즈〉(1817~1980년 동안 발간된 토리당 후원 문예지—옮긴이)에 파크의 탐험기와 함께 실려 있던 지도도 아직 생생하다. 파크는 오랜 염원의 대상이었던 니제르 강을 세구, 실라, 바마코에서 탐험했고, 카말리아에서 병을 앓다가 어느 낯선 사람 덕분에 목숨을 구한 뒤, 그가 죽은 줄로만 알고 있던 아내와 엄청난 청중들이 기다리고 있는 런던으로 의기양양하게 돌아왔다. 샬럿은 그 지명들을 나지막이 속삭여본다. 아르드라, 칼라바르 강, 에트레이 강, 아샨티 왕국. 12인의 왕국(브론테 남매는 브랜웰이 선물받은 12개의 장난감 병정들을 '트웰브 twelve'라고 부르고 각각의 병정에게 이름을 붙여 이야기들을 지어냈음—옮긴이). 앵그리아 전쟁.

샬럿은 자기도 모르게 악동 존 리드(『제인 에어』의 등장인물—옮긴이)의 이름 대신에 남동생의 이름을 쓰고 있다. 그들의 잔인성이 뒤섞인다. 그 잔혹함은 그녀 자신의 성정이기도 하다.

한 가지 강렬한 기억이 떠오르자 피가 몰리듯 얼굴이 뜨거워진다. 남동생은 여덟인가 아홉 살이었고, 아홉 살이나 열 살의 자그마하고 빼빼 마른 소녀였던 샬럿은 두 언니가 죽은 후 코원브리지기숙학교를 그만두고 집에 돌아와 있었다.

그들은 작은 방에 바짝 붙어 앉아 작은 공책 위로 고개를 수그린 채 환상 속 나라의 지도와 국가 조직과 법을 써내려가고 있다. 뾰족한 얼굴에 당근처럼 붉은 더벅머리를 헝클어뜨린 남동생은 잉크를 손가락에 묻혀가며 잽싸게 글을 쓰고 있다.

"우리끼리 있을 거니까 내려가."

남동생은 아까 동생들에게 그렇게 명령했다. 샬럿은 검은 원피스 위에 흰색 에이프런드레스를 똑같이 입고서 머리에 핀들을 마구 꽂은 채 서로 손을 잡고 있는 에밀리와 앤을 쳐다보면서 왠지 모를 만족감을 느꼈다. 어쨌든 두 동생은 그들만의 놀이가 있고, 엄청난 수의 군인들이 무차별적인 학살을 저지르는 브랜웰의 이야기에 싫증을 낼 때도 있다.

샬럿과 남동생은 달랑 하나 달린 창으로 교회와 무덤들이 내다보이는 작은 방에서 단둘이 테이블에 앉아 환상 속의 국가를 짓고 있다. 샬럿은 동생이 묘하게 자신과 닮았다고 느꼈다. 두 사람 모두 몸이 가냘프고 근시에다 예민하다. 하지만 남동생은 붉은 머리, 주근깨, 반짝이는 푸른 눈을 가져 근사하고 아름답다. 화려한 색의 이국적인 열대 새, 깃털이 많이 달린 선명한 빛깔의 앵무새 같다. 가족이라는 하늘에서 동생은 환하게 빛나지만, 샬럿의 존재는 그의 곁에 있는 달그림자처럼 있는 듯 없는 듯 어슴푸레하게 깜박인다. 그가 태양이라면 그녀는 태양 곁에서 빛을 받아야만 반짝이는 달이다.

남동생은 이 누이를 편애하다 저 누이를 편애하다 하지만, 대개는 이제 맏이가 된 샬럿이 선택받는다. 따분한 현실보다 훨씬 더 진짜로 느껴지는 이야기를 짓고 있는 이 들뜬 순간의 흥분을, 남동생의 후광 속에 누릴 수 있는 사람은 바로 샬럿 자신이다. 바깥의 바람 소리도 들리지 않고, 작은 방의 냉기도 느껴지지 않고, 희미한 불빛도 보이지 않는다. 빼곡한 묘석과 잡초로 무성한 묘지, 어머니와 두 언니를 포함해 모든 망자들이 묻혀 있는 집 근처의 교회 납골당도 이 순간만은 생각나지 않는다.

샬럿은 열렬히 숭배하는 마음으로 남동생을 올려다보고, 그의 우월성을 확신한다. 남동생은 밖에 나가 마을의 거친 아이들과 마음껏 놀아도 되고, 고함을 지르고 휘파람을 불고 문을 쾅 닫고 노래를 해도 된다. 딸들에게는 가르쳐주는 바깥세상의 위험을 브랜웰에게는 아무도 일러주지 않는다. 왜 어른들은 브랜웰이 어떤 상처에도 끄떡없을 거라 생각하는 걸까?

브랜웰은 아버지와 함께 이웃 마을로 나가 신문을 사 와서는 기사 제목을 훑어보고 아버지와 함께 기사에 관해 이야기를 나눈다. 선물로 받은 소중한 장난감 병정들을 누이들에게 아낌없이 나눠주어 그들의 놀이에 불을 붙인 사람도 남동생이다. 샬럿이 잘해주면 가끔 자기가 배운 것을 관대하게 알려주기도 한다. 아주 가끔은.

지금 그들은 돋보기가 없으면 읽을 수도 없는 깨알 같은 글씨로 작은 공책에 비밀스런 이야기를 쓰고 있다. 샬럿은 남동생과 함께 이야기를 나눌 수 있어서, 자신의 상상의 끈을 그의 끈과 엮을 수 있어서 신이 난다. 이야기는 뜻밖의 순간에 문득문득 떠오른다. 하녀처럼 부엌일을 도우면서 감자와 양파 껍질을 벗길 때, 숨 막히는 방에 이모와 함께 앉아 지루하도록 긴 오후 내내 바느질을 할 때, 이야기들은 마치 음악처럼 귀를 울리며 샬럿의 기운을 북돋아주고 즐겁게 해주고 괴로운 순간을 달래준다. 그런 이야기 덕분에, 그리고 그것들을 남동생과 함께 엮어가는 순간들 덕분에 샬럿은 살맛이 난다.

헤엄을 쳐본 적은 한 번도 없지만, 가끔은 이야기 만들기가 수영 같다는 생각이 든다. 남동생과 함께 차가운 연녹색 바다 깊숙이 뛰어드는 것 같다. 두 팔을 활짝 펴고 히스가 무성한 황야의 바람 속으로 돌진하면 몸에 들러붙는 옷이 마치 물처럼 느껴진다. 어두운 동굴의 어렴풋이 깜박이는 빛 속에서 남동생과 자신의 정신이 뒤엉키듯이, 서로 몸을 휘감으며 신나게 까부는 인어들이 된 기분이다. 샬럿은 다음에는 무슨 일이 벌어질까 상상하며 하루 종일 즐거운 흥분에 빠져 있다. 여주인공이 죽어서 어느 음산한 밤 차갑게 식은 몸으로 혼자 땅 위에 누워 있을까? 이야기 속에서 그들은 전지전능한 신이다.

남동생은 오른손으로든 왼손으로든 편하게 아주 빨리 쓰면서 구두법이나 철자나 어법마저 신경 쓰지 않는다. 샬럿은 감히 동생의 잘못을 바로잡지 못한다. 동생은 때로 샬럿에게 이야기의 끝에 서명을 시키기도 하고, 지치면 이야기를 대신 쓰게 해준다.

"무릎을 꿇고 내 노예가 되어라."

동생이 씩 웃으며 말한다. 샬럿은 망설이면서도, 흰 팔을 거만하게 들어 올린 동생의 모습에서 풋풋함과 아름다움이 느껴져 그의 말에 따른다. 동생을 올려다보자 뱃속부터 목까지 따뜻한 애정이 치솟는다. 오뚝한 코끝에 걸쳐진 안경 위로 흘러내린 불처럼 붉은 빛의 헝클어진 머리카락, 물어뜯은 손톱, 엷은 주근깨, 작은 키…… 그 모든 사랑스러운 결점들까지 샬럿은 동생을 속속들이 알고 있다. 약점이 늘어날수록 동생은 여려 보이고, 그래서 도와주고 싶은 마음이 더욱 커진다. 샬럿이 고개를 숙이자, 귓가로 자가 휙 하고 지나가는 오싹한 소리가 들리면서 남동생이 이렇게 말한다.

"나의 주인님, 난 주인님의 노예입니다, 라고 말해."

"주인님."

샬럿은 그렇게 말하고 기도하듯 두 손을 위로 쳐들었다. 그러면 남동생은 살짝 미소 짓고는 그녀의 입술에 입을 맞췄다. 샬럿은 소년의 단단한 몸이 기대어오는 무게감과 함께 바람 소리,

창을 두드려대는 빗소리, 썩은 내, 자신의 심장에 마주 닿아 쿵쾅거리는 그의 심장을 느꼈다.

여덟아홉 살밖에 안 됐지만 조숙하고, 열 살인 그녀보다 더 많이 아는 동생은 두 손을 사납게 흔들며 이렇게 말한다.

"그들은 싸워야 해."

그녀는 용기 내어 의견을 말한다.

"잠깐. 장소나 나무, 풀에 대해서 더 얘기해야지. 그래야 진짜처럼 보이니까."

하지만 동생은 고압적으로 밀어붙인다. 줄거리, 사건들, 자잘한 전쟁 이야기를 읊어나간다. 동생은 빨리 진행시키고 싶어한다. 격렬함을 원한다.

"쉿, 싸워야 한다니까, 모르겠어? 검으로 말이야."

동생은 숨을 깊이 들이마시고는, 목에 프릴 장식이 달린 헐렁한 셔츠를 입은 가슴을 앞으로 쑥 내밀며, 검으로 공격을 막아내듯 자를 휘두른다. 그러면서 엄숙하게 말했다.

"지옥 같은 세상이야."

어떤 책에서 읽은 표현이리라. 그녀처럼 그도 이미 바이런과 스콧의 많은 작품들, 심지어는 셰익스피어의 『로미오와 줄리엣』, 『템페스트』, 『십이야』까지 읽었다. 하지만 바이런의 악한 부랑자가 동생의 주된 주인공이다.

샬럿은 미심쩍은 듯 묻는다.

"누가 싸우는데?"

"두 검은 거인들, 두 왕자, 버림받은 두 형제, 두 타락 천사. 그들은 보석들과 황금옥좌가 있는 호화로운 궁전에 있어. 아니다, 거인 넷, 괴물 넷으로 해야겠다. 같은 왕가의 형제들이야, 아샨티 왕국의 공작들이나 왕자들. 키는 2미터가 훌쩍 넘고 번득이는 검은 눈, 검은 피부, 검은 머리, 콧수염, 흉터들을 가지고 있지. 그들이 공작의 목을 베는 거야. 손을 잘라버리고, 피가 튀어. 공작은 물웅덩이로 쓰러지지. 죽여, 죽여, 죽여!"

샬럿은 몸서리를 치며 질색하고는 얼굴을 찌푸린다.

"아니, 싫어, 너무 무섭잖아."

동생은 씩 웃으며 말한다.

"다시 살리면 그만이지."

샬럿은 반대한다.

"그런 이야기를 누가 믿어. 궁전은 어떻게 생겼는데? 무슨 계절이고? 날씨는? 그 사람들이 왜 싸우는 건데?"

"왕이 되려고, 권력을 차지하기 위해, 그게 다야."

둘 모두 속물근성이 있다. 공작이나 공작부인, 웰링턴과 그의 아들들 같은 귀족들의 모험담, 통치자 임명 등의 장엄한 이야기를 좋아한다. 하지만 샬럿은 그런 큰 사건들을 암시하는 세세한 내용들에 대해서도 깊이 고민하고 싶다. 위풍당당한 걸음걸이, 무심코 매는 검은색 목도리, 나무를 쪼개버리는 벼락.

동생은 상기된 얼굴로 갑작스레 열을 내며 말한다.

"내 말대로 하자니까!"

그가 샬럿의 갈색 머리카락을 한 타래 움켜잡아 빙빙 돌려대는 바람에 그녀의 작고 가벼운 몸이 끌려 올라갈 지경이 된다. 동생은 누나의 손가락들을 자로 매섭게 톡톡 치는 것으로 사태를 마무리 짓는다. 샬럿은 동생이 무슨 짓을 하든 가만히 있는다. 입에서는 짠맛이 나고 머리가 지끈거리고 동생의 험악한 격정이 걱정스럽다. 변덕스럽고, 화를 잘 내고, 달갑지 않은 현실을 받아들이지 못하는 동생의 성품이 그 자신이나 그녀에게도 위험하다는 걸 이미 눈치채고는 있지만, 지금은 요정이 아기 침대에 누워 있던 진짜 아기를 훔쳐가고 그 대신 동생을 두고 간 건 아닐까 하는 생각이 든다. 동생은 얌전하고 고분고분한 누이들의 순종적인 세계에 속한 사람이 아니다. 부랑자에 침입자, 딴 세상 사람이다.

그와 동시에 동생은 샬럿이 용기를 내면 될 수 있는 사람, 그녀의 비밀스런 영혼의 쌍둥이다. 이제 그녀는 동생을 찬미하고 동경하면서도 동생과 자신의 어두운 면을 분명히 알게 될 것이다.

아버지 역시 아들이 계단을 올라오는 소리를 듣는다. 문가에 구부정하게 서 있는 아들이 흐릿하게 보인다.

'그토록 총명하고 아름답던 금쪽같은 아들이 어쩌다가 저 지경이 됐을까…….'

아내와 두 딸을 먼저 저세상으로 떠나보낸 후 그는 남은 딸들에게는 신경 쓰지 않았다. 어찌 그러지 않았겠는가. 가장 총명하고 독실하여 애지중지하던 딸아이들을 빼앗겼다. 만약 다른 딸이라면 더 쉽게 보낼 수 있었으리라는 생각이 드는 건 어쩔 수 없었다. 하지만 아들은 남다르고 묘하고 성스럽기까지 했다.

의자 팔걸이에 걸터앉아 몸을 수그리고 〈블랙우즈〉를 읽던 아들의 모습이 떠오른다. 브랜웰의 뾰족한 얼굴에 붉은 머리칼이 흘러내려 있고, 코끝에 걸린 안경에는 흥분하여 내뿜는 콧김이 서려 있다. 위의 두 딸은 검은색 소파에 앉아 있고, 아래 세 딸은 매트에 모여 앉아 즐거운 표정으로 남동생을 올려다보고 있다. 아들은 어서 결말을 알고 싶은 조급한 마음에 아버지에게서 신문을 빼앗아 들고 의기양양하게 읽는다. 토리당, 귀족, 지주계급, 그들이 좋아하는 위대한 웰링턴 공작의 성공에 그들 모두

두 손을 들어 갈채를 보낸다!

딱한 딸들은 계속 글을 깨작거리겠지만, 아버지는 당연히 그리 큰 기대를 하지 않았다. 하지만 사랑하는 아들에게 거는 기대는 무척이나 컸다. 모든 가족이 그랬으리라.

딸들이 아니라 아들을 기숙학교로 보냈어야 했을까. 챙겨야 할 딸들이 너무 많았다. 좁아터진 아기 방에 어린 딸 다섯이 우글거렸다. 아들을 학교에 보내라고 조언하는 사람들도 있었지만, 그나 처형의 생각은 달랐다. 브랜웰은 기숙학교를 견뎌내지 못할 것 같았다. 고향의 중등학교도 오래 다니지 못했다. 그래서 가족들은 브랜웰을 가까이 두고 지켜주고 보살피고 아껴주었다. 모두가, 특히 샬럿이 그랬다. 가족 모두가 그를 응석받이로 만들었을지도 모른다. 격한 감정을 발작적으로 터뜨리고, 쉽게 흥분하고, 감정의 기복이 심하고, 극도로 민감하고, 온갖 재능을 타고난 그를 모두가 무척이나 염려했다.

아들은 아버지의 모든 기대를 저버렸다. 아들은 아주 기묘한 정신적, 육체적 힘을 가진 별난 아이처럼 보였다. 항상 예측 불허의 모순된 행동을 했다.

어느 날 아침 일찍 교회지기를 만나러 교회에 갔다가 누군가가 연주하는 오르간의 감미로운 선율을 들었던 일이 기억난다. 소리가 흘러나오는 쪽으로 고개를 돌려본 그는, 불타는 듯 붉은 머리칼을 가진 천사가 건반 위로 몸을 수그리고서 모든 음전^{音栓}을 잡아당기며 작은 다리로 힘겹게 페달을 밟고 있는 줄 알았다. 열두 살이 채 안 된 데다 나이에 비해 키가 작아서 페달까지 겨우 발이 닿았지만, 아들은 오르간을 연주하며 교회를 거룩한 음악으로 가득 메우고 있었다. 아이는 오르간을 연주하고, 글을 쓰고, 그림을 그릴 줄 알았다. 아버지는 고전, 라틴어, 그리스어에 대한 자신의 모든 지식을 아들에게만 가르쳐주었다. 상당한 비용을 들여 화가 선생을 붙여주고(하지만 가족 모두 그 기회를 이용해먹었다), 작업실을 빌려주고, 하숙비를 대주었던 기억이 난다. 한 번도 써먹지 못한 그 모든 소개장들, 런던 여행을 위해 힘들게 마련해준 귀한 돈을 아들이 탕진해버린 일도 물론 기억난다. 그냥 내버려두면 아들은 위기에 대처하지 못했다. 샬럿보다 겨우 한 살 어리지만 언제나 꼬마였던 아들 녀석은 절망, 회한으로 망가졌다. 가장 사랑받는 아이가 가장 고통당하는 법인가. 이 아이는 대체 어떻게 될까? 그 사악한 여자! 마녀 같은 것! 그 여자가 아들을 홀렸다.

기회

샬럿은 추운 겨울밤들을 거의 잠 못 이루며 보낸다. 봄과 여름 내내 그들의 세 작품을 보내고 또 보내지만 결국엔 돌아오고 만다. 시집이 잘 팔리지 않아서 세 자매는 누군가에게는 읽히고 싶은 마음에 존경하는 시인들과 작가들에게 증정본을 보내기로 결정한다. 샬럿은 새 작품을 계속 써나간다. 제인이 무어하우스에서 두 자매, 그들의 오빠인 세인트 존과 함께 지내며 벌어지는 일들을 쓰고 있다. 에밀리는 시를 쓰고, 다림질을 하고, 빵을 굽고, 동물들에게 먹이를 주고, 황야를 산책하고, 교회에 간다. 아버지는 눈앞에 반점들이 보인다며 가끔 불평하기도 하지만, 수술 덕에 시력이 많이 좋아졌다. 목사 업무를 다시 시작하여 일요일마다 설교하고, 교구민들을 방문한다.

드물게 따뜻한 날이다. 세 자매는 아침식사 후 식당에 함께 앉아 있다. 식탁 위의 흰 그릇들은 아직 치워지지 않았고, 여름 햇살이 돌바닥에 가물거린다. 아버지는 외출 중이다. 당신이 언제나 사랑했던 여름 풍경의 찬연함을 다시 볼 수 있음을 기뻐하고 있다. 브랜웰은 여태 침대에서 뒹굴며 스케치하거나, 친구들에게 우울함을 하소연하며 아편 구할 돈을 구걸하는 애처로운 편지를 쓰고 있다.

편지 한 통이 도착한다. 벨 형제 앞으로 온 익숙한 갈색 포장지를 앤이 샬럿에게 건네며 열어보라고 한다. 샬럿은 빈 오트밀 그릇들과 『천로역정』의 친숙한 삽화들이 그려진 우유병 너머로 손을 뻗어, 데이기라도 할 듯 손가락 끝으로 아주 조심스럽게 편지를 잡는다. 그런 후 편지를 빈 접시 옆에 두고 여동생들을 바라본다. 동생들 역시 편지를 그릇 옆에 둔 채 열어보지 않고 소심하게도 그 순간에 매달려 희망을 붙들고 싶은 심정인 듯하다. 9년 전 사우디의 답장을 받았을 때 샬럿이 그랬듯이.

마침내 에밀리가 이를 악물며 묻는다.

"뭐래?"

샬럿은 그들의 세 작품을 처음 보내기 시작한 후 거의 1년이 지났음을 떠올린다. 지금 온 이 편지는 그들이 최후의 수단으로 문을 두드려본 그리 유명하지 않은 출판업자 뉴바이에게서 온 것이다.

샬럿은 봉투의 접힌 부분 밑으로 천천히 칼을 넣어 미끄러트린다. 여동생들은 맞은편에 나란히 앉아 그 모습을 유심히 지켜보고, 그녀는 편지가 여러 장인 것을 보고 어느 정도 기대를 품는다. 첫 몇 줄을 혼자 읽어보고는 동생들의 바짝 긴장한 얼굴을 올려다보더니 늙은 듯한 기분으로 말한다.

"읽어봐. 좋은 소식이야."

에밀리가 편지를 잡아챈다. 그들은 머리를 맞대고 집중해서 편지를 읽는다. T. C. 뉴바이는 모티머 가에 있는 자신의 사무실에서 두 작품, 『폭풍의 언덕』과 『애그니스 그레이』를 출판하고 샬럿의 『교수』는 빼겠다고 썼다. 내건 조건이 그리 유리한 것도 아니다. 작가들이 50파운드를 선불하고 책이 250부 팔리면 상환하겠다는 것이다. 또 『폭풍의 언덕』을 수정하여 두 권으로 늘릴 것을 요구했다.

동생들은 아무 말 없이 은밀한 시선으로 서로를 살핀다. 샬럿은 마치 그들을 처음 보는 듯한 기분이 든다. 이리도 아름다운 얼굴들이었나. 목이 길고 날씬한 몸매의 단아한 두 아가씨들. 어느 모로 보나 숙녀들 같다. 커다랗고 못생긴 개의 머리를 마치 사자 머리처럼 무릎에 누이고 있는 에밀리. 그들의 머리칼과 파리한 얼굴에 햇빛이 어린다. 그들의 눈이 반짝이는 것 같다. 창유리에 파리 한 마리가 윙윙거린다. 얼룩빼기 고양이가 앤의 무릎에서 펄쩍 뛰어내린다.

막내가 두 언니를 차례로 보며 묻는다.

"어떡하지?"

"망설일 게 뭐 있어. 그리 좋은 제안은 아니지만, 그나마 제일 낫잖아."

샬럿은 이렇게 단호하게 말하면서도, 동생들이 이 제안을 거절할 거라고, 거절해야 한다고 생각한다.

'설마 내 작품만 빼고 출간하려 하진 않겠지.'

앤이 묻는다.

"그럼 언니는 어떡하려고?"

"한 번 더 보내봐야지."

목소리에 떨림이 있다.

샬럿은 몸을 꼿꼿이 세우고 자리에서 일어나, 설탕 단지를 찬장에 넣고 뚜껑을 요란스레 닫는다. 어깨너머로 검은 원피스 차림의 동생들을 힐끔 보니 그대로 앉아 서로를 쳐다보고 있다. 샬럿은 그들에게로 돌아선다. 그들은 편지를 앞에 둔 채 입을 살짝 벌리고 아무 말 없이 언니를 올려다본다.

'설마 내 작품만 빼놓고 결점 많은 자기들 작품을 출판하려

유산을 쓰진 않겠지.'

게다가 에밀리는 너무도 고집 세고 내성적인 아이라, 한 단어도 자기 작품에 손대는 걸 싫어한다. 그래서 작품에 대한 언니의 조언을 전혀 귀담아듣지 않고, 작품을 사람들에게 선보이는 일에도 언니만큼 열성적이지 않다. "네 시들이 훌륭하니 출판하자." 했을 때 얼마나 난리를 피웠던가.

하지만 샬럿은 이성적이고 무엇보다 공정한 모습을 보이려 애쓰며 성실하게 말을 잇는다.

"이런 기회를 그냥 날려버리면 안 돼. 출판사에서 제안하는 대로 네 작품을 늘리고 개선할 수 있을 거야."

'하느님, 제발 날 빼지 않게 해주세요!'

"전적으로 맞는 말이야, 언니. 이 제안을 진지하게 고려해봐야겠어. 우리가 처음으로 받은 제안이니까."

에밀리가 주저 없이 큰 목소리로 무미건조하게 대답하자, 샬럿은 문득 간호사 험버가 떠오른다.

샬럿은 깜짝 놀라 발가락을 식탁 다리에 부딪치고 만다. 마음에 너무 큰 생채기를 입은 그녀는 다시 자리에 앉아 두 손을 무릎에 올려놓는다. 소리치며 따지고 싶다. 에밀리가 그렇게 냉담하고 거만한 목소리로 '언니'라고 부를 줄 누가 알았을까. 그리고 에밀리는 언니의 상처를 더 크게 만드는 말을 한다.

"언니 작품도 계속 보내다 보면 더 좋은 조건을 만날 수 있을 거야."

에밀리의 목소리에 새삼 확신이 어려 있다.

이제 주도권을 잡은 사람은 에밀리다. 에밀리는 일어나서 남은 우유를 고양이 접시에 붓고는 다시 자리에 앉아 의자를 뒤로 살짝 빼고 자매들을 바라본다. 출판업자가 진정으로 원하는 건 과장되고 통속적인 감정이 넘쳐나서 낮에는 마음의 평정을 어지럽히고 밤에는 잠 못 이루게 하는 장면들로 가득한 에밀리의 작품이 분명하다.

낯선 침묵이 방을 가득 메운다. 사랑하는 동생들이 멀게만 느껴진다. 샬럿은 마치 무인도 해변에서 멀어져 가는 배를 바라보듯 그들을 쳐다본다. 그들은 너무도 쉽게 자신을 버렸다. 그들이 자신을 바라보는 눈길에 견딜 수 없는 연민이 담겨 있다. 그녀가 로헤드학교로 떠났을 때처럼, 두 동생은 한편이 되어 있다.

어쩜 이럴 수 있지? 그녀가 아니었다면 그들은 시를 발표하지도, 격려가 담긴 비평도 받지 못했을 것이다. 평론가들이 엘리스 벨의 '비상하는 힘'을 얘기하지 않았던가. 에밀리는 그 덕에 용기를 얻어 소설을 완성하지 않았던가. 왜 동생들은 성공하고 그녀는 성공하지 못했을까? 그들의 작품이 더 낫단 말인가? 이제 동생들의 얼굴이 덜 곱고, 덜 기품 있고, 개성 없는 다른 얼굴들로 보인다.

왜 에밀리는 그렇게 불리한 조건을 받아들이면서까지 밀어붙이려는 걸까? 작품 길이를 늘리라는 요청도 마다하지 않을 참인가? 뉴바이의 말처럼 독창적일지는 몰라도, 에밀리의 소설에도 흠이 있다. 샬럿의 눈에는 에밀리의 정신이 아직 성숙하지 못하고 세련되지 않아 보인다. 무자비할 만큼 굽힐 줄 모르는 인물들은 피상적이고 단순하고 알맹이가 없다. 아내가 사랑하는 개를 나무에 매다는 짓까지 서슴지 않는 남자가 어린 시절 연인인 캐시를 열정적으로 사랑할 수 있으리라고 믿을 사람이 누가 있을까.

고개를 돌려 이번에는 앤을 쳐다본다. 엄격한 기독교적 윤리와 고결함을 지닌 앤은 자신의 이익보다는 언니를 먼저 생각할 것이다. 하지만 예상을 깨고 앤 역시 금발을 아래위로 까딱거리며 에밀리의 의견에 찬성한다.

"다른 수가 없는 것 같아."

에밀리도 덧붙인다.

"오빠 빚을 갚으려면 어쨌든 돈이 필요해."

어불성설이다. 책을 출판하려면 상당한 액수의 돈을 치러야 하는데, 그것을 얼마라도 되찾을 수 있다는 보장은 없다. 에밀리가 일어나 좁은 공간을 서성거린다. 벌써부터 힘이 솟아오르는지, 뺨에 홍조가 돌고 회녹색 눈이 반짝인다.

"난 너희 뜻에 따를게."

샬럿이 입을 오므리며 말한다. 목소리에 씁쓸함이 슬그머니 깃들어 있다. 샬럿은 의자에 기대앉아, 에밀리가 테이블 위로 손을 뻗어 롤빵을 집어서 딴생각에 빠진 듯 산만하게 베어 무는 모습을 지켜본다. 입이 바짝 마르고 지친 몸이 흐느적거린다. 어디선가 썩어가는 하수구 냄새가 희미하게 난다.

돈은 항상 에밀리가 관리했다. 이모가 남긴 유산을 철도주에 투자했고, 지금까지 잘되어가고 있다. 물욕도 없어 보이고 어떨 땐 심하다 싶을 정도로 자기 세계에만 푹 빠져 있는 것 같기도 하지만, 사실 에밀리는 세 자매 중에 가장 현실적이고 가장 기민하며 어쩌면 가장 영리할지도 모른다. 이 뉴바이라는 사람도 그렇게 생각하는 모양이다. 이제 에밀리는 거기에 하나 더, 소설 발간이라는 행운까지 가질 수 있게 되었다.

에밀리가 샬럿을 똑바로 쳐다보며 덧붙인다.

"언니의 새 작품도 거의 다 완성됐잖아. 『제인 에어』도 언제든 보낼 수 있어."

"꼭 그런 건 아니야."

샬럿은 자신의 목소리가 무뚝뚝하고 성마르게 들린다는 걸 깨닫는다. 최근에 몇 장을 더하고 새로운 삼각관계를 만들어낸 것은 사실이다. 아버지가 다녔던 케임브리지대학교 칼리지의 이름에서 따온 '세인트 존'이라는 제인의 사촌오빠 목사는, 아름다운 상속녀인 로자먼드를 남몰래 사랑하면서도 안정적이고 안락한 인생을 위한 결혼을 감히 생각하지 못한다. 영웅적인 자제심으로 욕망을 버리고 오로지 기독교도로서의 힘든 의무와 교회에만 몰두한 그는 제인에게 자기 일을 돕는 노예로서의 인생을 제안한다.

샬럿은 자신이 아는 여러 목사들과 비슷한 이 목사, 자신의 미덕을 자신과 남을 구별하는 무기로 사용하는 이 선한 남자가 점점 더 흥미롭게 느껴지는 중이다. 이 남자는 제인을 자기 마음대로 휘둘러 그녀를 선교사로 삼아, 목숨을 잃을지도 모르는 인도로 데려가려고 한다. 점잖고 조심스런 겉모습 밑에 열병과도 같은 감정을 숨기고 있는 사람이지만, 그는 그녀를 전혀 사랑하지 않는다. 결혼 없는 사랑이냐 사랑 없는 결혼이냐, 제인은 선택의 기로에 서 있다.

샬럿은 이 딜레마에서 빠져나갈 길이 도무지 보이지 않는다.

결심

에밀리는 부엌에 달린 뒷문을 연다. 샬럿의 망설임을 그녀도 이해한다. 바깥에는 햇빛이 땅 위에 후광처럼 어른거리고 있다. 태양이 마치 향유처럼 살에 닿는다. 거위들이 햇빛을 받아 번들 번들한 몸으로 점잔 빼며 걸어 다니고, 진줏빛 목을 한 검은 비둘기 떼가 땅에 내려앉아 있다. 에밀리는 아침 식탁에서 롤빵을 가져 나와 뿌리면서, 깃털 달린 식욕 왕성한 가신家臣들이 즐겁게 쪼아 먹는 모습을 지켜본다. 벚나무 가지들을 올려다보니, 나뭇가지들과 이파리들 사이를 뚫고 푸른 하늘을 향해, 천국에 더 가까이 오르고 또 오르며 즐거워하던 일이 기억난다. 그러다 아차 하는 순간 나무에서 떨어져, 딱딱한 땅이 그녀 밑에서 느닷없이 솟구쳐 오르던 일도 기억난다.

그녀는 뉴바이의 편지가 그리 놀랍지 않다. 이제까지 아무 말도 하지 않았지만, 그리고 그들의 작품들을 출판사들에 보낼 때 언니의 소설을 제일 앞에 놓긴 했지만, 샬럿의 작품이 가장 약하다고 항상 생각하고 있었다. 그 작품에는 샬럿 자신의 모습이 잘 보이지 않는다. 샬럿은 작품과 너무 거리를 둔다. 제목과 어울리지 않게, 자신이 사랑한 진짜 스승에 대해서는 쓰지 않았다. 오히려 로체스터 씨 안에 그의 모습이 훨씬 더 많이 녹아 있다. 죽음에 대한 두려움과 우울증에 괴로워하며 별 기쁨 없이 힘겹게 살아가는 소심한 남자 크림스워스는 공감을 불러일으키지 못한다.

에밀리는 앤이 읽어준 『애그니스 그레이』가 마음에 들었다. 앤은 가정교사로서의 경험담을, 그리고 아버지의 부목사이자 그들이 '셀리아 아멜리아'라고 불렀던 요절한 착한 청년과의 연애를 아주 솔직하면서도 날카롭게, 아주 정확하게 썼다. 그녀를 하찮게 대우했던 고용주 가족에 대한 혈기 어린 분노에 담겨 있는 진실하고 희망찬 목소리를 누가 의심할 수 있을까.

에밀리는 부엌 안으로 다시 들어가 앤 옆에 앉는다. 어릴 적 그녀를 존경하고 졸졸 따라다니며 그녀와 함께 곤달 왕국을 만들었던 앤. 어렵사리 만든 회색 무늬 비단프록을 입은 앤은 이 좋은 소식에 맑은 얼굴을 환하게 빛내고 있다. 에밀리는 동생이 이 기쁨을 마음껏 누렸으면 한다.

에밀리는 편지를 집어 들고 출판업자의 칭찬을 다시 읽어본다. 역시 자신의 작품이 가장 강렬하고 가장 독창적이라고 씌어 있다. 자신의 작품을 거절한 다른 출판업자들이나 언니와 동생은 그 속에 흐르는 격정이 너무 야만적이고, 인물들은 너무 투박하고 폭력적이며, 본성이 너무 잔인하고 무자비하다고 비판했다.

샬럿은 그렇게 심란하고 음산한 이야기는 아무도 읽고 싶어 하지 않을 거라고 경고했다.

"왜 그렇게 인생을 어둡게만 그려? 직관보다는 기술을 써야 해."

그들이 틀렸다.

잔인함과 인내는 자연에 내재해 있으며 그 아름다운 풍경과 모순되지 않는다. 사랑하는 애견이라도 진흙투성이 털을 침대에 묻히지 않게 하려면 주먹으로 때려야 하지 않는가.

에밀리는 기교를 부려 신빙성 있는 이야기를 만들어냈다. 두 명의 화자를 등장시켜서 작품의 짜임새를 교묘하게 구성했다. 과도한 사랑을 경험해본 적 없는 교양 있는 재력가로서, 히스클리프의 세상을 낯선 사람의 눈으로 바라보는 신사 로크우드. 그리고 하녀답게 집안 사정을 속속들이 아는 점잖은 가정부이자 노련한 여인 넬리 딘.

히스클리프와 캐서린은 바로 그 과도함 때문에 살아갈 수 있는 존재들이다. 에밀리는 자신이 위험을 무릅쓰고 거친 영역으로 뛰어들었다는 사실을 안다. 한 권을 두 권으로 기꺼이 늘릴 것이다. 그 방법은 이미 알고 있다. 후세의 이야기를 더하는 것이다. 뉴바이는 그녀의 은밀한 힘을 알아볼 정도로 좋은 감각을 지닌 사람이다. 그의 마음에 들 수 있도록 시간의 전개를 다시 작업할 것이다. 그의 제안을 받아들일 것이다.

에밀리는 주위에 떠도는 소문들을 통해 알게 된 사람들과 자기 가족의 인생사를 재현했다. 아주 익숙한 곳들을 묘사했다. 집 안의 모습, 사랑하는 풍경의 쓸쓸한 아름다움, 히스가 무성한 황야, 야생 양들, 그 정적. 재산과 돈과 지위, 그리고 그것들이 가져다주는 권력에 대한 묘사가 현실감을 더해줄 것이다. 집 안의 평화를 깨트리는 침입자, 검은 피부의 집시에게 조상 대대로 내려오는 땅을 빼앗길지도 모르는 위험을 몸소 체험했기에 잘 알고 있다. 그녀의 일부이기도 한 그 거친 상상력이 그녀 자신을 파괴하려 한다. 에밀리는 외로운 두 야생아들이 느끼는 깊은 유대감에 대해 썼다. 거무스름한 피부의 고아 소년과 활발한 소녀, 이 두 아이가 주변의 황무지와 그들 안의 길들지 않은 마

음을 마음껏 탐험할 수 있도록 했다. 그녀는 그런 어린 시절의
열정을 작품 속에 표현했다.

앤

샬럿이 아침 설거지를 도와야겠다고 말하더니 식탁에서 일어나 편지를 쓰는 두 여동생들을 외면한 채 자리를 뜬다. 그리고 나이 지긋한 하녀를 도우러 부엌으로 간다.

앤은 그녀가 가는 모습을 지켜본다. 잠시 후 샬럿이 말하는 소리가 들린다.

"내가 할게요. 앉아 있어요. 다리도 안 좋으면서 서 있으면 어떡해요."

"불쌍한 샬럿 언니, 이젠 어떡하지?"

에밀리에게 속삭이지만 아무런 대답도 없다. 시력이 많이 나빠져 이젠 감자 싹도 잘 못 보는 늙은 하녀를 샬럿이 돕고 있는 모습이 머릿속에 그려진다. 앤은 한숨을 내쉬지만, 행복한 기분이 드는 건 어쩔 수가 없다.

여섯 남매 중 막내로 이모의 귀여움을 받고 가족의 보호 속에 사랑받으며 살아온 앤은 평생 무력하게 남에게만 의존하는 기분을 느낄 수밖에 없었다. 총명한 오빠의 눈에는 하찮게 보였을 것이다. 집에서 살며 이모와 언니들, 그리고 가끔은 아버지에게 교육받은 앤은 부근의 목양업자들이나 상인들과 함께 차를 마시는 것 말고는 더 넓은 세상과의 소통이 거의 없었다. 그러다가 로헤드학교의 학생으로, 그다음엔 가정교사로서 세상 밖으로 나갔다. 그래도 앤은 항상 사람들을 주의 깊게 관찰했다.

지금은 머리칼을 뒤로 넘기며 두 사람 모두에게 중요한 편지를 거침없이, 펜을 꾹꾹 눌러가며 써내려가고 있는 에밀리를 지켜보고 있다. 이 언니는 참으로 복잡한 사람이다. 앤은 에밀리를 완전히 이해해본 적이 없다. 언제나 일부는 놓치고 말았다. 하지만 앤은 두 언니보다, 심지어 오빠보다 자신이 인간 본성에 대해 더 잘 이해하고 있다고 종종 느꼈다. 집안의 막내라면, 지켜보고 모방하고 적응하고 남의 마음에 드는 말을 하는 법을 배우게 된다. 손위 형제들 사이의 심부름꾼, 외교관이 되는 것이다.

앤이 덧붙여 말한다.

"우리가 돈을 벌면 샬럿 언니하고도 나눠야 해."

에밀리가 말한다.

"당연히 그래야지."

앤은 너그럽게 베푸는 사람이 된 기분이 든다. 온 세상을, 특히 선택받지 못한 맏언니를 사랑하지만, 언니의 쓸쓸하고 차분한 얼굴을 피해버린다.

작은 식당을 둘러보니 텅 빈 벽난로, 흔들의자, 검은색과 흰색 얼룩무늬의 플로시가 누워 있는 검은색 소파가 보이고, 창으로 흘러들어온 햇살은 창턱의 제라늄 잎사귀들을 비추고 있다. 자신에게도 이런 조금의 행복을 누릴 권리가 있다는 생각이 든다. 앤은 자신이 수년간 견뎌야 했던 고된 일, 굴욕감, 비참한 상황들을 토대로 가정교사의 삶을 꾸밈없이 그리는 데 각고의 노력을 기울였다. 학생이 선생에게 존경심을 품지 않으면, 가르치는 일만큼 고되고 치욕적인 직업도 없다.

앤은 그 일자리에서 자연스레 겪게 되는 반감과 수치심을 극복해냈다. 집과 사랑하는 언니들을 떠나, 배은망덕한 학생들을 해마다 상대하면서 자신의 고결함에 대한 믿음과 품위를 잃지 않으려고 애썼다. 흠모하는 남자와 사랑하며 행복하게 살리라는 희망은 모두 사라졌다. 결혼의 즐거움을 영원히 누리지 못할까 봐, 아이들을 가르치지 못할까 봐 두렵다. 그녀에게 권한만 있었다면 아이들이 오빠처럼 알코올과 마약의 해악에 빠지지 않도록 가르쳤을 텐데. 하지만 그녀의 작은 책이 출판되어 누군가가 그녀의 글을 읽는다면 흐뭇할 것이다. 그녀처럼 친구도 없는 곳에 홀로 보내져 부당한 대우를 받고 있을 어느 가여운 젊은 여인은 오롯이 자기 혼자가 아니라는 걸 알게 되리라.

그녀가 사랑한 남자는 왜 그리도 젊은 나이에 세상을 떠났을까? 그녀의 행운을 아버지의 젊은 부목사와 함께 나눌 수 있다면 좋을 텐데. 교회에서 그녀의 맞은편 자리에 앉아 있던 부목사의 모습이 떠오른다. 그녀에게 머물던 그 남자의 시선이, 그 남자의 밝은 미소가 느껴지고 그 남자의 유쾌한 목소리도 떠오른다. 가볍고 장난스럽고 쾌활한 사람이었다. 에밀리 언니가 피아노로 슈베르트의 가곡을 연주하면, 언니에게로 몸을 기울인 채 애무하듯 감미로운 테너 목소리로 노래 부르던 그의 모습이 눈에 선하다. 그녀는 그의 죽음에 자신이 그런 식으로 반응할 줄은 꿈에도 몰랐다. 때로는 그녀의 인생에 그라는 존재가 전혀 없었던 것처럼 그를 까맣게 잊기도 하고, 어떤 땐 화가 나기도 하고, 그러다가 이렇듯 추억이 격렬하게 되살아나기도 한다.

부목사는 언젠가는 자신의 사랑을 분명히 밝힐 마음이 있었을까? 그해 여름 스카버러에서 그가 찾아오기를 얼마나 기다렸던가. 앤은 소설에 해변 장면을 집어넣었다. 작열하는 보랏빛과 푸른빛, 눈부시게 부서지는 파도, 하늘에서 즐겁게 노니는 갈매기들을 묘사했다. 이른 아침 햇살 속에 모래사장을 가로질러 다가오는 그를 여주인공이 바라보는 눈부신 순간을 만들어냈다. 앤은 그렇게 사랑하는 부목사가 예기치 않게 찾아오게 만들어, 작품 속에서나마 자신의 꿈을 현실로 바꾸는 것에 만족했다. 독자들에게도 그런 희열과 희망을 주었다. 이제 그녀의 글은 책으로 영원히 남을 것이다.

대화재

앤은 오빠가 끙끙 앓으며 돌계단을 더듬더듬 밟는 소리를 듣는다. 느릿느릿 내려온 오빠는 휘청걸음으로 식당에 들어오며, 반쯤 감긴 눈 위로 손을 대고 투덜거린다.

"눈부셔! 덧문 좀 닫아! 어서!"

오빠가 애원하듯 말한다.

앤은 경고를 보내듯 언니의 팔에 손을 얹는다. 에밀리는 쓰고 있던 편지와 받은 편지를 얼른 접어 공책 속에 슬쩍 끼워 넣는다. 에밀리가 눈썹을 치켜세우며 눈짓을 보내자 앤은 일어나서 오빠를 부축하여 데리고 들어온다. 개들이 오빠 주변을 맴돌며 코를 킁킁거린다. 오빠는 쓰러질 듯 앤의 어깨에 몸을 축 늘어뜨린다. 의자에 앉아서는 에밀리의 어깨에 머리를 기댄다. 오빠가 시킨 대로 앤이 덧문을 닫자, 햇볕 잘 드는 식당이 갑자기 어둑해진다. 개들은 경계하듯 살금살금 구석으로 물러난다.

오빠는 이 출판 계획에 대해 아무것도 모르고 있다. 어떻게 얘기하겠는가. 분수도 모른 채 거만하고 안하무인인 오빠는 거창한 꿈들로 헛바람만 잔뜩 들어서는 정작 이룬 것은 거의 없다. 게다가 이젠 분별력도 잃었다. 세 자매의 익명성을 지키기 위해 꼭 필요한 필명을 술김에 발설해버리기라도 하면 큰일이다. 앤은 에밀리 언니의 어깨에 기대어 축 늘어지는 오빠를 내려다본다. 언니가 오빠의 얼굴로 흘러내려와 있는 머리칼을 뒤로 넘겨주고 이마를 쓰다듬는다. 더러운 셔츠와 구겨진 바지 차림에 머리를 헝클어뜨리고 맨발로 있는 오빠는 누이들에 대해 아는 것이 거의 없다.

앤은 앉으면서, 편지가 들어 있는 공책을 집어 무릎에 살며시 얹는다. 보잘것없는 그녀의 첫 소설이 계약을 제안받았다는 사실을 알면 오빠는 어떤 반응을 보일까? 의기양양하게 그 일을 얘기하며, 오빠의 헛된 인생, 망가진 재능, 무너진 기대, 오빠가 가족 모두에게 안겨다준 끔찍한 고통을 따지고 싶은 충동이 순간적으로 든다.

오빠는 앤 앞에서 두 손으로 얼굴을 괴고 앉아 아버지는 어디 있느냐고 물으며 씩 웃는다.

"나 때문에 그 딱한 영감이 또 잠을 설쳤을까 걱정이네."

앤은 오빠가 푹 잠든 동안 아버지는 일찍 밖으로 나갔다고 대답한다. 수척한 이마 주위로 제멋대로 헝클어져 있는 텁수룩한 붉은 머리, 홀쭉한 뺨과 움푹 꺼진 눈에서 앤은 시선을 돌려버린다. 얼마나 야위었는지, 오빠는 꼭 다른 사람의 옷을 빌려 입은 것처럼 보인다.

에밀리가 커피, 새 우유 한 잔, 구운 오트케이크(귀리로 만들어 딱딱하게 구운 비스킷—옮긴이), 버터를 쟁반에 담아서 들고 온다.

"식기 전에 우유 마셔, 오빠. 마시라니까. 뭐라도 좀 먹어야지."

에밀리는 이렇게 말하며 걱정스런 눈으로 오빠의 어깨에 손을 얹는다. 위층 방 침대에 누워 며칠 동안 아무것도 먹지 않았을 텐데, 오빠는 먹기 싫다며 맛있어 보이는 음식을 밀쳐버리고는 덜덜 떨리는 손으로 블랙커피 잔만 입술로 가져간다. 그러면서 머릿속에서 이상한 소리가 시끌벅적하게 울려 아프다며 툴툴댄다.

"계속 윙윙거려. 밤에 어땠는지 너희는 상상도 못할 거야. 오싹한 것들이 눈앞으로 휙휙 지나간다니까."

오빠는 하소연하며, 겁먹은 아이 같은 표정으로 동생들을 빤히 쳐다본다. 에밀리는 오빠를 앤에게 맡겨둔 채 쟁반을 들고 다시 부엌으로 간다.

🙦

샬럿이 식당으로 돌아와 맞은편에 앉자, 브랜웰은 턱에 묻은 침을 손등으로 닦으며 고개를 든다. 이 측은한 얼굴을 보니 아니나 다를까, 샬럿은 또 분노가 솟아오른다.

'어쩜 이리도 난잡한 꼴로 내려온단 말인가. 머리를 빗고 세수라도 할 수 있었을 텐데!'

동생은 꿈을 꾸었다고 말한다. 샬럿은 무슨 꿈이었느냐 묻지도 않고 눈을 돌려버린다. 하지만 동생은 고집을 부린다.

"내가 무슨 꿈을 꿨는지 한번 들어봐. 들어보라니까! 누나, 부탁이야!"

"좋아. 얘기해봐."

샬럿은 모질지 않고 상냥하게 대하려 애쓰며 딱딱하게 말하고는 머릿속으로는 작품을 생각했다. 이제 남동생에게는 어떤 감정도 느껴지지 않는다. 대신에 샬럿은 앤의 차분한 얼굴과 단아한 자태를 바라본다.

"누나가 시냇물에서 헤엄을 치고 있는데, 상어가 누나를 졸졸 따라다니는 거야. 난 그냥 서서 구경하고 있었지. 아, 무서워 죽을 뻔했어."

남동생은 한바탕 떠들며, 불길한 무언가가 보이는 양 식당 안을 둘러본다. 그러고는 몸을 수그려 샬럿의 팔을 와락 붙들더니 쉰 목소리로 나지막이 속삭인다.

"나 좀 도와줘. 누나도 알 거야. 나한텐 아무것도 없잖아. 돈이 조금 필요해."

샬럿은 비쩍 마르고 아슬아슬한 모습의 남동생을 질색하며 쳐다본다. 그러자 그는 예전처럼 샬럿의 팔을 꽉 잡으며 무감정한 미소를 지어 보인다. 남동생은 예전에 이모에게 무슨 부탁을 할 때도, 이모의 살찐 팔을 쓰다듬고 머리 모양을 칭찬하며 애교를 부렸다.

동생의 실성한 눈을 다시 들여다보며, 자신의 팔을 필사적으로 꼭 붙잡고 있는 그를 느끼는 순간, 샬럿은 늘 느껴왔던 동질감을 또다시 느낀다. 하지만 지금은 바로 그 동질감 때문에 그를 거부한다. 그녀는 팔에서 동생의 손을 떼어놓는다. 그를 도와줄 수 없다. 목이 메어오지만 애써 버틴다. 지금은 자신을 지켜야 한다. 첫 작품을 또 거절당한 지금, 새 작품을 끝내야만 한다. 샬럿은 동생에게서 고개를 돌리고 만다.

"날 봐! 왜 고개를 돌리는 거야!"

샬럿은 동생의 말대로 고개를 돌린다. 냉랭하고 차갑게 동생을 쳐다보며 눈으로 대신 말한다. 스승의 팔을 잡고 정원을 함께 산책하며 그녀가 느꼈던 아픔이 떠오른다. 스승의 곁에서 영원히 걸을 수 있기를 얼마나 바랐던가. 실은 지금도 그가 그립다. 물결치는 머리카락, 거만한 태도, 무심한 옷차림을 마음에 그려본다. 고요히 흘러가던 삶이 거친 소용돌이에 휘말려, 절망의 구렁텅이 속에서 몇 시간이고 브뤼셀의 거리를 걷곤 하던 일이 떠오른다. 서글픈 꿈들이 끊임없이 찾아드는 기숙사로 홀로 돌아가기가 얼마나 무서웠던가. 불안감에 아무것도 할 수 없었다. 지금 브랜웰의 세상이 그렇듯, 온 세상이 비밀스런 암호가 담긴 메시지들로 가득 찬 것처럼 보였다. 목적의식도 깡그리 사라져버렸다. 콜레라로 죽어 타향 벨기에의 언덕에 묻힌 사랑하는 친구 마서 T의 무덤까지 걸어갔다. 그곳에 서서, 자신이 잃어버린 모든 것을 그리워하며 눈물을 흘렸다. 사랑하는 친구, 죽은 언니들, 방탕한 남동생, 멀고 먼 고향집, 선생님과의 친밀한 우정.

앞에서 브랜웰이 침을 흘리며 헛소리를 지껄이는 동안, 잊고 있던 한 순간, 너무나 기묘했던 한 순간이 문득 떠오른다. 늘 하던 대로 산책을 하던 어느 날, 샬럿은 가톨릭교회인 생귀될대성당으로 들어갔다. 지금 호어스의 이 식당처럼, 스테인드글라스로 빛이 비스듬히 흘러들어왔다. 어둑함 속에서 촛불들이 깜박거렸다. 불현듯 인간과의 접촉이 그리워진 샬럿은 신도석에 무릎을 꿇었다. 가여운 남동생처럼 그녀도 외로움, 죄책감, 그리고 애욕에 휩싸였다. 모든 것을 말하고, 참회하고 싶었다. 불경한 욕망을 누군가에게 털어놓기 위해, 마음속의 증오를 함께 나누기 위해 가톨릭교회로 쫓기듯 들어갔다.

샬럿은 그때 무슨 생각을 하고 있었던 걸까? 정말 스승의 교파로 개종하고, 할머니의 종교로 돌아가 타락한 구식 세상 속으로 들어가려 했던 걸까? 일요일마다 "단 하나의 보편적이고 사도적인 교회를 믿나이다."라고 말하지 않았던가.

샬럿은 한 고해자가 격자문을 통해 속삭이는 소리로 죄를 고백하는 모습을 지켜보았다. 그러고 나서, 끝없는 어슴푸레한 어둠 속에 용기를 내어 다가갔다. 격자문이 열리고, 신부가 귀를 기울였다. 샬럿은 아무 말도 하지 않았다. 무슨 말을 해야 할지 몰랐다. 그녀는 가톨릭 신자가 아니라서 고해 의식을 모른다고 말했다. 하지만 바로 지금 브랜웰이 자신에게 그러는 것처럼, 그때 그녀는 가톨릭 신부로부터 무언가를, 무엇이든 뽑아내야 했다!

처음에 신부는 샬럿의 말을 듣지 않으려 했다.

"당신에게 고해의 축복을 내릴 권리가 내겐 없습니다."

"그래도 들어주세요! 꼭 들어주셔야 해요!"

확신에 찬 샬럿의 말에 결국 신부의 마음이 움직였다.

"심각한 곤경에 처해 있습니까?"

샬럿은 자신의 핏속에 스며든 윤리적 광기라는 낯선 열병에
대해 얘기했다. 자신 안에 있던 모든 선함과 인간미를 잃어버리
고 있다고 고백했다. 신앙심보다 더욱 강렬한 격정, 파괴하고픈
욕망, 증오, 동물적인 분노만이 남았다고 말했다.

신부는 염려스럽게 물었다.

"무서운 범죄를 저질렀습니까?"

"단 하나, 마음의 죄를 지었어요."

하지만 아무 소용없었다. 샬럿은 그때 그 감정들을 잊지 못한
다. 광기 어린 눈의 남동생과 앤을 마주보며 앉아 작품 속에 그
릴, 고미다락방에 갇힌 아내의 광기를 떠올린다. 그것은 브랜웰
의 광기이며 샬럿 자신의 광기이기도 하다. 해치고 파괴하고자
하는 욕망에 사로잡혀 있고, 증오에 찬 욕망들을 실행에 옮길
수 있는 초자연적인 재주와 힘을 가진, 먼 타지에서 온 여인 버
사의 모습이 또렷하게 그려진다. 진에 흠뻑 취해 곯아떨어진 그
레이스 풀을 보고 버사는 한밤중에 열쇠를 훔쳐서 빠져나가 기
다란 복도를 정신없이 헤매 다니다가, 본능적으로 증오하는 경
쟁자인 젊은 가정교사의 방으로 들어가 침대 커튼에 불을 붙인

다. 브랜웰의 침대가 불길에 휩싸였던 것처럼.

에밀리 덕에 남동생과 목사관은 잿더미로 변하는 재앙을 모면했지만, 손필드와 버사 로체스터는 몽땅 불타버릴 것이다. 샬럿이 아버지를 구하고 아버지의 생명줄이 되어주고 아버지의 자리를 대신했듯이, 로체스터 씨를 구할 사람은 제인이다.

남동생을 보고 있자니 작품을 위한 또 다른 착상이 떠오른다. 로체스터 씨는 제인을 찾아가서 떳떳이 그녀 곁에 남아 있을 수 있는 사람으로 바뀌어야 한다. 세인트 존이 제인에게 청혼하는 순간, 제인이 그와 함께 선교사로서 인도로 떠나 덧없는 인생을 끝내려 하는 순간, 로체스터 씨는 제인을 소리쳐 부른다. 제인은 로체스터 씨에게로, 과거로 되돌아간다. 그 누구보다 사랑하고 처음부터 그랬던 눈먼 남자에게로 돌아간다.

샬럿은 은은한 분홍빛 하늘 아래 스승과 단둘이 정원을 산책하던 저녁을 떠올린다. 두 사람이 언제 어느 곳에 있든 생각만으로도 연결될 수 있다는 그의 말이 아직도 귀에 선하다. 그 말은 샬럿의 가슴속 깊이 새겨져 있다. 그들은 정말 표정이나 몸짓으로 이야기를 자주 나누지 않았던가. 로체스터 씨는 제인을 소리쳐 부를 것이다. 이젠 위신이 많이 떨어진 그 남자가 제인을 부르는 외침이 샬럿의 마음속으로 파고든다. 옳지, 옳지, 이제 모든 것이 또렷해진다. 맨체스터에서 샬럿의 아버지가 고통에 겨워 울부짖었듯이, 이젠 위협적이지도 무섭지도 않은 눈먼 홀아비 신세가 된 로체스터 씨가 그녀를 자기 곁으로 부르며 소리칠 것이다.

  제인! 제인! 제인!

  샬럿이 어릴 적 아버지 무릎에 앉아 아버지의 머리를 빗겨드리는 걸 좋아했듯이, 제인은 로체스터 씨의 무릎 위에 앉는다. 샬럿이 가여운 아버지의 차가운 살을 데워주기 위해 곁에 누웠듯이, 제인도 로체스터 씨 옆에 눕는다.
  불과 공기. 큰 화재가 일어난다. 손필드가 불에 탄다. 전에도 한 번 불이 나서 제인이 침대에서 로체스터 씨를 구한 적이 있다. 이번 화재 역시 그의 미친 아내가 저지른 일로, 여자는 자유롭게 풀려난 순간의 기쁨에 취해 불을 지르고는 닫혀 있는 검은 문들이 늘어서 있는 손필드 위층의 좁고 낮은 복도를, 우리에서 탈출한 야생동물처럼 네 발로 돌아다닌다. 마치 제인이 심란할 때마다 적막함과 쓸쓸함 속에서 그 집 여기저기를 서성거렸듯이, 샬럿이 이 작품을 쓰면서 스스로를 마음껏 풀어놓았듯이. 미친 아내는 악마처럼 서글프게 웃으며 계단을 내려와 가정교사가 지내던 방에 불을 지르지만, 그곳에 제인은 없다. 제인은

손필드의 속박에서, 의존과 종속의 위치에서 벗어난다. 손필드
화재에서 죽는 것은 미친 아내, 샬럿 자신의 광기이다.

소프 그린

앤은 자리에서 일어나는 샬럿을 지켜본다. 언니는 할 일이 있다고, 작품 집필로 돌아가 마지막 장들을 쓸 거라고 말한다. 그러면서 뺨에 기묘한 홍조를 띤 채 고개를 높이 들고 방에서 걸어 나간다. 마치 연인이라도 만나러 가는 듯 언니의 얼굴이 기쁨으로 환하게 빛나고 있다.

앤의 머릿속에 갑자기 쾌활하고 태평스럽던 실리아 아멜리아, 자신이 사랑했던 젊은 부목사가 떠오른다. 한 손에는 야생화 한 다발을, 다른 한 손에는 성 밸런타인 축일 선물을 들고 들어오던 그의 모습이 눈에 선하다.

하지만 지금 집으로 들어오는 사람은 에밀리다. 그녀를 따라

개 키퍼도 들어온다. 개가 에밀리의 무릎에 머리를 기대고 침을 흘리고 있는 동안 에밀리는 몸싸움의 결과로 흥해진 개의 한쪽 귀를 멍하니 잡아당기며 오빠에게 다정하게 말한다.

"무서워할 거 없어, 오빠. 여긴 오빠를 아끼는 사람들뿐인 걸."

에밀리는 브랜웰의 머리에 자신의 머리를 기대어 암갈색 머리칼로 그의 뺨을 반쯤 가리고는, 부드러운 눈길로 오빠를 쳐다본다.

앤이 무슨 말을 할 수 있겠는가. 소프 그린 사건 때 그녀는 다친 사슴이나 덫에 걸린 여우를 구하듯 오빠를 구하고픈 심정이었다.

"어쩌면 R 부부가 오빠를 에드먼드의 가정교사로 써줄지도 몰라."

정말로 R 부부는 앤의 추천으로 브랜웰을 고용했다. 앤은 "똑똑한 사람이에요. 화가, 음악가, 시인이죠!"라고 말했고, 어쨌든 거짓말은 아니었다.

앞에 있는 이 딱한 몰골을 보며 앤은 생각한다.

'아! 내 힘을 그렇게나 자신했다니, 너무 오만했어.'

그녀가 가정교사로 일하고 있던 집에 입주 교사로 들어가는 것은 여러 가지 면에서 오빠의 품격에 어울리진 않았지만, 그게 오빠를 위한 최선인 것 같았다. 적어도 괜찮은 봉급을 받는 정직한 일이었고, 앤보다 훨씬 더 큰돈을 받게 될 터였다. 그리고 오빠에겐 돈이 절실했다. 이모는 세 자매에게는 돈을 남겼지만, 오빠에게는 한 푼도 남기지 않았기 때문이다.

앤은 R 가족의 응석받이 아들 에드먼드에게서 손을 떼는 것이 기뻤지만, 이기적인 이유만으로 한 일은 아니었다. 오빠에게 도움을 줄 수 있어 무척 뿌듯했다.

하지만 오빠가 그 일자리를 수락하도록 설득하느라 진땀을 뺐다. 앤은 그들의 급료 차이를 지적했다. R 씨는 편협하고 위선적인 사람이라 정나미가 떨어지긴 하지만 구두쇠는 아니었다. 아마도 오빠는 인정 많은 귀부인 역할을 즐기며 아량을 베풀기도 하는 R 부인을 보고 마음을 굳혔을 것이다.

'오빠는 운 좋게도 나보다 두 배나 더 받았지.'

앤은 맞은편에 구부정히 앉아 있는 오빠를 보며 생각한다.

"우린 할 일이 있어, 오빠."

마침내 에밀리가 이렇게 말하며 일어나 그의 손을 떼어낸다.

"가자, 앤."

에밀리가 몸을 돌려 식당에서 나가자 개들도 몸을 일으켜 그녀를 따른다.

"나 혼자 두고 가지 마, 제발!"

오빠는 울부짖으며 앤의 손을 붙잡지만, 그녀 역시 일어난다. 달리 뭘 할 수 있겠는가. 오빠가 또 돈을 요구할까 두렵다. 오빠에게 줄 돈이 없을뿐더러 출판업자에게 치를 돈까지 필요할 것이다. 앤은 천천히 오빠의 손을 풀고 등을 돌리다가 어깨너머로 오빠를 본다. 그는 동생들이 떠나가는 모습을 겁먹은 눈으로 지켜보고 있다.

오빠가 일자리를 받아들였으면 하는 간절한 마음에 그녀는 이점들을 강조했다.

"책을 읽거나 쓸 수도 있고, 피아노 연주할 시간도 있을 거야."

사실 그대로를 미련하게 말했던 기억이 난다. 두 여자아이를 데리고 하루 종일 씨름해야 하는 앤과 달리 오빠는 한 남자아이만, 그것도 아침에만 가르쳤기 때문에 시간이 훨씬 더 많았다. 얼빠진 꿈들에 빠질 시간이 있었던 것이다.

앤은 호화로운 주랑현관, 프랑스창(뜰이나 발코니로 통하는 좌우여닫이 유리창―옮긴이), 1층의 침실 여덟 칸과 2층의 침실 아홉 칸, 마호가니의자들에 대해 얘기하고, 또 그들의 것보다 훨씬 더 좋은 피아노를 연주할 수 있을 거라고 말했다. 모린커튼, 말열네 마리가 있는 마구간, 그리고 프랑스에서 수입된 비데와 침대틀을 장황하게 설명하기까지 했다. 오빠의 속물근성을 사로잡을 작정으로, 11에이커의 공원과 방목장, 다섯 명의 하인들, 낙농장에서 나오는 맛있는 크림과 버터, 가족 양조장에서 만들어지는 맥주 얘기까지 호들갑스럽게 떠들었다.

결국 오빠가 넘어온 것은 그가 묵게 될 멍크스하우스에서 죽은 파운틴스수도원의 수도원장, 장 드 리펀에 얽힌 낭만적인 이야기 때문이었을 것이다. 목재와 윗가지로 만들어진 그 건물은 그들이 사랑하는 작가 월터 스콧의 작품에서 막 튀어나온 것처럼 보였다. 박공창을 내다보면, 아직까지 보존되어 있는 수도사들의 원형 양어장이 보였다. 이 이야기를 듣자 오빠는 거만하게 말했다.

"남 밑에서 일해야 한다면, 이왕이면 귀족 집이 낫지."

새로운 철도를 따라 리즈에서 요크로 달려가는 여행 동안 앤은 고용주들의 결점에 대해 귀띔해주려고 애썼다. 앤의 말이 화를 불렀을지도 모른다. 오빠를 조심시키기는커녕 오히려 잘못된 길로 이끌어버렸으니 말이다.

"R 부부에 대해서 더 얘기해줘."

오빠는 이렇게 재촉했다. 그녀의 팔에 손을 얹고 호기심과 기

225

대감으로 푸른 눈을 빛내던 오빠를 떠올리며 앤은 회한에 젖는다. 오빠는 이 새 출발을 위하여 누나와 여동생들이 만들어준 새 셔츠를 말쑥하게 차려입고 있었다. 오빠를 올바른 길로 이끌고 싶은 마음이 간절했다.

어물쩍 넘기려 했지만 오빠가 졸라대자 앤은 R 씨가 오만하고 상당히 부유한 지주이며, 그의 서재에는 설교집들이 많은데 그중에는 코원브리지기숙학교 교장인 카루스 윌슨의 책들도 있다고 덧붙였다. 샬럿은 그 교장이 떠들어대던 지옥불과 천벌에 대한 격렬한 칼뱅주의적 관점을 새 작품에서 묘사한다. R 씨는 복음교회 신도였다.

"그 사람은 자기의 부와 성공이 하느님의 은총 덕분이라고 확신하고 있어."

앤은 미소 지으며 이렇게 말하고는 곁눈질로 오빠를 힐끔 보며 덧붙였다.

"가끔은 이교도들을 개종시키려고 하기도 하지."

오빠는 웃었다.

앤은 또 이렇게 덧붙였다.

"불쌍한 아들 에드먼드와 함께 보내는 시간보다, 서재에 틀어박혀서 설교집을 공부하는 시간이 더 많아."

상상력 풍부한 오빠의 머릿속에 어떤 생각들이 떠올랐을까?

앤은 R 부인이 약간 거만하고 도도하다고 말했다. 부인은 나이에 비해 옷차림새가 너무 야했다. 하지만 당당한 아름다움을 지닌 여자였고, 만만한 바보는 아니었다. 앤은 오빠에게 이렇게 말했다.

"실력 좋은 사업가에 자기가 할 일은 유능하게 잘하는 여자야."

앤이 보기에 부인은 성마른 남편보다는 더 지적이었다. 부인은 가벼운 소설책을 좋아하긴 했지만, 직접 읽는 것보다는 침대 겸 소파에 누워 남이 읽어주는 걸 듣기를 즐겼다. 유난히 감상적이라 소설 속의 고통받는 인물에 쉽게 몰입했다. 또한 남의 감정에 그리 주의를 기울이는 편이 아니었는데, 안타깝게도 당시 앤은 그 얘기는 오빠에게 하지 않는 편이 낫다고 생각했다.

앤은 여주인이 꿀색 머리의 아들 에드먼드를 얼마나 애지중지하는지도 얘기했다. 하지만 그 아들에게 앤은 열한 살까지 익혔어야 하는 라틴어는 고사하고 아무것도 가르칠 수 없었다. 학교에 보내는 날짜도 계속 미뤄지고 있었다. 한심하게도, 어머니의 가벼운 독서 취미나마 물려받은 아이가 아무도 없었다. 딸들은 남자나 말에 더 관심이 많았다. 아들은 도움 없이는 한 줄로 제대로 읽지 못했다. 앤은 그 아이가 알파벳이라도 아는지 의심스러웠다. "사나운 망아지 같다니까."라고 말했던 기억이 난다.

이런 얘기에도 오빠는 전혀 걱정하지 않는 것 같았다. 자신의 천재성을 오래전부터 자부해온 오빠는 앤에게 미소 지으며 말했다.

"대장 진니 브래니가 납셔야겠군."

오빠는 어릴 적 놀이에서 쓰던 자기 이름을 꺼내며, 마치 자신의 군대를 부르듯 한 팔을 허공에 흔들어대며 웃었다. 그러면서 그런 녀석을 잘 다룰 수 있는 요령이 있을 거라고 말했다. 그리고 얼마간은 정말, 정말 그랬다.

앤은 이런 정보를 들은 오빠가 벌써부터 고딕풍의 로맨스를 머릿속에 그리고 있다는 걸 알았다. 다만 오빠가 어느 정도까지 현실 감각을 잃을 수 있는지는 미처 모르고 있었다. 앤은 기차 창밖을 꿈꾸듯 바라보는 오빠를 보았다. 기차는 앞으로 계속 내달리며 오빠를 파멸로 데려가고 있었다.

앤이 무슨 말을 했든 달라지는 것은 없었으리라.

얼마 지나지 않아 오빠는 앤이 아이에 대해 잘못 생각하고 있다고 말했다. 아이는 맹목적이다시피 오빠를 잘 따랐다. 한창 성장기였던 소년은 자기보다 별로 크지 않은 그 옆에 꼭 붙어 다니면서 그의 허리에 팔을 감고, 금발 머리를 들어 올려 짓궂은 미소를 보냈다. 오빠는 아이에게 노래나 음탕한 시를 가르치고, 포도주에 물을 섞어 마시게 했는데 물의 양이 점점 더 줄었다. 오빠는 아이를 공부방에 잘 두지 않았다. 앤이 나무라면 "밖에서 배울 게 더 많아."라고 했다. 오빠는 자기가 그랬던 것처럼, 아이가 마음대로 소리치고 노래하고 문을 쾅 닫고 건들건들돌아다니게 내버려두었다. 쾌청한 여름날 오후, 오빠가 형편없는 시들을 도도히 읊으면 아이는 입가에 딸기를 묻힌 채 포도주에 취해 그늘진 곳에서 잠들었다. 어느 여름날 오후, 앤은 두 사람이 시냇가에 반쯤 벗은 몸으로 함께 있는 것을 보았다. 아이는 햇빛처럼 빛나는 축축한 곱슬머리를 오빠의 창백한 가슴에기댄 채 잠들어 있었다.

한번은 둘이 한데 뒤엉켜 반은 홧김에, 반은 장난으로 몸싸움을 벌이다가 아이가 땅으로 쓰러지자 오빠가 아이의 등을 심술궂게 발로 찼다. 앤이 막 끼어들려는데 오빠가 아이의 상처를사랑스럽게 문질러주었다.

첫 만남부터 R 부인은 남자 가정교사를 여자 가정교사와는아주 딴판으로 대우했다. 붙임성 있게 굴라는 둥, 아이의 마음을 얻으라는 둥, 이런 장황한 잔소리를 오빠는 전혀 듣지 않았다. 사실 그럴 필요도 없었다. 오빠는 아이의 변덕에 일일이 맞춰주었다. 처음에 아이 어머니의 목적은 단순히 소중한 아들이친절한 보살핌을 받게 하는 것이었을지도 모른다. 그것은 이내진짜 유혹으로 바뀌었다. 오빠는 마음만 먹으면 사람의 마음을 끌 줄 알았다. 재담을 잘하고, 가끔은 무게 있는 말을 하기도 하고, 생각지도 못한 신선한 문장을 썼다. 속내를 얘기하지 못하는 경우가 많았던 앤은 그런 오빠가 자랑스러울 수밖에 없었다. 특히 그는 대화 상대가 자신을 매혹적이라고 느끼게 만드는 재주가 있었다. 그런데 R 부인은 오빠에게 정말로 매혹적이었다.

위층에서 에밀리가 글을 쓰는 동안 바느질을 하고 있는 앤의 머릿속에, 갑자기 밝아지며 거리낌 없이 웃어젖히던 R 부인의 넓적한 얼굴이 생생히 떠오른다. 아! 왜 그 두 사람을 두고보고만 있었던가? 어디까지가 현실이고, 어디까지가 오빠의 상상이었을까?

앤은 오빠 덕을 본 것도 있다는 사실을 이제야 깨닫는다. 앤은 여주인이 점점 방치한 딸들과 더 가까워질 수 있었고, 아이들 어머니와도 더 가까워졌다.

"선생이 우리 집에 오빠를 소개해줘서 얼마나 다행인지 몰라요."

어느 날 아침 R 부인이 앤에게 말했다. 부인은 목이 깊게 파이고 리본으로 뒤덮인 파스텔 색조의 비단옷을 입고 풍만한 젖가슴에 꽃을 단 채 치맛자락을 바스락거리며 공부방으로 들어왔다. 짙고 감미로운 향수 냄새를 풍기며 볼에 홍조를 띤 그녀는 젊고 행복해 보였다. 부인은 반지 낀 손을 앤의 어깨에 얹고는 살짝 몸을 숙였다.

"브랜웰처럼 에드먼드를 잘 다루는 가정교사는 한 명도 없었어요. 브랜웰이 있어서 참 다행이지 뭐예요."

부인은 잠깐 말을 멈췄다가 덧붙였다.

"두 선생이 우리 집에 있어서 정말 다행이에요."

그러고 나서 몸을 굽혀 입술로 앤의 뺨을 가볍게 스쳤다. 앤이 무슨 말을 할 수 있었을까? 앤은 아버지에게 편지를 보내면 온 가족이 읽어보리라는 사실을 알기에, 두 사람 모두 인정받으면서 즐겁게 일하고 있다고 썼다.

"부인이 나한테 얼마나 친절한지 몰라."

어느 날 아침 일찍 복도에서 앤 곁을 휙 지나가며 오빠가 한 말이다. 그는 곱슬머리에 푸른 눈을 반짝이며, 이슬에 젖은 야생 초롱꽃 한 다발을 들고 R 부인의 방으로 들어가고 있었다. 앤은 그의 팔에 손을 얹고 몸을 기울이며 속삭였다.

"조심해, 오빠."

하지만 그 말이 오빠 귀에 들리기나 했을까? 오빠는 그녀든 누구든 남의 말에 귀를 기울이는 법이 없었다. 바이런의 목소리만 들리는지, 오빠는 바이런에게 영감을 받아 자기가 창조해낸 인물 노생거랜드가 되어가고 있었다.

"부인은 턱없이 부당한 대접을 받고 있어."

어느 날 저녁식사 전 응접실에 함께 서 있었을 때, 오빠가 분노로 눈을 번득이며 앤에게 험악하게 속삭였다. R 씨는 검은색 옷차림으로 천천히 왔다 갔다 하며 아내 곁에서 무겁고 음침한 표정으로 거드름을 피우고 있었다. 오빠는 점점 더 정의의 기사 노릇을 하고 있었다. 하지만 그때만 해도 앤은 R 부인이 오빠를 유혹할 줄은 미처 몰랐다.

R 가족이 여름을 지내는 스카버러의 해변에서 아침 일찍 두 사람이 함께 있는 모습을 보았다. 앤은 새벽에 그곳으로 나가 모래, 바위, 바다를 마음껏 감상하며 산책하기를 즐겼다. 그 시간에는 주인집의 말들에게 바람을 쐬어주는 말구종 몇 명, 대여섯 명의 마부들, 건강을 위해 걷는 나이 지긋한 몇몇 신사들 빼고는 아무도 없었다.

그날 아침, 눈부신 새벽빛 속에 눈을 들어 올리자 하늘을 맴도는 갈매기들, 그리고 작은 검둥개 한 마리와 함께 있는 남녀가 보였다. 앤은 처음에는 그들을 알아보지 못하고, 훤히 트인 곳에서 남녀가 너무 가까이 서 있구나 하는 생각만 했다. 다음 순간, 여자의 손이 남자의 얼굴을 다정하게 애무하듯 어루만졌고, 앤은 젊은 남자의 머리칼이 붉다는 걸 알았다.

다툼

한 해의 계절이 바뀌는 내내 앤은 오빠가 자기만의 세상으로 더 깊이 빠져드는 모습을 지켜본다. 앤이 작업 중인 두 번째 소설은 점점 더 타락해가는 남자에게 얽매인 여인, 결국 남편에게서 달아나 아이와 함께 새로운 곳에 사는 여인, 샬럿의 로체스터 씨처럼 알 수 없는 과거를 지닌 수수께끼 같은 세입자에 대한 작품이다. 겨울을 지나 봄 내내 앤은『와일드펠 홀의 세입자』를 쓰고, 그동안 샬럿의 인생에는 굉장한 사건들이 일어난다.

앤과 에밀리의 소설보다『제인 에어』가 먼저 출판된 것이다. 뉴바이가『폭풍의 언덕』에 대한 추가 작업을 요구한 탓에 그들의 작품은 12월에야 나왔다.『제인 에어』는 조지 스미스가 출판하자마자 즉각적인 성공을 거두는 반면, 동생들의 작품은 무시당하거나 언니의 소설보다 못하다는 평가를 받았다. 앤은 그런 평론은 읽지 않으려고, 생각하지도 않으려고 애쓴다. 샬럿의 큰 성공에 기뻐하려고 노력한다. 마음의 위안을 찾아 집필과 출판에 마음을 쏟는다. 이번에는 더 큰 화폭으로, 잊히지 않을 더 좋은 작품을 쓰고 싶다.

지금 샬럿의 바들바들 떨리는 손에 또 다른 편지가 들려 있다. 상기된 얼굴이 언짢아 보인다. 우편함에 좋은 비평이 잇따라 도착하는 터라 요즘 샬럿은 아주 행복해 보였다. 샬럿의 『제인 에어』는 '과단성 있는 작품', '가장 강력한 가정 연애소설', '젊음의 혈기와 상상력으로 가득한 소설'이라는 평을 받지 않았던가. 언니의 작품은 미국에서도 날개 돋친 듯 팔렸다.

그런데 오늘은, 평소엔 그리도 단정한 샬럿의 머리와 회색 모슬린드레스의 치맛자락이 흐트러져 있고 파리한 두 볼이 달아올라 있다. 샬럿은 새로 받은 편지를 동생들에게 흔들어대며 성난 투로 말한다.

"너희의 출판업자, 그 약아빠진 인간이 또 수작을 부리려고 해. 막아야 돼! 너희는 어떻게 이런 파렴치한 작자랑 계속 거래할 수가 있어! 넌 어쩌자고 그 인간한테 네 새 작품까지 맡겼니, 앤?"

앤은 바느질감을 내려놓고 방 저쪽에 있는 에밀리를 바라본다. 에밀리도 난로 불똥막이에서 발을 떼며 앤을 본다. 이 일에서 두 자매는 계속 한마음이었다. 비록 진행을 늦추고 본문에 오자가 많긴 했지만 뉴바이는 약속했던 대로 『애그니스 그레이』와 『폭풍의 언덕』을 출판해주었다. 그는 그들의 첫 작품들로 모험을 했다. 『폭풍의 언덕』은 투박하고 발칙한 작품이라는 평가를 받았다.

잔인함, 비인간성, 극히 악마적인 증오와 복수에 독자들은 넌더리나는 혐오감을 느낄 것이다.

칭찬을 받더라도 꼭 『제인 에어』 작가의 서툰 초기작으로 오해받았다.

이런 평가에도 아랑곳없이, 아니 오히려 그 덕분에 작품들은 그런 대로 잘 팔렸다. 샬럿의 이름을 이용해먹고 애초에 약속했던 350부가 아니라 겨우 250부만 출판한 것은 괘씸하지만 뉴바이는 그럭저럭 홍보를 통해 판매 부수를 올렸다. 재판까지 내주고, 빗발치는 비난에도 그들의 두 번째 소설을 출판해주겠다고 약속한 그와 어찌 관계를 끊겠는가. 당연히 앤은 두 번째 작품의 출판을 그에게 맡겼다.

에밀리는 동생의 아군으로 힘차게 나서서 몸을 꼿꼿이 세우고 한 손을 허리에 짚으며 말한다.

"그게 무슨 소리야? 이번에 뉴바이가 앤한테 제시한 조건은 꽤 괜찮아. 앤은 이미 50파운드를 받았어. 앤의 작품은 언니 소설 못지않게 잘돼가고 있어. 언닌 그 작품을 발표하지 말라고 했지만 말야."

샬럿은 격앙된 눈으로 에밀리를 노려본다. 앤은 두 손을 꼭 모으고 마음속으로 빈다.

'우리에게 평화를 주소서.'

작은 방을 둘러보니 비좁게 느껴진다. 찌는 듯 무더운 여름 밤. 숨을 쉬기가 힘들어진다. 앤은 요즘 자주, 특히 이런 순간마다 숨이 찬다. 앤은 일어나서 창문을 열고 공기를 들이마신다. 시간을 알리는 교회 종소리가 들린다.

요즘 들어 사소한 일로 자매들 간에 충돌이 생기는 일이 많아졌다. 가끔 앤과 에밀리는 그들의 출판업자에게 집착하며 고집스럽고 모질게 샬럿에게 맞선다. 에밀리는 자신의 '상냥하지 못한' 작품을 이해하지 못하는 신랄한 비판에 큰 상처를 받아 때로는 사람들에게 칼날을 세우기도 한다.

앤은 에밀리의 파리한 얼굴과 세찬 숨소리를 알아차린다. 에밀리 역시 숨을 힘겹게 쉬고 있는데, 아마도 그보다는 언니 샬럿의 작품과 끊임없이 비교당하며 받는 악평이 더 괴로울 것이다. 앤은 에밀리의 작품이 샬럿의 작품보다 못하다고 평가한 비평들이 에밀리의 책상 안에 있는 것을 본 적이 있다. 평론가들은 에밀리를 이해하지 못했다.

에밀리는 앤에게 '이 산산이 깨어진 감옥' 같은 세상에서 달아나고 싶다고 말했다. 하지만 앤은 그런 에밀리를 따라갈 마음이 없다. 그 대신 언니들과 산책 나가는 것까지 마다하며 꾸준히 작업한 끝에 두 번째 소설을 완성했다. 그리고 지금은 셋 중 처음으로 두 번째 작품을 발표한 것에, 또 말이 많긴 했지만 어느 정도 성공을 거둔 것에 만족하고 있다.

앤이 곁에 앉자 에밀리가 고개를 든다. 앤은 눈짓으로 고마움을 전하며 언니의 팔에 손을 얹는다.

샬럿은 막내의 새 작품을 보고는, 현실이 너무 적나라하게 드러나 있다며 이렇게 말했었다.

"윤색하고, 부드럽게 만들고, 숨겨야 해."

샬럿은 순식간에 광기로 몰락해버린 남동생에 대해 얘기하며 그렇게 조언했었다. 하지만 앤이 오빠를 지켜보고 소프 그린에서 체험한 일들을 바탕으로 쓴 주정뱅이 남편과 불운한 아내의 이야기를 대중은 아주 흥미롭게 읽었다.

샬럿이 말한다.

"너희한테까지 내 생각을 얘기 못하면 누구한테 하겠어? 이런 말 하기 미안하지만, 그 작품을 발표한 건 실수라는 내 생각은 지금도 변함없어. 어쨌든 이건 너무하잖아. 하루 종일 곰곰이 생각해봤는데, 이렇게 방관만 하고 있다가 내 출판업자한테 사기꾼으로 몰릴 순 없어!"

"뉴바이 씨가 무슨 짓을 했기에 언닌 그렇게 화가 난 거야?"

앤이 묻는다. 샬럿은 앤에게 다가와 조지 스미스에게서 온 편지를 손에 쥐어주고는 동생이 그걸 읽는 동안 옆에서 지켜본다.

"뉴바이가 미국 출판업자들한테 네 소설이 『제인 에어』 작가의 두 번째 작품이라고 말했어. 우리 작품들을 전부 같은 사람이 썼다고 말한 거야."

샬럿은 이렇게 말하고는 앤 옆의 식탁 의자를 빼내 앉는다. 그러고는 꽉 쥔 주먹을 식탁 위에 올려놓는다. 샬럿의 큰 코는 붉어 보이고 두 눈은 번뜩인다.

"뭔가 조치를 취해야 해. 나한테 성실하게 잘해준 조지 스미스에게 억울한 일이야. 그가 미국 출판사들에 내 두 번째 작품을 약속했단 말이야! 사람들이 우리 신원을 헷갈리는 거야 상관없지만, 내 출판업자한테 폐를 끼칠 순 없어."

앤은 샬럿의 상기된 뺨과 사납게 빛나는 눈을 바라본다. 언니는 정말 그것 때문에 화가 난 걸까, 아니면 동생들의 작품과 얽

히기가 싫은 걸까? 그들의 작품에 대한 악평이 자신의 평판에 안 좋은 영향을 미칠까 봐 두려운 걸까? 동생들이 『제인 에어』 덕을 보는 것이 짜증스러운 걸까? 그 순간 앤은 그들 모두 아예 작품을 안 썼다면, 그들의 글을 발표하지 않았다면 좋았을걸 하고 생각한다. 그렇게 애쓴 보람이 과연 있을까?

샬럿은 그리 좋게 보지 않았지만, 앤은 술과 마약의 무시무시한 결과를 독자들에게 경고하리라 마음먹었고, 그 일이 아무리 어렵더라도 꼭 해야 한다고 생각했다. 비슷한 고통을 받고 있을지도 모르는 사람들에게 손을 내밀고 싶었다. 그래서 자신이 일했던 부유한 집들에서 직접 목격한 것들을 감상이나 모호함 없이 사실 그대로 전하기 위해 노력했다. 마약과 술에 취한 사람들의 허풍과 신성모독, 욕설과 말다툼, 감상적인 말들까지.

또한 앤은 아이에게 무절제한 자유를 허용하는 것의 위험을 경고하고 싶었다. 아이의 계층이나 성격과 상관없이 규율로 교육시켜야 할 필요성을 강조하려고 애썼다. 그 규율이야말로 오빠 브랜웰의 인생에 본질적으로 부족한 것이 아닌가.

그리고 그녀의 헌팅던(『와일드펠 홀의 세입자』에 나오는 매력적이지만 불한당인 남자─옮긴이)은 샬럿의 로체스터와 비슷하지 않은가? 하지만 앤은 샬럿이 하고 싶은 말이 무엇인지, 왜 언니가 분노하는지 이해한다.

"어떡하지?"

앤은 그 전해에도 그랬듯이 언니들에게 묻는다. 더는 샬럿과 맞서고 싶지 않다.

샬럿이 말을 잇는다.

"너희 출판업자가 얼마나 겉과 속이 다른 인간인지 이번 일로 또 확실해졌어! 출판사를 바꿨어야 했어."

앤은 에밀리를 바라본다. 에밀리는 깜짝 놀랄 만큼 반항적이고 차가운 미소를 짓고 있다. 샬럿이 말한다.

"이 일을 바로잡아야 해. 결백을 증명해야지. 우리의 정체를 밝히고, 조지 스미스한테 우린 세 명이라고, 세 자매라고 알려야 해."

말없이 가만히 앉아 있던 에밀리가 일어나서 신중하고도 정력적으로 방 안을 서성이기 시작한다. 뒷짐을 진 에밀리를 큰 개가 따라다니며 머리를 그녀의 손으로 들이민다. 분노로 흐려진 눈을 하고 에밀리가 말한다.

"우리 정체를 절대 밝히지 않기로 약속했잖아. 처음부터 그러기로 하고 시작했어. 나한테 꼭 필요한 가면을 벗기지 마! 안 그랬으면 작품을 쓸 생각도 못했을 거야. 아주 개인적인 시들을 억지로 발표하게 만들더니, 이젠 날 대중한테 까발리겠다니. 언닌 성공했으니까 세상에 언니를 밝히고 싶겠지만, 내 생각을 해봐. 비평가들이 내 작품에 대해 뭐라고 했는지 언니도 알잖아. 시골 목사의 딸이 썼다는 걸 알면 뭐라고 하겠어? 난 빼줬으면 고맙겠어."

샬럿이 말한다.

"하지만 다들 우리 작품을 한 사람이 쓴 줄 아는데, 그건 사실이 아니잖아!"

"다른 사람이 어떻게 생각하든 무슨 상관이야? 우린 진실을 알잖아. 우리가 죽고 나서 사람들이 알아도 늦지 않아."

에밀리는 홱 돌아서서 샬럿을 매섭게 노려본다.

샬럿은 에밀리를 올려다보며 단호하게 답한다.

"하지만 내 출판업자한테 이런 짓을 할 순 없어. 이건 현실적인 문제야. 너도 이해해야 해. 내 진실성이 걸린 문제이기도 하니까."

그러고는 덧붙인다.

"그리고 다른 혼란스런 일들도 깨끗이 풀고 싶어."

앤은 큰언니의 타당한 논리를 부정할 수가 없다.

"큰언니 말이 맞아, 에밀리 언니. 큰언니랑 내가 곧장 런던에 가서 출판업자를 만나 이 일을 해결해야 해. 다른 방법이 없어."

"네 뜻대로 해."

에밀리는 차갑게 앤을 노려보며 말하고는 샬럿에게 덧붙인다.

"정말 그럴 생각이라면 먼저 아버지한테 말씀드려.『제인 에어』를 보여드려야 해. 제일 먼저 아버지한테 비밀을 알려야지. 언니의 성공을 아버지와도 함께 나누라고."

앤도 샬럿을 재촉한다.

"아버지한테 좋은 비평을 몇 개 읽어드려. 분명 대견해하실 거야."

화해

그들 모두의 작품은 아니더라도 자신의 작품에 대해서는 아버지에게 말씀드려야겠다고 샬럿은 결심한다. 몇몇 평론가들이 '조악함, 여성성의 결핍'을 지적하긴 했지만, 이런 비평이 오히려 판매에 도움이 되는 듯했다. 단 하나 아쉬운 점은 동생들이 그녀보다 못하다는 평가를 받은 것이다.

어떤 호평보다 기뻤던 것은 현존 작가 중 샬럿이 가장 존경하는 대작가 윌리엄 새커리에게서 온 편지였다. 그에게 『제인 에어』 재판을 헌정했을 때, 샬럿은 그가 왜 밤을 새서 그 작품을 읽었는지 알게 되었다. 감금시킨 미친 아내, 그 무거운 짐에 마지못해 묶인 남편의 이야기는 바로 새커리 자신의 사연이었던 것이다. 이 우연의 일치가 샬럿에게 유리하게 작용했다. 아마도 이런 상황들이 잇따라 일어나면서 명성이라는 것이 생기나 보다.

그런데 이제 사람들은 그녀가 새커리 가족의 가정교사였고 『허영의 시장』에 등장하는 베키 샤프의 모델이라고 말하고 있다. 익명의 그늘에서 걸어 나가야 한다. 온 세상 사람들에게는 아니더라도 적어도 그녀의 출판업자에게는 그녀의 성性, 그녀의 이름을 밝혀야 한다.

조지 스미스는 평생의 은인이다. 그는 『교수』를 거절했지만, 어설픈 수락보다 훨씬 마음에 드는 상냥한 편지를 보내주었다. 그러면서 다른 작품은 없느냐고 물었고, 샬럿은 실은 세 권짜리 작품이 거의 다 완성됐다고 말했다. 그리고 허심탄회한 출판업자가 작품을 기다리고 있다는 생각에, 또 그의 격려의 말에 힘입어 『제인 에어』를 탈고할 수 있었다.

샬럿은 행복하고도 그럴듯한 결말을 선사하며, "독자여, 난 그와 결혼했다."라고 썼다. 아들 때문에 다친 그녀의 아버지처럼, 손필드 위층에 사는 사람 때문에 다친 로체스터 씨는 이제 더는 예전의 그가 아니다. 하지만 샬럿은 에드워드 로체스터가 뛰어난 안과의사의 치료를 받고 점차 시력을 회복하는 행복한 결혼을 묘사했다. 이제 로체스터는 제인의 손이 이끌어주지 않아도 길을 찾아갈 수 있다. 샬럿의 아버지처럼 다시 하늘을 볼 수 있고, 주위의 언덕들, 그리고 자신의 눈 색깔을 물려받은 사랑하는 아들을 볼 수 있다.

샬럿은 하느님의 군사로서의 길을 선택하여 꿋꿋이 걸어가는 세인트 존 목사의 이야기로 소설을 마무리 지었다. 제인에게 청혼을 거절당한 남자, 그녀가 영국의 펀딘에서 에드워드와 행복하게 사는 동안 인도에서 죽어가는 남자에 대해 이렇게 썼다.

신념이 확고하고 신앙심이 두터우며 헌신적인 그는 정력과 열정과 진실함으로 가득 차 인류를 위하여 일한다.

샬럿은 속 좁고 이기적이고 독선적이며, 남들을 마음대로 휘두르고 자기가 남보다 잘났다는 걸 증명하기 위한 수단으로 종교를 이용해먹은 모든 목사들에게 복수를 했다. 하지만 작품의 마지막은 앞일을 예고하는 듯한 세인트 존 목사의 말로 끝맺는다. 성서의 마지막이기도 한 요한계시록의 말씀을 따왔다.

주님은 내게 예고하셨소. 날이 갈수록 더욱 분명히 알려주신다오. "그렇다, 내가 곧 가리라!"라고. 그러면 나는 매시간 더욱 간절히 답해드린다오. "아멘, 오소서, 주 예수여." 하고.

이 작품 덕에 샬럿은 항상 꿈꾸던 대로 폭넓은 계층의 대중에게 다가갔다. 이 성공으로 놀랐냐고 앤이 물었을 때 샬럿은 전혀 짐작하지 못한 일은 아니라고 대답했다. 그 소설을 쓰면서 샬럿이 느꼈던 감정들을 독자들도 그대로 체험하리라 자신했기 때문이다.

맨체스터의 어슴푸레한 어둠 속에 아버지 곁에 앉아 집필했던 그 모든 시간이, 그리고 호어스로 돌아와 작업했던 나날들이 헛되지 않았음을 아버지에게 알려주리라. 아버지가 다른 사람을 통해 그 얘기를 들을까 봐 걱정스럽다. 아버지는 이 작품을 읽으려 할까. 이 작품에 담긴 딸의 인생 일부를, 또 그 자신의 여러 면모들을 알아볼까? 이제 샬럿은 가면을 벗고 자신의 정체를 분명히 밝혀야 한다.

그녀는 여동생들에게 말한다.

"저녁식사 후에 말씀드릴 거야."

하지만 막상 때가 되자 아버지의 서재 문 앞에서 책을 든 채 한참을 그냥 서 있다. 아버지가 화를 내면 어떡하지? 아버지에게 복종하던 어린 시절의 그늘에서 빠져나와, 아버지가 너그러이 봐주었을 가벼운 시나 아버지가 직접 쓴 「킬라니의 아가씨」 같은 소설과는 아주 다른, 충격적이고 조악하며 반기독교적이고 반체제적이라는 비난과 찬사를 모두 받은 이 소설을 썼다고 자백할 수 있을까? 꿈의 실현, 사랑, 그리고 남자와 똑같은 권리를 갈망하는 여자에 대한 이 이야기를 자신의 작품이라고 주장할 수 있을까? 18세기 사람, 낙후한 아일랜드 마을 출신의 목사인 아버지가 자기 딸의 재현인, 어느 눈먼 남자를 간호하는 여자의 목소리에, 그 자유와 사랑을 소망하며 울부짖는 소리에 어떻게 반응할까?

결국 샬럿은 앤의 제안을 따르기로 한다. 아버지의 속물근성, 아버지의 오만함에 호소하기로. 그녀의 작품이 당대 위대한 작가들에 비해 떨어지지 않는다는 열렬한 찬사들을 읽어주리라. 아버지는 딸의 작품은 거들떠보지 않을지 몰라도, 문단으로부터의 찬사에는 반응을 보일 것이다. 샬럿은 서재의 문을 두드린다. 그러고는 최고의 호평들을 접어서 끼워둔 책을 등 뒤로 들고, 들어오라는 아버지 허락을 기다린다. 아버지는 사기담뱃대 두 개와 타구唾具가 놓여 있는 집필 테이블에 앉아, 램프 불빛 속에 몸을 수그린 채 『현대 가정의학』을 꼼꼼히 읽으며 여백에다 힘찬 글씨로 메모를 하고 있다. 눈을 혹사하고 있는 아버지의 모습이 무척이나 가엽다. 분명, 사랑하는 아들을 위한 일말의 희망이라도 찾으려는 것이리라.

조용히 다가가 아버지의 어깨 너머로 보니 아니나 다를까, 아버지가 큼직한 돋보기를 들고 정독하고 있는 페이지에는 알코

올섬망증(금단증상)에 대한 글이 실려 있다. 돌연 샬럿은 분노에 휩싸인다. 아직도 아버지의 관심사는 오로지 아들뿐인가? 왜 충실한 아이가 아닌 방탕아가 대접을 받는가? 샬럿은 돌아온 탕아에 대한 우화가 항상 싫었다. 그 이야기가 불공평하게 느껴졌기 때문이다. 아버지는 항상 남동생에게 집착하며, 개가 상처를 핥듯이 계속 남동생만 감싸주었다. 씩씩하게 고군분투하며 아버지와 집안 살림을 돌보는, 폐병에 시달리는 충실한 딸들에게는 정을 쏟지 않았다. 가여운 앤이 앓고 있는 천식에 대해서는 왜 공부하지 않을까? 아버지의 귀에는 그 아이가 밤새도록 힘겹게 숨 쉬는 소리가 들리지도 않나?

아버지는 샬럿을 올려다보며 무뚝뚝하게 묻는다.

"무슨 일이냐?"

아들 때문에 또 잠을 설친 터라 푸른 눈에 붉게 핏발이 서 있다.

아버지가 기뻐하지 않을 소식을 전하기가 또 망설여진다. 샬럿이 성공했다는 얘기를 들으면 아들의 인생이 더욱 비참해 보이리라. 어쩌면 아버지 자신의 인생도 그렇게 느껴질까? 아버지의 책은 몇 부 팔리지 않았고, 아내가 세상을 떠난 후에는 한 자도 발표하지 않았다. 하지만 이제 와서 물러설 수는 없다. 또 아버지가 그녀의 작품을 읽어줬으면 한다. 결국 자신의 글이 모든 걸 해결해주리라.

샬럿은 아버지에게 작품이 완성됐으니 읽어보시라고 말한다. 아버지는 놀라는 기색 없이 말한다.

"원고를 읽으면 눈이 힘들 것 같구나."

아버지는 생각한다.

'그렇게 만날 써대더니⋯⋯.'

맨체스터의 그 방에 누워 있을 때 날이면 날마다 어둠 속에서 들리던 연필 휘갈기는 소리가 떠오른다. 그 결과물인가? 사울처럼 장님이 되었다가 시력을 회복하긴 했지만, 눈은 아직 건강하지 못하다. 못 알아보게 비비 꼬인 그 글씨를 어떻게 읽으라는 소린가. 딸의 작은 글씨는 웬만해선 끝까지 정독하기 힘들다. 딸은 바로 그 목적으로 어릴 적에 그런 필체를 만들지 않았던가. 보통 때처럼 동생들에게 보여주는 것으로 왜 만족하지 못하는 걸까?

아들 녀석이 술과 약에 쓸 돈을 구걸하거나, 벽에 걸려 있는 총을 집으려고 밤에 난리를 피우는 통에 다음 날 아침 둘 중 누가 살아남아 계단을 비틀거리며 내려갈지 모르는 상황만으로도 충분히 머리가 아프다. 지난밤에는 거실에서 머리를 두 손에 묻은 채 늦게까지 앉아, 아들을 가둬놓은 위층 방에서 새어나오는 고성과 울부짖음, 문 두드리는 소리, 비명 소리를 들었다. 어떤 광기 같은 것이 아들을 덮쳐 멀리 데려가버리는 것 같았다. 사랑하는 아이는 갑자기 딴 곳으로 사라져버리고 낯선 사람만 남았다.

샬럿은 그렇지 않다고, 그냥 원고가 아니라고 말한다. 인쇄되었으니까 읽기 어렵지 않을 거라고 덧붙인다. 샬럿은 등 뒤에서 책을 꺼내 선물처럼 아버지 앞에 쳐든다.

"인쇄라니!"

아버지는 돋보기를 내려놓으며 소스라치게 놀라서 외친다. 딸까지 미친 게 아닌가 싶다. 그도 한때 그런 꿈이 있었다. 하지만 현실을 직시하고 노력을 멈추었다. 오래전부터 편지나 매주 하는 설교를 빼고는 출판은커녕 집필조차 시도하지 않았다. 설교문마저도 즉석에서 만들어내는 경우가 많다.

이 딱한 딸들이 때때로 뭔가를 발표하려고 애쓰는 듯한 낌새는 어렴풋이 눈치채고 있었다. 그의 가족은 왜 이리도 명성과 명예에 집착할까? 왜 이 아이들은 자기들 어머니처럼 착한 기독교도 여자로서 가난과 자신의 미천함을 받아들이지 못하는가? 얼마나 미련한지! 누가 그들의 글에 관심을 갖겠는가? 하지만 목사관에서 발송되는 편지들과 목사관으로 들어오는 소포들이 있었다. 갈색 포장지에 수많은 주소가 적혀 있고 차례로 줄이 그어져 있는 것을 본 적이 있었다. 헛된 꿈에 빠진 불쌍한 딸들. 자기들 작품을 출판해줄 사람이 있을 거라 생각했을까?

한번은 우체부가 편지들이 그렇게 많이 오는 커러 벨이 누구 냐고 그에게 물었던 적이 있다. 아마도 필명일 테지. 왜 딸들이 하필 그런 이름을 택했을까 궁금해하다가, 아일랜드인 부목사 인 아서 벨 니콜스와는 아무런 관련도 없었으면 좋겠다고 생각 한다. 좋은 사람일지는 몰라도, 가난하고 특출한 면도 없어 어 떤 딸과도 어울리지 않는다.

딸들이 당황해할까 봐 아무 얘기도 하지 않았지만, 그는 그들 이 생각하는 만큼 눈이 멀거나 어리석지 않았다. 이 딸은 아마 도 수많은 실패와 몇 번인지도 모를 거절을 당한 후에 어떤 부 정직한 출판업자에게 적은 돈을 주고 책을 만들어달라고 했으 리라. 허영심 하고는!

외딴 요크셔에 사는 무명 목사의 딸이 쓴 글을 누가 읽고 싶 어하겠는가. 그리고 딸이 뭘 쓸 수 있을까? 거의 평생을 좁아빠 진 목사관에서 보호받으며 메마른 황무지, 노처녀 여동생들, 노 처녀 이모, 나이 많고 무식한 하녀, 방탕한 남동생, 목사 아버지 하고만 외롭게 살아온 딸이 뭘 알겠는가. 제발 아버지에 대해 쓰지 않았기를! 딸은 평생 집 아니면 여학교에서 지내거나, 수녀처럼 여러 집의 육아실들에 갇혀 어린아이들을 데리고 가정교사 노릇을 했다. 인간의 감정, 사랑에 대해 이 딸이 뭘 알겠는가.

고백하자면, 딸들이 재잘거리는 얘기들은 지루한 때가 많았다. 옆에서 그토록 헌신적으로 그를 돌봐준 이 현명한 딸도 마찬가지였다. 예전에 그가 그랬듯이 딸아이도 젊은 사람들이나 아이들을 교화하는 가벼운 시를 썼으리라. 그런데 이 책은 꽤 길어 보인다. 미심쩍은 듯 곁눈질로 그 물건을 힐끔 본다.

딸은 책을 더 높이 들어 찌르듯 아버지에게 불쑥 내민다.

"읽어보세요, 아버지."

이렇게 말하고는 아버지를 가만히 바라본다. 딸의 눈에 눈물이 그렁한 것 같아 불안하다. 어쩔 수 없이 그 묵직한 물건을 받아든다. 두껍기도 하지! 표지와 권두 삽화를 보고는 헌정사가 담긴 페이지로 책장을 넘긴다. 딸아이는 간 크게도 이 책을 위대한 새커리에게 헌정했다!

"비용은! 비용을 생각해야지, 애야!"

이모가 남긴 유산을 다 써버린 건가? 동생들한테 빌렸나? 비용이 얼마나 들었을까? 25파운드, 아니면 50파운드까지 들었을까? 근근이 살아가고 있는 형편에! 그가 죽어 지켜줄 수 없을 훗날을 위해 돈을 저축해야 할 때에! 이런 어리석은 짓을!

딸은 아니라며, 서평들을 읽어보면 이 모험이 얼마나 큰 돈벌이가 됐는지 알 거라고 말한다. 돈을 잃기는커녕 그 어느 때보다 큰 액수를, 꿈도 못 꿨던 큰돈을 벌었다고 한다. 딸은 눈을 내리깔고는 그가 상상도 할 수 없는 액수를 수줍게 말한다. 500파운드를 벌었다고.

"맙소사, 너 같은 여자가 그런 큰돈으로 뭘 하겠다는 거냐?"

그러자 샬럿은 아버지에게 사치품도 사주고 호강도 시켜줄 수 있다고 넋 나간 듯 말한다. 카펫, 커튼, 그림, 그리고 책을 꽂을 책장도 더 살 생각이라고 말한다. 샬럿은 작품 속의 여주인공이 사촌들에게 해줬듯 목사관도 개조할 수 있을 것이다. 이야기가 현실이 되다니 얼마나 기묘한 일인가.

아버지는 딸아이가 혼란 상태에 빠진 거라 짐작하고는 한숨을 짓는다. 샬럿은 원래 현실적이지 못하고 현실 감각도 별로 없다. 그가 말한다.

"그건 서평이냐?"

대체 누가 딸의 작품을 평가했을까? 하지만 단호한 표정으로 인쇄물 같은 것을 여러 장 들고 있는 딸에게 그걸 읽어보라고 한다. 딸은 의자를 하나 끌어와 아버지 옆에 앉더니 램프를 종이 쪽으로 돌리고 맑은 목소리로 읽기 시작한다.

샬럿은 곧바로 요점으로 들어가는 짧은 서평부터 시작한다.

"단연 시즌 최고의 소설이다. 더욱이 내러티브에 스며들어 있는 자연스런 어조와 독창적이고 신선한 스타일은 요즘 이런 유의 작품에서 거의 만나볼 수 없는 장점이다. 두 번 읽을 만한 가치가 있다. 작가가 누구든 이런 작품을 더 많이 써주기를 기대한다."

샬럿이 여기서 멈추고 아버지를 올려다보자, 그 역시 그녀를 빤히 쳐다보고 있다.

"맙소사, 그 남자한테 뭘 해줬기에 이런 글을 써준 게냐?"

샬럿은 그에 대한 답으로 〈이러Era〉지의 서평을 읽는다.

"비범한 작품. 허구의 이야기이지만, 박진감과 진실성이 있기에 그저 그런 소설이 아니다. 상류사회를 미화하거나 풍자하거나 비방하지도 않고, 부러운 신분 상승을 이루는 하층민도 등장하지 않기에 독특한 작품이다. 마음의 이야기, 자연스런 애정을 통해 윤리를 끌어낸 이야기이다."

샬럿은 작품 속의 목소리를 언급하여 특히 마음에 들었던 서평을 하나 더 읽는다.

"영혼이 영혼에게 말한다. 고통 속에 버둥거리고 인내하는 영혼의 깊은 곳에서 울려 나온 이야기. 수스피리아 데 프로푼디스 (심연으로부터의 탄식)!"

이제 아버지는 입을 살짝 벌린 채 딸을 바라본다.

"책 놔두고 가거라. 한번 읽어보마."

런던
1848~1853년

스미스

앤은 그들보다 앞서 도착할 작은 상자에 자신과 샬럿이 갈아입을 옷을 싼다. 그들이 차를 마신 후 키슬리까지 걸어갈 준비를 하는 동안 에밀리는 작별 인사도 하지 않는다. 에밀리는 마음이 크게 흔들릴 때면 종종 입을 닫고 냉랭해진다. 마치 운동하듯 고독을 연습한다. 홀에 선 앤은 에밀리가 한 손을 옆구리에 대고 계단을 느릿느릿 올라가는 모습을 지켜본다. 바이런의 시구가 떠오른다.

내 청춘 시절부터
내 정신은 인간들의 영혼과 함께하지 않았고

인간의 눈으로 세상을 지켜보지도 않았다.

어떻게 이런 식으로 에밀리와 작별할 수 있단 말인가. 언니의 침울함과 차분함에 앤은 두려워진다.

회색 드레스를 입은 에밀리가 계단에 잠깐 서서 홀에 있는 자매들에게로 약간 고개를 돌리자, 창으로 흘러들어온 햇빛이 갑작스레 그녀의 얼굴을 비춘다. 머리를 늘어뜨리고 입술에는 괴로운 미소를 띤 여인.

"에밀리 언니!"

앤은 잘 다녀오라는 작별 인사를 해주기를 바라며 언니를 부르지만, 에밀리는 대답하지 않고 그저 손을 어깨로 살짝 들어올릴 뿐이다. 그러고는 계속 계단을 올라가 문을 닫고, 자신의 작은 방으로 들어가버린다. 앤이 그날 아침 꺾어서 침대 곁 유리컵에 꽂아둔 디기탈리스, 아름다운 시들이 담긴 공책, 덩치 큰 개가 있는 방으로. 앤은 언니를 다시 불러내고 싶지만, 어떻게 해야 할지 망설여진다.

샬럿이 말한다.

"지금 가야 해. 기차 놓치겠어."

앤은 그 말을 따를 수밖에 없다. 브랜웰은 돈을 구걸하러 다니고 있거나, 엄청난 액수의 외상을 진 핼리팩스의 올드콕에 있을 것이다.

그들은 키슬리까지 6킬로미터 되는 거리를 걷기 시작한다. 샬럿은 앞장서서 뛰다시피 큰 걸음으로 성큼성큼 가고, 앤은 날염된 면원피스, 꼭 끼는 구두, 보닛 차림으로 언니를 따라간다. 태어난 지 얼마 안 된 새끼 양이 앤 앞을 가로질러 "매一." 하며 강둑으로 어미를 쫓아간다.

자신의 정체성을 증명하고자 하는 결심으로 집을 떠나고 집안의 근심거리에서 벗어나며 앤은 낮은 하늘에 험악하게 낀 구름들에도 아랑곳없이 새삼 마음을 굳게 다진다. 싫증나도록 비가 내리는 이곳 하늘은 참 낮게도 걸려 있다.

뇌우와 큰비에 홀딱 젖어 얇은 모슬린드레스가 살에 찰싹 들러붙어도 그들은 몸을 앞으로 굽히고 비바람에 머리를 숙인 채 좁은 길을 따라 지체 없이 계속 나아간다. 출판업자들에게 그들의 정체를 밝히리라. 오해를 바로잡으리라. 앤은 자신이 쓴 글에 한 점 부끄럼도 없다. 그녀가 목격한 세상을 그리는 데 최선을 다했고 타협을 거부했다는 점에서 오히려 자부심을 느낀다. 비평가들에게 그녀가 여자임을 알리자. 그에 맞게 그녀를 평가하게 하자. 왜 여자는 큰 소리를 낼 수 없는가?

그들은 기차를 타고 겨우 제시간에 리즈에 도착하여 런던행 야간 기차를 탄다. 옷이 축축이 젖어 온몸이 후들후들 떨리지만, 샬럿이 최근 번 돈 덕분에 일등칸에 앉는다.

～

　그들은 아침 일찍 유스턴 역에 도착하여 플랫폼에 내린다. 하늘이 맑게 개어 날이 화창하고, 햇빛에 눈이 따갑다. 그들은 그들이 아는 유일한 곳, 샬럿과 에밀리가 벨기에로 가기 전에 묵었던 곳, 그들의 아버지가 이전에 머물렀던 곳인 챕터커피하우스로 향한다.

　샬럿은 마차에서 내려 이른 아침의 소음과 냄새로 가득한 거리로 나간다. 피곤하고 귀가 따갑긴 하지만 자갈길을 달리는 말발굽 소리, 노점상들의 고함 소리, 누군가가 창밖으로 외치는 소리, 이 모든 부산스러움이 왠지 기운을 북돋아준다. 생계를 위해 열심히 일하는 사람들로 분주하고 왁자지껄하게 돌아가는 도시가 샬럿을 크게 흥분시킨다. 그 속에 있는 것이 뿌듯하다.

　"저것 좀 봐."

　낮은 천장의 음침한 방으로 안내받아 들어간 뒤, 그들의 짐을 가져다준 짐꾼에게 줄 것을 찾고 있는 앤에게 샬럿이 말한다.

　"세인트폴대성당이야."

　샬럿은 작은 창으로 내다보이는 뾰족탑을 가리킨다. 거대한 감청색 돔에서 윙윙거리는 종소리가 마치 그들을 자유로 부르는 것 같다.

벨기에로 떠나기 전 에밀리와 함께 이 여인숙에 처음 묵었던 때가 떠오른다. 그땐 일생일대의 감정적인 체험이 눈앞에 기다리고 있다는 걸 꿈에도 몰랐다. 지금은 그녀의 반쯤 묶여 있던 영혼의 날개들이 자유롭게 퍼덕거리는 느낌이다.

친숙하고 기분 좋은 풍경을 본 샬럿은 배를 채우고 잠깐 쉰 다음 스미스 씨를 만나러 가자고 말한다. 토요일이라 스미스 씨가 직장에 없을지도 모른다는 생각은 미처 하지 못한다. 여행으로 인한 피로감과 초조함 탓에 허기가 진다. 그들은 옷매무새를 단정히 하고 위층의 길고 낮은 식당으로 향한다. 그곳 창가 테이블에 마주 앉는다. 사람들이 와글와글 떠들어대는 소리, 자기 그릇들과 나이프, 포크들이 덜걱거리는 소리가 들린다. 한 여급이 칼을 바닥에 떨어뜨린다.

샬럿은 가격은 생각지도 않고 이것저것 무모하게 주문한다.

"배고파 죽겠어."

샬럿에겐 평생 처음 자신의 재주로 번 돈이 있다. 아버지에게 기대지 않는다는 생각만으로도 얼마나 짜릿한지. 그들은 여기 런던에 있다. 기운이 샘솟는다. 식당 안을 둘러보고 창밖으로 건물들과 아래 거리를 내다본다.

'이 모든 게 내 거야, 내 거, 내 거라고! 하느님 고맙습니다.'

샬럿은 고개를 숙이고 기도를 중얼거린다.

'내려주신 음식을 고마운 마음으로 받겠나이다.'

그들이 주문한 버터 바른 토스트와 계란과 대구가 나온다. 벽 널이 발라진 어둑한 식당에서 거의 말없이 푸짐한 아침식사를 한다. 샬럿은 아주 즐겁게 먹는 앤을 바라본다. 막내는 두 사람이 함께하는 이번 모험을 즐기고 있는 듯하다. 평생 여행 다닌 일도, 즐길 일도 거의 없었으니! 그들은 얼마나 열심히 일했던 가! 음식을 씹으며, 이 먼 곳까지 함께 온 그들은 갑작스레 공모 자가 된 기분으로 테이블 맞은편의 서로에게 미소 짓는다.

"너랑 같이 와서 정말 다행이다."

샬럿은 이렇게 말하고는, 입에 묻은 기름을 냅킨으로 닦는 앤 을 지켜본다.

"에밀리가 안됐어. 우리랑 같이 왔으면 좋았을 텐데."

샬럿은 앤의 손을 꼭 쥔다. 맨발로 큼직한 양 뼈를 빨고 있던 간호사가 기억나 미소를 짓는다. 험버는 그리도 다정하게 얘기 하던 세 어린 딸들과 함께 있겠지. 어쩌면 『제인 에어』를 읽었 을지도 모른다.

식사를 마친 샬럿은 기진맥진하여 말한다.

"잠깐 누워 있어야겠어."

그들은 2인용 침대가 있는 작은 방으로 간다. 보닛과 신발을 벗고 덧문을 닫는다. 맨체스터에서 아버지 곁에 누웠던 것처럼, 샬럿은 어둑한 방에서 앤의 옆에 눕는다. 거의 잠들 뻔할 때 앤이 그녀의 팔을 건드려 깨우며 초조하게 묻는다.

"지금 가야 하는 거 아니야?"

샬럿이 답한다.

"그래, 가야겠다."

그들은 쭈글쭈글한 옷을 최대한 펴고, 세수를 하고, 머리를 매만지고, 혈색이 돌아오도록 뺨을 찰싹 때리고, 입술을 깨물고, 깨끗한 장갑을 낀다.

샬럿은 거울에 비친 얼굴을 물끄러미 바라본다. 런던을 떠들썩하게 한 소설의 작가가 그녀임을 조지 스미스가 믿어줄까? 커러 벨을 유명인으로 만든 그 작품을 자신이 썼다는 사실이 스스로도 잘 믿기지 않는다. 커러 벨은 샬럿 브론테와 아무런 관계도 없고, 다른 수수께끼의 인물이 그 책을 쓴 것만 같다. 하지만 고이 접어 손가방에 넣어둔 조지 스미스의 편지와 돈이 부인할 수 없는 증거물이 되어줄 것이다.

조지 스미스에게 가서 "내가 이 책을 쓴 사람입니다."라고 말할 수 있을까? 자유롭게 작품을 쓸 수 있게 해준 익명성, 양성적인 이름을 포기할 수 있을까? "독자여, 내 이름은 샬럿 브론테, 내가 바로 『제인 에어』의 작가랍니다."라고 말할 수 있을까? 맨체스터의 어두운 방에서 거울에 비친 얼굴을 언뜻 보고 이 사람은 누굴까 하고 생각했던 순간이 떠오른다.

이제 샬럿은 세상과, 적어도 출판업자들과 용감히 맞서야 한다. 낯선 사람들에게 그녀를 드러내야 한다. 혹시라도 그들이 그녀를 충분히 못 배웠거나 품위 떨어지는 사기꾼으로 생각하지는 않을까?

자매는 분주하고 어찔한 거리로 용감하게 발을 내딛는다. 화창한 토요일 아침 런던의 소음, 부산함, 낯선 도시 냄새가 그들을 휘감는다. 사람들은 그들의 쭈글쭈글한 시골 옷을 힐끔거린다. 눈부신 빛 속에 있으니 샬럿은 벌써부터 발가벗은 듯한 기분이다. 어슴푸레하고 정적이 흐르는 아버지의 방에 앉아 시트를 똑바로 덮어주다가 여주인공의 이름이 느닷없이 떠올랐던 일이 생각난다. 그렇게 아버지의 곁 안전한 정적 속에서 작품을 쓰던 때로 돌아가고 싶은 마음도 든다. 샬럿은 아름다운 영국인의 얼굴을 가진 믿음직한 여동생이 곁에 있는 것이 기뻐 앤의 팔을 와락 붙잡는다.

흥분과 낯섦 속에서 그들은 열심히 콘힐 가를 찾는다. 마침내 앤이 그곳을 발견한다. 하지만 샬럿은 거대 서점처럼 보이는 건물 밖에 서서 망설인다. 차갑고 지친 얼굴로 문을 닫아버리던 에밀리, 술잔 위로 구부정하게 고개를 숙이고 있던 브랜웰, 방으로 들어와 여동생들에게 샬럿의 작품이 기대 이상이라고 말하던 아버지가 생각난다. 앤 역시 불안에 휩싸인 얼굴로 그녀 곁에 꼭 붙어 선다.

"그냥 집으로 돌아가자."

이렇게 말하는 앤의 푸른 눈에 눈물이 맺혀 있다.

하지만 샬럿은 앤의 팔을 잡고 말한다.

"무슨 소리야, 여기까지 와서. 들어가자."

서점의 차가운 어둠 속으로 들어가자, 젊은 남자들이 그들을 본체만체하며 바쁘게 돌아다닌다. 그들은 높이 있는 계산대로 올라가 젊은 점원에게 다가간다. 점원은 그들의 행색을 안경 너머로 미심쩍게 내려다본다. 샬럿은 구겨진 촌스러운 드레스와 비에 시달려 가장자리가 휘어진 보닛이 갑자기 신경 쓰인다.

이런 곳에 당신들이 무슨 볼일이 있느냐는 말투로 점원이 "뭘 도와드릴까요?" 하고 묻자, 샬럿은 나지막하게 용건을 말한다. 점원이 더 크게 말해보라고 하자, 샬럿은 자기 귀에 무서울 정도로 시끄럽게 들리는 큰 목소리로 스미스 씨를 보러 왔다고 말한다. 점원은 그들의 이름을 묻는다. 샬럿은 고개를 젓는 앤을 보고는 답을 해주지 않는다. 이 낯선 사람에게 그들이 누구인지 말해줄 수 없다. 점원은 기다리라고 심드렁하게 말한다.

그들은 돌아다니며 책들을 구경한다. 출판사에서 그녀에게 많은 책들을 보내주었다. 그녀는 다윈의 『H.M.S 비글 호가 방문한 여러 나라의 지질학과 자연사에 관한 저널』, 삽화들이 실려 있는 남아프리카 동물학 관련 서적, 러스킨의 『현대의 화가들』을 집어 든다. 그 유명한 스미스에게로 안내받을 수나 있을까. 부산스럽게 돌아다니는 이 많은 남자들과 소년들에게 치욕적으로 무시당하면서 계속 여기 서 있어야 할까. 보잘것없는 행색, 유행에 뒤떨어진 드레스, 거기다 이름까지 대지 않았으니 일이 빨리 풀릴 리가 없다.

조지 스미스는 직원에게 편지를 받아쓰게 하느라 바쁠 때 두 여자가 그를 기다리고 있다는 얘기를 전해 듣는다. 그는 "누군데?"라고 묻는다. 스물네 살의 젊은 나이지만 토요일 아침 일찍부터 나와 일하느라 녹초가 되어 있다. 2년 전 아버지의 사업을 물려받은 이후부터 하루에 스무 시간 일하기가 예사다. 돈은 횡령당했고, 아버지가 벌려놓은 일은 꼬여만 가고, 어머니와 네 동생들을 부양해야 한다. 오늘은 7시부터 나와 일하고 있다. 새벽에 어머니가 준 차 말고는 뭘 먹을 여유가 없어서 배도 고프다.

집에 돌아가면 어머니가 허기진 그에게 녹차 한 잔과 함께 즐겨 내주는 양갈비가 생각난다. 뱃속이 기분 나쁘게 꼬르륵거린다. 거기다 인도와 관련된 복잡한 일로 편지를 쓰느라 한창 바쁜 아침에 알지도 못하는 여자들이 그를 보러 왔다고 한다.

조지 스미스는 "다음에 다시 오라고 해." 하고 점원에게 말한다. 하지만 예의 바른 그 청년은 사뭇 걱정스런 얼굴을 하고는, 그 여자들이 이미 한참을 기다렸고 시골 옷을 입은 걸 보면 스미스 씨를 보기 위해 먼 곳에서 온 것 같다고 말한다.

"밤 기차라도 타고 온 모양이던데요."

"맙소사."

스미스 씨는 아까처럼 닳아빠진 원고를 몰래 준비해 온 사람들이 아니기를 속으로 빌며 한숨짓는다.

"좋아, 그럼 들여보내. 바로 돌려보내면 되겠지."

두 여자가 문으로 들어와서는 선뜻 사무실 안으로 들어오지 못하고 소심하게 나란히 서 있다. 두 명 모두 젊지만 아름답지 않고, 유행에 뒤떨어진 옷차림을 하고 있다. 아주 바쁘다고 말하려는 찰나, 둘 중 한 여자가 다가와 그의 글씨가 쓰여 있는 편지를 건넨다. 그 편지는 그의 베스트셀러 작가인 커러 벨에게 그가 직접 쓴 것이다. 런던은 지금 커러 벨이 남자인지 여자인지, 벨이라는 이름으로 나온 세 작품이 한 명 혹은 여러 명의 남자가 쓴 것인지, 아니면 한 여자가 쓴 것인지에 관한 토론으로 시끌벅적하다.

조지 스미스는 자그마한 여인을 보며, 어쩌다 이 편지를 손에 넣었고 왜 돌려주는지를 다소 날카롭게 묻는다. 이 여자는 편지를 훔쳤을까, 아니면 하수도에서 주웠을까? 이 편지를 자신에게 가져와 뭘 얻으려는 걸까? 공갈 협박 같은 건가? 햇볕 잘 드는 사무실의 맑은 아침 빛 속에서 웃음 어린 여자의 얼굴이, 즐거움이 번득이는 안경 너머의 큼직하고 지적인 두 눈이 보인다.

"당신이 저한테 보내신 거예요……."

여자는 살며시 웃으며 강조하듯 손을 가슴에 얹는다.

이 작은 여자가 『제인 에어』의 작가라고? 여인은 자기 동생을 가리키며 덧붙인다.

"우린 세 자매예요."

조지 스미스는 섬세하게 흔들어대는 여자의 자그마한 손을, 빛나는 머리카락과 피부를 물끄러미 바라보며 말한다.

"당신이 『제인 에어』의 작가란 말입니까?"

스미스는 숨을 몰아쉰다.

"당신이?"

여자를 지그시 쳐다보며 그 자신을 위해, 그리고 후세를 위해 그녀를 받아들이기로 결정한다. 이 만남을 기록하는 비망록을 벌써부터 머릿속에 그리며, 작은 몸에 비해 너무 커 보이는 머리, 고르지 못한 치열을 눈여겨본다. 여자의 몸매, 드레스, 작고 좁은 구두부터 모든 걸 알고 싶다. 여자를 만지고, 여자가 실체인지 느끼고 싶다. 150센티미터도 안 될 것 같은 키에 섬세한 손과 발을 가진 이 작고 가냘픈 사람이 그에게 엄청난 돈을 벌어다준 그 강렬한 대작을 썼다니.

"그래요."

여자는 필명처럼 종 같은 목소리로 말한다.

"그래요, 저예요."

"맙소사! 이런 일이!"

스미스는 손뼉을 치며 큰 소리로 말한다.

"만찬회를 엽시다! 런던에 당신을 소개하겠습니다! 내 어머니와 여동생들이 아주 좋아하겠군요. 한번 만나보십시오! 새커리 씨한테도 빨리 알려야겠어요!"

오페라

샬럿은 런던의 유명한 문학가들 앞에 모습을 드러내는 일은 정중히 거절했지만, 그날 밤 또 다른 가명으로 오페라 공연을 보러 가자는 제안은 받아들인다. 샬럿과 앤은 브라운 자매가 될 것이다. 그리 아름답지 않은 높은 깃의 시골 옷차림에 머리도 지끈거리지만, 샬럿은 수다를 떨며 웃고 있는 우아한 옷차림의 사람들에게 둘러싸인 채 로열오페라하우스의 카펫 깔린 선홍색 계단을 올라간다. 오래전 남동생과 함께 만들었던 이야기들에 등장하는 숙녀들과 신사들, 혹은 동화 속의 누군가가 된 기분이다. 샬럿은 잘생긴 젊은 출판업자의 팔에 기대어 북적이는 사람들 사이를 빠져나간다. 조지 스미스의 크림색 얼굴빛, 짤막하게 손질된 검은 구레나룻, 그리고 가장 마음에 드는 오목한 턱을 어색하지만 수줍게 힐끔 올려다본다.

조지 스미스의 첫인상은 그리 좋지 않았다. 마치 생선의 신선도를 가늠하는 생선 장수처럼, 사무실의 채광창으로 들어오는 밝은 빛 아래에 서 있는 자신을 빤히 쳐다보며 위아래로 찬찬히 훑었다. 지금 그의 큼직하고 검은 눈은 샬럿의 얼굴을 슬쩍 한 번 보고는 사람들을 쭉 둘러본다. 완벽한 야회복 차림의 스미스는 샬럿 곁에서 씩씩하게 걷는다. 부드러운 목소리로 빨리 말하고, 사소한 농담을 하고, 흰 장갑을 낀 손을 이리저리 흔들어대는 모습이, 마치 이 모든 걸 샬럿을 위해 만들어낸 마법사 프로스페로(셰익스피어의 『템페스트』의 주인공―옮긴이) 같다. 스미스는 샬럿을 편하게 해주려고 친절하게 신경을 쓴다. 스미스 곁에는 그의 훤칠한 두 누이가 목이 깊게 파인 호박단드레스에 리본을 달고 경쾌하게 걷고 있고, 차분하고 풍채 좋은 그의 어머니는 장중한 배처럼 묵직한 걸음을 앞으로 옮긴다.

사람들의 깔보는 시선들, 스미스의 어머니와 여동생들이 느끼는 난처함과 당혹스러움을 알면서도 샬럿은 자신의 소박한 겉모습과 조지 스미스의 계획된 정중함이 이루는 대조가 재미있다. 이 남자는 자기 팔에 매달려 있는 이 여자가 자신에게 많은 돈을 벌어다준 그 유명한 『제인 에어』의 작가라고, 자기 곁

273

에 있는 이 보잘것없는 작은 여자가 모든 사람들이 떠들어대고 있는 대작을 썼다고 세상에 폭로하고 싶어 견딜 수 없어하는 것 같다.

그들은 무대 근처의 특별석으로 들어가 멋진 좌석에 자리를 잡는다. 샬럿이 사양하는데도 스미스 씨는 두 자매에게 앞줄에 앉으라고 고집을 부린다.

그러면서 샬럿의 귓가에 속삭인다.

"무대와 관객 둘 다 보십시오."

그래서 자매는, 엷은 자주색 드레스를 입고 풍만한 두 가슴골에 별갑테 안경을 끼워놓은 그의 무서운 어머니 양쪽으로 꼿꼿하게 몸을 세우고 앉는다. 스미스 씨는 뒷줄에서 키 큰 누이들을 양쪽에 끼고 가냘픈 꽃처럼 앉아 있다.

스미스 부인은 안경을 끼고 어두운 눈으로 오페라 광고 전단을 응시하고 있는 언니 쪽으로 고개를 돌린다. "오늘 두 사람 다 함께 와줘서 정말 기쁘답니다."라고 말하지만, 아들이 대체 무슨 생각으로 이 못생긴 촌사람 둘을 데리고 오페라를 보러 왔나 싶다. 아들이 특별석의 좋은 자리들을 구하는 데 얼마나 들었을까 계산해본다. 이 무슨 낭비람! 아들의 능숙한 지휘 아래 회사가 급속도로 성장하고 있기는 하지만, 이런 비용을 감당할 만큼 잘되고 있는 건 아닐 텐데. 왜 아들은 굳이 이런 돈까지 쓰는 걸까.

사실 아들이 조르지 않았다면 오늘 밤 나오지 않았을 것이다. 아들은 밤늦게 당황하고 들뜬 모습으로 평소와 달리 뺨까지 상기되어 집으로 허둥지둥 들어왔다. 그러더니 저녁도 먹지 않으려 하고, 어머니가 하인들에게 준비시킨 두툼한 양고기도 마다했다.

"먹어야지, 조지, 그러다 실신이라도 할라."

아들은 숨을 헐떡이며 말했다.

"꼭 만나보셔야 할 사람이 있어요, 어머니."

스미스 부인이 피곤하다고 하자 아들은 알 수 없는 미소를 지으며 "저한테, 아니 우리 모두한테 아주 중요한 일이에요, 보시면 알아요."라고 덧붙였다. 아들은 마차를 준비시키고, 오페라를 보러 갈 테니 옷을 차려입으라 하고는, 그들을 데리고 수수께끼의 손님들을 맞으러 갔다.

아들이 비밀로 하기로 했다는 어떤 일을 은근히 내비쳤을 때, 부인은 완전히 다른 사람을 예상하고 있었다. 대단한 미인이거나 대단한 부자, 아니면 아들이 출간하려고 하는 책의 근사하고 재미있는 유명 작가를 만나는 줄 알았다. 어쩌면 대작가 새커리일지도 모른다고 생각했다. 그런데 얌전하고 그리 예쁘지 않은 이 두 아가씨는 마치 생일 파티에 초대받은 아이들처럼 굴고 있다.

부인은 둘 중에 더 예쁜, 고운 머리칼과 푸른 눈을 가진 동생에게 미소를 짓는다. 가냘프고 매력적인 구석이 있긴 하지만, 설마 아들이 이 여자들 중 누구와 연애하고 싶은 생각은 아니겠지? 두 여자 모두 아들보다 훨씬 더 나이 들어 보인다. 삼십대 초반은 되어 보이고, 몸에 맞지도 않은 드레스 차림이다. 어느 정도 기품은 있으되 오만함에 가까운 수줍음을 지닌 가난한 두 여자들. 어머니는 그들의 비위를 살짝만 맞춰줄 작정이다. 그들은 팔팔한 아이들이 쉽게 이용해먹을 만한 거만한 가정교사처럼 보인다.

"우리 언덕 마을 고향에서는 이런 오락거리가 흔치 않으니 우리가 서툴더라도 너그러이 봐주세요."

브라운 자매(본명이 맞다면) 중 한 명이 이렇게 말하고는 미소 짓는다. 스미스 부인은 안경 뒤의 섬세한 두 눈에 어린 기묘하고도 약간은 거만하고 흥겨워하는 시선을 알아차린다. 뭐가 그리 즐거운 걸까? 그리고 무슨 자신감으로 이렇게 거만한 거지?

"런던엔 처음인가요?"

부인은 이 아가씨들이 어디 출신인지 조지에게 들었지만 기억이 나지 않는다. 북부의 어느 작고 황량한 곳이었는데.

"아니, 아니에요. 전에 와본 적 있어요."

"그럼 마지막으로 온 게 언제였나요, 브라운 양?"

"6년 전에 브뤼셀로 가던 도중에 들렀죠. 브뤼셀에서 학교를 다녔거든요."

"그래요? 그럼 프랑스어를 아주 잘하겠군요."

"그럼요."

아가씨는 드레스 주름을 펴며 굳이 겸손을 떨지 않고 말한다. 스미스 부인은 작은 손, 단정하게 손질된 손톱을 본다.

의미심장한 침묵이 흐른다. 이 여자의 무언가가, 어느 정도의 과묵함이 호기심을 불러일으킨다. 이 아가씨는 마음만 먹으면 흥미로운 얘기를 해줄 수 있을 것 같다. 남들은 모르는 어떤 대단한 일을 이룬 아가씨일까? 목소리는 감미롭지만, 아일랜드나 스코틀랜드 사투리가 섞여 있는 것 같기도 하다.

"저번에도 같은 곳에 묵었나요?"

패터노스터 가의 챕터커피하우스에서 두 여자를 태워 왔는데, 그곳은 천장도 낮고 방도 지저분해 숙녀들이 묵기에는 어울리지 않는 곳이다.

"네, 아버지가 처음 런던에 오셨을 때 그곳에 묵으셨죠."

아가씨는 이렇게 말하고는 전혀 기가 꺾이지 않은 시선을 보낸다.

스미스 부인은 살짝 미소 지으며 말한다.

"실은 런던에 살면서도 그곳은 처음 가봤답니다."

아가씨는 부인의 눈을 보며 말한다.

"네, 그러셨을 거예요."

부인은 아가씨들에게 묻고 싶은 것이 더 있지만, 오케스트라가 서곡을 연주하고 제1막이 시작되는 바람에, 넋을 잃은 표정을 짓고 있는 그들을 그저 바라보기만 한다. 아들이 자매 중 언니에게 더 자세히 보라며 오페라 안경을 건네준다.

스미스 부인은 로시니의 작품보다 자매를 더 유심히 지켜본다. 이 아가씨들은 오페라를 본 적이 있기나 할까? 완전히 빠져든 표정을 하고 있다. 조지는 그들을 시골 친척으로 소개할 거라 했지만, 말이 안 된다. 북부에 친척 같은 건 없다. 지금 아가씨들은 두통도 사라진 듯 보인다.

스미스 부인은 로시니 공연이 그저 그렇다고 생각한다. 〈세비야의 이발사〉가 도무지 마음에 들지 않는다. 부인은 베르디를 더 좋아한다. 지금 속에 입은 코르셋이 불편하기만 하다. 비만과 싸우고 있지만 단 음식이라면 사족을 못 쓴다. 오늘 밤엔 집에서 코르셋이 아닌 편한 화장옷 차림으로 프티푸르(커피나 차와 함께 내는 아주 작은 케이크 또는 쿠키—옮긴이)나 초콜릿을 먹고 싶었지만, 큰 의지가 되는 잘생기고 똑똑한 아들의 부탁 앞에서는 항상 무너지고 만다. 왜 아들은 오늘 밤 자신에게 꼭 같이 가자고 고집을 부렸을까? 이 여자들에게 뭘 해주라는 거지?

분명 사업 때문이리라. 부인은 사업에 관한 한, 아직 어리지만 진취적인 아들을 전적으로 신뢰한다. 한 번도 실망시킨 적이 없는 아들이라 생각하며 어둠 속에 앉아 있는 아들을 뒤돌아보며 미소 짓는다. 그러고는 아들의 손을 꼭 잡고 눈썹을 치켜 올리며 공모자 같은 눈길을 던진다.

'내가 이 가난한 두 여자와 정중하게 대화를 나누면서 얼마나 잘하고 있는지 보거라. 다 너를 위해서란다, 얘야.'

아들이 꼬마였던 적이 엊그제만 같다. 로시니의 아리아가 울려 퍼지는 가운데 특별석의 어둠 속에서 이 낯선 두 여자들 사이에 앉아 있으니, 짧은 회색 교복 바지를 입은 아들의 모습이 떠오른다. 무척이나 마르고 예민한 아이라 걱정을 많이 했었다. 아들의 건강과 심장이 항상 걱정이었다. 사소한 일에도 잘 쓰러지는 아들이 동급생들에게 괴롭힘을 당한다고 생각하면 견딜 수가 없었다. 그래도 아들 녀석은 강인한 의지, 용기, 결연함을 결코 잃지 않았다. 자기가 하고 싶은 대로 했고, 심지어는 열네 살에 학교를 그만두고 회사에 들어가겠다고 고집을 피웠다. 아들은 아버지와 함께 일하는 길을 택했고, 그들은 그의 소망을 들어주었다. 하지만 어머니가 하는 부탁이라면 언제든 들어주었다. 근사한 드레스를 입고 꽃까지 들고 있는 딸들도 아들 옆에 있으니 메마르고 파리해 보인다.

4년 전 사랑하는 남편이 병으로 세상을 떠난 후 부인은 점점 더 아들에게 의지할 수밖에 없었다. 아들은 사람 좋은 아버지가 안타깝게도 갖지 못했던 뛰어난 사업 감각을 지닌 열성적이고 부지런한 일꾼임을 증명해 보였다. 모험심 강한 아들이 없었다면 그녀와 나머지 아이들은 어떻게 됐을까?

파렴치한 공동경영자와의 지독한 분규를 해결한 사람도 바로 아들이었다. 남편에게 동업자를 조심하라고 경고했건만 너무 착한 그 사람은 그 말을 이해하지 못했다. 아들은 아주 순진해 보이지만 현실적이고 빈틈없는 면모도 가지고 있다. 그런데 오늘 밤엔 아들의 행동이 사뭇 묘하다.

막간이 되자 아들이 벌떡 일어나 간식을 먹으러 가자고 하지만, 누구나 흔쾌히 따를 그 제안을 이 아가씨들은 거절한다. 시중받는 것에 익숙하지 않구나, 라는 짐작이 들자 부인은 점점 더 당혹스러워진다.

아들을 돌아보지만, 오늘만은 아들이 어머니의 말에 귀를 기울이지 않는 것 같다. 아들은 런던의 오락거리들, 재미있는 박물관들, 공원들, 동물원까지 잡다한 화제들로 두 아가씨들을 즐겁게 해주며 그들을 런던에 붙잡아두려고, 적어도 그들을 대화에 끌어들이려고 애쓰고 있다. 놀라서 어안이 벙벙해진 듯한 그들의 얼굴이 약간은 창백하고 힘들어 보인다. 부인은 그녀들의 건강이 궁금해진다. 다음 날 일요일 점심 때 그녀들을 대접해야 하는 건 아닐까 걱정스러워진다. 끔찍한 시련이 되리라. 사랑하는 아들은 대체 무슨 생각을 하고 있는 걸까? 순전히 사업 때문이기를, 어머니는 간절히 빈다.

담자색 드레스 차림의 이 풍채 좋은 중년 어머니 곁에서 앤과 함께 특별석에 앉은 샬럿은 에밀리와 함께 이자벨 가에서 마담 H를 처음 만났던 때가 떠오른다. 그곳에 도착해서 받았던 따뜻한 환대, 우아한 방, 벽난로 선반 위의 골동품들, 마담 파랑과 그녀가 들려준 흥미진진한 프랑스혁명 이야기들, 그리고 자매가 흰색 소파에 나란히 앉아 무슈 H와 악수를 나누었던 일이 기억난다. 스승이 아직도 얼마나 그리운지! 처음 봤을 땐 어지간히도 싫었는데! 검은색 딱정벌레. 그의 아내에 대한 첫 판단 또한 얼마나 잘못됐던가.

그래서 사람의 첫인상에 대한 자신의 판단이 그리 믿을 만한 것이 못 된다는 것을 알고 있지만, 어둑한 특별석의 자기 곁에서 바른 자세로 앉아 있는 이 여인에게 왠지 끌린다. 반은 스코틀랜드인이고 신중하며 약간 계산적인 것 같은 아들보다 어머니가 더 마음에 든다. 어머니의 생기 넘치는 갈색 눈, 맑은 뺨, 자신에게 인사하며 곧장 내밀던 따뜻한 손길이 좋다. 그녀의 시원시원한 태도, 오페라 특별석의 희미한 불빛 속에 보이는 강렬한 옆모습도 마음에 든다. 오늘 밤 만난 이 기품 있는 여인이 무척이나 온화하고 인자하게 느껴진다. 꼬마를 다루듯 장난스럽게 아들을 꾸짖는 모습도 마음에 들고, 아들이 어머니를 '노부인'이라고 부르는 모습도 흐뭇하게 보인다. 어머니와 젊고 유망한 아들을 단단히 묶고 있는 애정과 신뢰의 끈이 감동적이다. 샬럿은 출판업자로서의 그보다는, 아들과 오빠로서의 그가 더 마음에 든다.

그렇게 어린 나이에 어머니를 잃지 않았더라면, 아버지의 이기심을 눌러주고 아버지의 불같은 분노를 다스려주는 어머니가 있었더라면, 그런 영리한 여인의 응원과 무조건적인 사랑을 받았더라면 그녀의 인생은 어땠을까? 얼마 전 아버지의 허락을 받고 읽어본 어머니의 편지들이 생각난다. 그토록 상냥하고, 솔직하고, 익살스러운 편지들에 가슴이 찡해져 눈물이 났다. 격려해주고 타일러주는 그런 사람이 곁에 있었다면 그녀의 인생은 얼마나 달라졌을까.

이 모자가 주고받는 몸짓들, 은근한 눈길을 보고 있자니 약간 서글퍼진다. 아무리 착한 학교 친구들이라도, 사랑하는 여동생들이라도, 그녀에게 그렇게 해주지는 못하리라. 이 여인은 자신의 인생에 어떤 역할을 하게 될까.

스미스 가족은 그들을 챕터커피하우스에 데려다주고, 다음날 점심식사에 초대하고는 떠난다.

명성

샬럿이 호어스로 돌아온 이후 조지 스미스는 활기찬 편지들을 수없이 보낸다. 거기에 힘을 얻어 샬럿은 다음 작품인 『셜리』를 집필하며 그 속에서 사랑하는 동생 에밀리를 그리려 애쓴다. 비애의 검은 목걸이에 걸린 알들처럼 잇따라 일어나는 가족의 비극에도 흔들리지 않고 샬럿이 그나마 작업을 계속해나갈 수 있는 건, 조지 스미스의 편지들과 간간히 가는 런던 여행 덕분이다. 처음엔 브랜웰이, 그다음엔 마치 오빠 없이 살 수 없다는 듯 급하게 에밀리가 그를 뒤따라갔고, 그러고는 가장 사랑하는, 가장 소중한 앤이 세상을 떠났다. 샬럿 혼자 아버지와 남아 있다.

밝은 색의 새 커튼과 카펫을 마련했는데도 목사관의 춥고 텅 빈 방들에서 달아나고 싶은 마음이 간절하다. 가엾고 외로운 아버지와 단둘이 슬픔과 고독 속에 지내는 샬럿은 자신에게 매달리는 늙은이를 버리고 떠나고 싶다.

무엇보다, 예전에 자주 그랬듯이 자신이 쓴 글을 죽은 여동생들과 함께 나누고 싶다. 밤마다 서로 팔짱을 끼고 식탁 주변을 맴돌면서 어둠, 자매 간의 오랜 친밀감, 아버지의 부재를 만끽하며 이야기를 나누고 서로 격려하고 평가해주곤 했는데……. 그리운 동생들! 웃음, 어린 시절 공유했던 언어, 그들끼리만 나누던 은밀한 농담들이 무엇보다 그립다. 샬럿은 온몸이 나른해진다. 자기 자신과 남들을 비웃고 싶다.

딸로서의 의무를 저버리고 아버지라는 존재로부터 달아나고 싶을 때면 런던으로 여행을 간다. 혼자 떠난 여행에서 돌아오면 샬럿의 모험담을 들어줄 사람은 자기 생각에만 빠져 있는 아버지밖에 없다. 집에 돌아와도 자신의 얘기를 흥미롭게 집중해서 들어줄 사람이 이젠 없다. 예전에 에밀리는 절대 같이 가려 하지 않으면서도 샬럿의 얘기를 들으며 간접 경험을 즐겼다. 이제 샬럿은 유명인으로서의 삶을 혼자 헤쳐나가고 있다. 자신이 떠나려고만 하면 앓는 것 같은 병든 아버지와 소중한 학교 친구인 엘런 N만이 지지와 사랑을 보내주고 있다.

하지만 샬럿은 억지로라도 일상적인 일들을 계속해나간다. 친구 덕분에 새로운 양재사를 알게 되어 분홍색 안감을 댄 보닛을 산다. 실패로 끝나고 만 결혼식 전에 제인이 그랬던 것처럼, 샬럿은 특별한 날을 대비하여 모피 테두리를 댄 새 옷들을 산다. 정수리 부근에 땋은 머리 가발을 붙여 빈약한 머리카락을 늘리려고 기를 쓴다.

샬럿은 스미스 가족의 집에서 열리는 만찬에 참석하고 미술관, 강연, 수정궁(1851년 런던의 하이드파크에서 개최된 제1회 만국박람회의 회장이 된 건물—옮긴이), 극장, 심지어는 동물원까지 방문한다. 동물학협회의 서기로부터 초대권을 받아 간 그곳에서 본 놀라운 동물들에 대해 아버지에게 편지를 쓴다. 덩치가 거의 플로시만 한 개구리들도 보았다.

유력인사들, 귀족들, 그리고 스코틀랜드 평론가이자 철학자, 역사가인 토머스 칼라일과의 만남이 이루어진다. 심지어 대작가 새커리도 만난다. 그가 자신의 어머니에게 샬럿을 '제인 에어'라고 소개하여 그녀는 실망하고 분노한다. 어떻게 그런 짓을! 상상과 현실을 구분하지도 못하는 건가?

스미스 가족의 근사한 저택에 초대받은 그녀는 최고의 객실에 묵는다. 널찍하고 고요한 방으로 들어가니, 남동생과 이야기를 만들 때 상상하곤 했던 바다 속 보물의 방으로 뛰어든 것 같은 기분이다. 연녹색 벽과 장식용 침대보, 바람에 펄럭이는 안감을 댄 크림색 커튼, 삼면거울이 달려 있고 주름진 오건디(아주 얇게 평직으로 짠 가볍고 비치는 면직물—옮긴이) 천이 둘러쳐진 화장대, 자른 꽃들이 꽂혀 있는 큼직한 단지, 벽로 선반 위에 놓인 밀초들, 밤낮으로 활활 타오르는 난롯불. 그 속에 있자니 평화롭고 관능적인 안식처에 있는 듯한 기분이 든다. 속이 비치는 얇은 커튼이 달린 널따란 사주식 침대는 막 항해를 떠나려는 배처럼 보인다. 샬럿은 침대에 벌렁 드러누워 편하게 팔다리를 쭉 뻗는다.

샬럿의 개인 하녀까지 정해졌다. 샬럿이 원하기만 하면 하녀는 그녀의 옷을 벗겨주거나 머리를 손질해주고, 아래층으로 내려가 한 방 가득한 손님들과 마주칠 용기나 힘이 없으면 식사까지 대령해줄 것이다. 편안히 누워서 책을 읽거나, 아니면 글 쓰는 테이블에 앉아 교정쇄를 수정할 수도 있다.

가끔은 스미스 부인이 그녀를 위해 특별 주문한 맛있는 요리를 몸소 들고 와서 문을 두드린다. 부인은 "들어가도 되겠어요?"라고 말하며 문 안쪽을 힐끔 보고는 들어와서 그녀 곁에 앉아 편하게 얘기한다.

"버텨내요. 절망에 빠지면 안 돼요. 아가씨가 하는 일은 우리한테, 모두한테 아주 중요하니까."

부인은 이렇게 말하며 샬럿의 뺨을 톡톡 친다. 샬럿은 평생 처음으로 보살핌을 받고 귀여움 받는 응석받이가 된 기분이다.

☙

화려한 가지촛대 아래 은식기, 맛있는 요리, 라일락과 작약이 차려져 있는 고상한 식탁에 앉은 샬럿은 로헤드학교 교사와 가정교사로 일하던 비참한 시절을 떠올린다. 샬럿의 오른쪽에 앉은 백발의 명문가 귀족은 그녀를 대화에 끌어들이려고 무던히 애쓴다. 자기가 쓰려고 하는 작품으로 샬럿의 흥미를 끌어보려 하지만, 샬럿은 그 귀족의 말을 듣는 둥 마는 둥 한다.

"시간만 있으면 가능할 거라고 확신하오."

샬럿은 귀족을 보며 말한다.

"그럴지도 모르죠."

호화로운 저택의 벨벳소파에 널브러져 있거나, 공원을 이리저리 정신없이 돌아다니거나, 검은 넥타이, 보석, 데콜테로 치장하고 만찬을 주도하던 수많은 숙녀들과 신사들이 기억난다. 그들은 벽에 바짝 붙어 걷는 샬럿에게 어쩌다 시선이라도 닿으면 아무것도, 아니 그보다 못한 것을 본 양 굴었다.

자기 자리에 얌전히 앉아 있지 못하는 아이들과의 끔찍했던 첫 아침식사와 아이들이 그녀에게 버릇없이 "이 멍청한 하녀야!"라고 소리쳤던 일도 떠오른다. 얼마나 멸시받고 업신여김을 당했던가. 아이들은 또 얼마나 무례했던가.

여기 있는 조지의 여동생들과 남동생은 상당히 예의 바르다. 샬럿의 방에 꽃을 가져다주고 무릎을 굽혀 절하고 그녀와 악수를 나눈다. 유난히 샬럿을 좋아하는 예쁘장한 막내 소녀는 그녀의 손을 살며시 잡고 좋아하는 책을 읽어달라고 부탁하곤 한다.

샬럿이 식탁에서 일어나 응접실로 들어가면, 감탄보다는 흥미 어린 시선들이 그녀에게 쏠린다. 사람들은 호기심에서 샬럿을 빤히 쳐다본다. 몇몇은 민망해하는 표정이다. 샬럿의 잿빛 도는 분홍색 드레스, 반드럽게 손질된 빈약한 머리칼이 사람들의 눈길을 끈다. 샬럿은 어렸을 적 이후 처음으로 뻔뻔스럽고도 순진하게 이 관심을 즐긴다. 호기심의 대상이 되는 데는 절묘한 맛이 있다.

샬럿은 후미진 구석에서 바느질감을 들고 수줍게 앉아 있는 아이들의 가정교사, 프로일라인(영국인 가정의 독일 여자 가정교사―옮긴이)을 발견한다. 샬럿은 그녀 곁에 앉아, 같은 처지에 있었던 비참한 시절을 떠올리며 장황스레 말을 건다.

"고향이 그립겠어요. 형제자매가 있나요?"

샬럿은 그리움에 젖어 묻는다.

"그들에 대해 얘기해봐요."

하지만 그녀는 프로일라인과 함께 오래 있지 못한다. 만찬에 참석한 사람들은 모두 『제인 에어』의 작가인 샬럿과 얘기를 나누기 위해 왔기 때문이다. 샬럿에게 다가와 덜덜 떨며 말을 더듬는 분홍색 드레스 차림의 젊고 예쁜 아가씨를 그녀는 편안하게 대해준다.

"당신의 작품은 정말 후, 후, 훌륭했어요. 꼭 내 얘기를 읽는 것 같았다니까요."

"정말 기분 좋은 말씀이군요. 고마워요."

사람들은 이제 샬럿의 취향을 고려하고, 온갖 잡다한 의문들에 대한 샬럿의 의견을 존중해주고, 마치 귀한 도자기 다루듯 샬럿을 대접한다. 또한 샬럿의 본모습을 알고 싶어한다. 책 이면의 사실들, 진짜 그런 학교가 있는지, 헬런 번스처럼 착한 사람이나 브로클허스트 씨처럼 나쁜 사람이 실제로 존재했는지 알고 싶어한다. 그들이 진짜 궁금해하는 것은 샬럿이 자신의 사연을 소설로 썼느냐, 어디까지가 진실인가 하는 것이다. 그런 질문에 어떻게 대답해야 할까? 샬럿 자신도 답을 모른다. 하지만 샬럿의 인생, 젊은 나이에 세상을 떠난 여동생들과 남동생의 비극적인 죽음이 샬럿의 작품만큼이나 사람들의 관심을 끄는 것은 확실한 것 같다.

샬럿의 비위를 맞춰주려고 애쓰는 이 정중한 사람들, 샬럿 주위를 맴돌며 챙겨주는 자상한 출판업자, 그의 따뜻한 어머니와 함께 있어도 남동생의 마지막 기도, 남동생을 마지막으로 부르던 아버지의 울부짖음, 남동생의 입에서 새어나온 뜻밖의 마지막 말 "아멘."이 들려오는 건 막을 수가 없다.

남동생은 술로 심하게 망가진 몸을 하고 너무 오랫동안 앓았기에 가족은 끝이 가까워졌다는 사실도 미처 몰랐다. 그러나 죽음이 임박했을 때 남동생에게도 변화가 찾아왔다. 어릴 적 느꼈던 가족에 대한 애정이 갑자기 흘러넘치는 것처럼 보였다. 마치 다윗이 압살롬을 외쳐 부르듯, 외아들의 죽음에 슬프게 울부짖던 아버지의 흐느낌이 귀에 선하다.

"내 아들! 아들아!"

아들을 버리지 말라고 신에게 간절히 비는 아버지의 기도 소리가 들리는 듯하다. 어린 시절 많이 사랑하고 아꼈던 남동생이 죽은 후 샬럿이 몸져눕자, 아버지는 맨체스터의 어둑한 방에 누워서 그랬던 것처럼 "나를 위해 버텨다오!"라고 몇 번이고 말했다.

생애의 마지막 나날, 그때까지도 집안일을 하겠다고 고집을 피우며 가여운 모습으로 비틀거리면서 계단을 내려와 키퍼에게 먹이를 주던 사랑하는 에밀리도 눈앞에 아른거린다. 에밀리의 장례식 날 키퍼는 그녀의 관을 따라가 다른 사람들과 함께 의자에 얌전히 앉아 있었고, 그 후 밤마다 에밀리의 방문 앞에 엎드려 그녀를 기다리며 짖어댔다. 샬럿은 에밀리가 남긴 마지막 시 구절을 찾았다.

내 영혼은 비겁하지 않노라. 세상의 거친 폭풍우 속에서도 결코 떨지 않노라. 천상의 찬란한 광휘가 보이네. 그리고 똑같이 빛나는 믿음이 두려움으로부터 날 지켜준다네.
(에밀리 브론테의 시 「내 영혼은 비겁하지 않노라」 중에서—옮긴이)

신에 대한 굳은 믿음에도 더 많은 시간을 바랐던 사랑하는 앤, 좋은 일을 하며 살길 바랐고 마지막엔 바다로, 스카버러로 돌아가자고 했던 씩씩한 앤도 보인다. 샬럿은 동생이 그곳에서 건강을 회복하기를 기대했다. 행복한 추억을 지닌 그곳에서 생기를 되찾기를 바랐다. 앤의 애그니스 그레이는 해변에서 사랑하는 부목사를 만나 훨씬 더 행복한 순간을 누렸다. 앤은 햇빛 비치는 창가에 앉아 만을 바라보며 격려의 말을 남기고 죽었다.
"용기를 내, 용기를 내, 언니."
지금 스미스 가족의 호화로운 응접실에서 이 우아한 사람들에게 둘러싸인 샬럿은 용기를 내려고 노력한다. 하느님, 계속

해나갈 수 있는 용기를 주소서! 하지만 명성을 얻은 지금도 가난한 가정교사로서 조롱당하고 괴로웠던 무명 시절만큼이나 외롭기는 마찬가지다. 그땐 적어도 여동생들과 남동생을 생각하고, 방으로 혼자 물러나서 동생들에게 편지를 쓰거나 크리스마스 때 자세히 들려줄 이야기들을 머릿속에 차곡차곡 비축해둘 수 있었다. 지금은 아버지에게 얘기할 때 아버지가 듣고 싶어할 이야기만 신경 써서 들려주어야 한다.

고급스런 옷을 차려입고 아름다운 응접실에 모여 있는 사람들을 둘러보고 있자니 이 모든 일이 참으로 희한하고 조금은 우스꽝스럽기까지 하다. 그녀는 여전히 같은 사람인데 갑자기 많은 이들이 그녀의 환심을 사려고 칭찬과 아첨을 늘어놓는다. 『제인 에어』때문에 그녀의 인생은 졸지에 남들의 흥밋거리가 되었다.

담자색을 좋아하는지 또 담자색 드레스를 차려입은 스미스 부인이 생기 넘치는 갈색 눈으로 그녀를 주시하고 있는 것도 느껴진다. 마담 H가 그랬던 것처럼, 경계의 눈으로 그녀를 지켜본다. 스미스 부인은 만찬회 내내 샬럿 곁에 바짝 붙어, 필요한 것이 있으면 말하라고 하지만 남자들, 특히 자신의 아들이 샬럿 곁으로 오는지 감시한다. 응접실에서 부인이 몸소 커피 한 잔을 가져다주지만, 샬럿은 거절한다. 내가 전혀 위험한 존재가 아니

라는 걸 이 부인도 알겠지? 나의 성실함, 낯가림, 순수한 도덕
성을 알아주겠지?

샬럿은 사람들이 자신에 대해 얘기하고 있다는 걸 다시 한 번
느낀다. 누군가가 그녀의 멋진 방에 들어가 물건들을 뒤진 것 같
은 의심도 든다. 아니면 그저 하녀가 그녀의 드레스를 다림질하
고 속옷을 빨고 가운의 주름에 향수를 뿌려놓고 간 걸까. 샬럿이
응접실에 있는 스미스 모자에게 다가가자 그들은 서로 주고받던
귀엣말을 멈춘다. 그러다가 손님들이 떠나고 나자 모자는 벽난
로 앞 소파에 앉아 서로에게 더 가까이 기댄다.

실망

이른 아침 어머니는 차와 신문을 가져다주기 위해 아들의 침실로 들어간다.

"조금 더 주무시죠. 너무 이르잖아요."

조지 스미스는 졸린 목소리로 말하며 한 손을 어머니에게 뻗고 불룩한 베개에 머리를 기댄다. 어머니는 방으로 들어와 아들을 깨우며 노래 부르듯 속삭인다.

"정신 차리고 일어나렴, 애야."

평소처럼 어머니는 쟁반을 들고 와서 침대의 아들 곁에 앉아 수놓은 리넨시트를 매만져 주름을 펴고, 작은 은주전자에서 우유를 따라 각설탕을 떨어뜨린다. 어머니는 차를 빙글빙글 저으면서 나지막하고 감미로운 목소리로 아들에게 말한다. 이른 시간이고 아들에게도 생각할 거리가 많다는 걸 알지만, 아들이 출근하기 전에 얘기해야 할 심각한 문제가 있다.

"무슨 일이신데요, 노부인?"

아들은 어머니의 약손가락에 끼워진 반지를 돌리며 장난스럽게 말한다. 어머니는 사랑스러운 눈길로 아들을 바라보며 고개를 젓고는 아들의 잘생긴 이마로 내려온 머리카락을 뒤로 넘겨준다. 그러고는 에둘러 말한다.

"참 정직하고 착하고 진지하고 성실한 것이, 정말 좋은 사람이더구나."

물론 아들은 어머니가 누구를 얘기하고 있는지 눈치챈다. 아들은 불룩한 베개에 기댄 몸을 약간 일으켜 고개를 끄덕이고 덧붙인다.

"재능 있는 작가라 우리 회사에 꼭 필요한 사람이에요. 게다가 샬럿이 다른 사람들까지 끌어들였잖아요. 새커리와 엘리자베스 개스켈 같은 작가들을요. 지금 작업 중인 새 작품도 잘될거예요. 지금까지 읽어본 내용으로 보면 최고작이 될지도 몰라요."

어머니는 작가인 샬럿에게 어느 정도 잘해줘야 하는 건 이해한다고 말한다. 그래서 그녀도 그 여자를 편안하게 해주려고 최선을 다했다. 하지만 그런 진지하고 지적인 여자를 너무 가까이 하는 건 위험한 짓이다. 어머니는 나지막한 목소리로 중얼거리듯 말한다.

"그 여자가 재산이 없다고 내가 이러는 게 아니다. 너도 잘 알지만 난 그런 걸 문제 삼는 사람이 아니잖니. 너보다 훨씬 더 연상이고 외모가 볼품없어서 이러는 것도 아니야. 너도 봤겠지만, 그…… 치아만 해도 말이다! 어찌나 안쓰럽던지! 하지만 그런 거야 그냥 넘어갈 수도 있어, 정말이란다. 그런데 정말 무서운 건, 애야, 다 네가 잘되기를 바라는 마음에서 하는 말이지만, 그 가족의 불명예스러운 병이란다. 여동생도 둘 다 차례로 죽었고, 그 끔찍한 남동생은 말해 무엇하겠니. 사람들 말로는 아주, 아주 심하게 실성한 남자였다고 하더구나."

"그런 걱정은 전혀 안 하셔도 된답니다, 노부인."

아들은 유쾌하게 말하고는 더 몸을 일으켜 어머니의 포동포동한 손가락들을 두 손으로 꼭 감싼다. 그런 다음 여느 아침처럼 어머니에게 받은 찻잔을 들어 얼른 쭉 들이켠다. 어머니는 아들의 이마에 내려와 있는 곱슬머리를 사랑스럽게 매만져준다.

어머니는 아들이 하루 일과를 시작하도록 자리를 뜨면서 충고한다.

"조심하렴, 애야, 조심해. 너도 모르게 망신스런 일을 당할지도 몰라."

그러나 스미스 부인은 아들이 그 작가를 라인 강 여행에 초대
하고, 놀랍게도 그 작가와 함께 하일랜즈(스코틀랜드 북부의 고
지—옮긴이)의 기숙학교에 있는 막내 남동생을 보러 갈 거라는
얘기를 듣는다. 손을 놓고 있을 때가 아닌 것 같다.

부인은 샬럿을 푸른 응접실로 부른다. 그러고는 비단으로 덮
인 소파를 톡톡 치며 말한다.

"이리 와서 앉아봐요."

부인은 샬럿의 눈을 들여다보며 두 손으로 샬럿의 손을 감싸
고 말한다.

"조지가 하일랜즈에 함께 가자고 했다죠."

샬럿은 부인의 조금 작은 갈색 눈을 물끄러미 바라보며 아무
말 없이 고개를 끄덕인다. 본인도 인정하겠지만 눈이 참 예쁘
다. 샬럿은 이 부인이 정말로 마음에 든다. 그녀의 작품을 준중
해주고 마음씨도 곱다. 하지만 어머니는 무슨 일이 있어도 아들
을 지켜야 한다. 부인은 샬럿을 똑바로 쳐다보며 두 손으로 그
녀의 손을 부드럽게 잡고, 가까이 몸을 숙여 속삭인다.

"설마 정말 내 아들이랑 하일랜즈까지 같이 갈 생각은 아니겠지요? 사람들이 뭐라고 할지 생각해봐요! 남부끄럽지 않겠어요?"

샬럿이 딱히 대꾸할 말을 찾지 못하자 부인이 덧붙인다.

"다 아가씨를 아껴서 하는 말이랍니다."

부인은 샬럿의 뺨을 손가락으로 장난스럽게 톡톡 두드리며 덧붙여 말한다.

"잘 생각해봐요, 아가씨."

결국 샬럿은 하일랜즈에는 가지 않는 대신, 사랑하는 작가 스콧의 나라인 낭만적인 스코틀랜드의 에든버러를 방문한다. 출판업자와 함께 스콧기념탑을 찾아가고 홀리루드파크의 아서스시트(홀리루드파크를 이루는 언덕들 중 최고봉—옮긴이)에 오른다. 근사한 풍채, 젊은 혈기, 잘생긴 얼굴, 차분한 성격, 사람을 끌어들이는 매력을 가진 조지 스미스가 그 어느 때보다 멋져 보인다. 최근 사랑하는 이들을 많이 잃었지만, 이 순간만큼은 참으로 행복하다. 이렇게 매력적이고 정력적인 남자가 곁에서 그녀의 말에 귀를 기울이고, 고개를 숙여 대답을 듣고, 그녀의 의견에 따라주다니. 슬펐던 일들도, 그녀가 돌아오기만을 초조하게 기다리고 있는 아버지도 어느새 잊는다. 조지 스미스는 그녀가 자신에게 중요한 사람이니, 적어도 그녀의 기분을 풀어주고 즐겁게 해주고 싶다는 뜻을 분명히 밝힌다.

그들은 에든버러의 성을 방문하여, 여왕 뒤에 숨으려다가 몇 번이나 칼에 찔려 죽은 가톨릭교도 신하 리치오의 피로 알려진 얼룩을 가리키며 안내자가 들려주는 살인 이야기에 정신을 빼앗긴다.

그들은 테라스에 서서 도시를 내려다본다. 경치를 감상하는 동안 안개가 걷히고 구름 사이로 잠깐 해가 비친다. 과거 그녀의 흑고니가 그랬듯 그녀의 재능을 믿어주는 출판업자, 이 매력적인 젊은 남자와 함께 있으니, 마치 이 도시가 그녀의 것인 양, 이 모든 것을 그녀가 창조한 것인 양 느껴진다. 샬럿은 그를 올려다보며, 이 젊고 진취적인 남자가 자신을 아내로 취할지도 모른다고 생각한다. 그들 모자가 사는 런던의 그 아름다운 저택으로 들어가 연녹색의 침실을 쓰게 될지도 모른다. 이 남자와 새로운 가족을 꾸릴지도 모른다. 샬럿은 그런 행복을 누릴 권리가 없을까? 문득 마담 H가 품에 안고 있던 따뜻한 아기가, 그리고 어린 딸들을 그리워하던 간호사가 떠오른다.

하지만 조지 스미스와는 결혼 약속도 사랑의 언약도 없이 헤어진다. 녹초가 된 샬럿은 리즈 근처 브룩로이드에 있는 친구 집의 객실에 숨을 헐떡이며 누워, 에든버러에서 보았던 웅크린 바위 사자(아서스 시트는 사자가 웅크린 모습을 하고 있음—옮긴이)의 꿈을 꾼다. 샬럿은 엘런 N에게 런던이 지루한 정치경제학 논문이라면 에든버러는 생생한 역사의 한 장이라고 말한다. 엘런은 기운 없는 샬럿을 간호해주고, 호어스에 있는 샬럿의 아버지는 딸의 건강을, 특히 심장을 걱정하는 편지들을 보낸다. 아버지는 편지에서 호어스의 상쾌한 공기가 런던의 먼지, 매연, 불결한 독기를 말끔히 몰아내줄 거라며 집으로 돌아오라고 간곡히 말한다.

그러다가 스승인 무슈 H가 그랬던 것처럼, 신물 나도록 비슷하게, 조지 스미스의 편지가 점차 뜸해진다. 편지를 기다리기가 견딜 수 없는 지경이 되자 샬럿은 차라리 편지가 아예 안 올 거라고 생각하는 편이 낫겠다고 속으로 중얼거린다. 그러면서도 그 남자에게 편지 쓰는 걸 멈출 수가 없다. "당신의 답장으로 작으나마 희망을 얻어야 작품을 계속 써나갈 수 있다."라고 자신의 마음을 전한다. 예전에 무슈 H의 우정이 필요했듯, 샬럿에겐 조지 스미스의 우정이나마 절실하다. 샬럿은 이번에도 금세 사라질 비 웅덩이를 영원한 샘으로 착각한 것이다.

샬럿은 조지 스미스가 어머니의 끊임없는 압박과 경고로 그녀를 포기하고 만 것이라 짐작한다. 아니 어쩌면 그간 그녀에 대한 관심은 환심을 사야 할 귀중한 작가에 대한 관심에 불과했으리라.

이제 남은 일은 그녀의 대작 『빌레트』에서 조지 스미스를 그레이엄 브레턴으로 변신시켜, 그 출판업자로 하여금 자신의 감정적인 한계를 깨닫게 하는 것이다. 아버지가 로체스터 씨에게서 자신의 시각 장애를 읽었던 것처럼. 꼼꼼히 읽을 조지 스미스를 위해 샬럿은 부족한 열정을 어머니에게만 쏟는 한 남자의 세상을 재창조한다. 여주인공은 샬럿의 첫 열애 대상이었던 무슈 H를 모델로 한 다른 남자에게로 돌아선다. 결국 샬럿은 그녀의 재능과 능력, 훌륭한 언어적 가능성을 예리한 눈으로 처음 알아봐준 사람, 고마운 스승에게 마음속으로 이 작품을 바친다.

마침내 조지 스미스는 샬럿에게 쓰는 편지를 끊어버린다. 샬럿이 예상했던 것보다 작은 액수, 그가 몇몇 작가들에게 지불하는 것보다 훨씬 작은 액수의 수표만 보내온다.

샬럿은 또다시 편지를 기다리며 점점 더 우울해진다. 조지 스미스가 다른 여자와 약혼했음을 아주 완곡하게 알리는 그 어머니의 편지를 받자, 급기야 병에 걸린다. 샬럿은 조지 스미스에게 축하 편지를 쓴다.

친애하는 스미스 씨에게

크나큰 슬픔만큼이나 크나큰 행복을 느낍니다.

동정의 말은 줄여야겠죠.

나의 축하를 받아줘요, 진심이에요.

샬럿 브론테 드림

에필로그

1854년 6월 29일 목요일, 호어스

아침식사 전, 샬럿은 자신의 여주인공 제인 에어처럼 작은 석조 교회의 어스름한 새벽빛 속에 서 있고, 곁에는 아버지의 부목사 아서 벨 니콜스가 서 있다. 수를 놓은 흰색 모슬린옷을 입고 갈란투스처럼 고개를 숙인 샬럿은 테두리가 초록색 잎들로 장식된 예쁜 보닛 밑으로 부목사를 힐끔 올려다본다. 예전에 그녀가 이름의 일부를 따서 썼던 이 훤칠하고 잘생기고 턱수염을 기른 남자를 수줍게, 그리고 행복하리라는 기대는 거의 없이 바라본다.

샬럿은 의례적인 말을 읊는다. 아무도 이 결혼에 반대하거나 이의를 제기하지 않는다. 지금 이 자리에 있지 않은 아버지도,

지금 그녀 곁에 서 있는 로헤드학교의 옛 선생님도 이 결혼을 반대하지 않는다.

예복까지 차려입었던 아버지는 마지막 순간에 꾀병을 부리며 의자에 털썩 주저앉아버렸다. 아버지는 온갖 강력한 이유들을 대며 처음부터 이 결합을 격렬하게 반대했다. 니콜스 씨가 앓은 적도 없는 질병들을 꾸며내기까지 했다. 하지만 결국 아버지는 항복하고 말았다. 샬럿은 남자들이 심통 사나운 허튼 생각으로 가득 차 있으며, 소위 남자들의 힘이라고 하는 것이 여자의 힘보다 오히려 약하다는 생각이 들었다.

샬럿에게 들리는 곳에서 늙은 하녀가 아버지에게 결혼을 방해해 딸을 죽이고 싶으냐고 묻지 않았다면 결혼식은 성사되지 못했을 것이다. 아버지는 딸 부부가 목사관에서 함께 살면서 자신을 죽을 때까지 보살펴줄 것이라는, 그리고 딸을 신랑에게 인도하지 않아도 된다는 약속을 받고서야 마음을 누그러뜨렸다. 부목사는 아버지보다 훨씬 더 좋은 아일랜드 가문 출신이지만, 아버지 눈에는 유명해진 딸의 손을 잡기에는 부족한 사람으로 보였다.

하지만 그 많은 비극이 일어나는 내내 충실하게 곁을 지켜준 아서를 샬럿이 어떻게 거부하겠는가. 문 앞에서 울부짖으며 실낱같은 희망이라도 달라 애원하고, 그녀가 스승과 출판업자에게 썼던 그런 간절한 편지들을 수없이 보낸 그 남자를 어떻게 거절할 수 있겠는가. 아서의 열정은 예전 샬럿의 열정과 너무나도 닮아 있었다! 이유도 없고 즐거움도 없고 은총도 없는 최악의 사랑에 빠지고 만 것이다. 그러니 어찌 연민을 느끼지 않을 수 있겠는가. 샬럿은 이제 두려움과 불안을 무릅쓰고 부목사와 결혼할 수밖에 없다. 그러나 지금 샬럿은 그녀 안에 영원히 살아 있는 목숨보다 더 소중한 이들을 생각하고 있다. 교회에 묻혀 있는 두 언니, 그리고 남동생을 뒤따라 그리도 빨리 여섯 달 만에 차례로 세상을 떠나버린 두 여동생, 에밀리와 앤을.

교회에서 이제 남편이 될 사람과 나란히 서 있는 샬럿은 앤이 죽어가며 남긴 너그러운 말, '용기를 내라'는 말을 떠올리며 부목사의 지지와 사랑을 기쁘게 받아들인다. 그가 그녀의 손을 잡고, 그녀의 면사포를 뒤로 넘기고, 그녀의 입술에 입 맞춘다.

이 결혼이 너무 짧을지언정 놀라울 만큼 행복할 것이고, 자기 걸작의 결말처럼 자신과 아서 역시 진정으로 일심동체가 되리라는 사실을 샬럿은 아직 모르고 있다. 그들은 웨일스와 아일랜드로 함께 여행을 떠날 것이고, 아일랜드에서 샬럿은 아서의 훌륭한 가문, 그들의 저택인 큐버하우스, 그리고 그의 신중함과 겸손함에 감명받을 것이다.

제인처럼 샬럿도 아이를 가졌다는 사실을 알게 될 것이다. 그리고 생각지도 못하게 빨리 세상을 뜰 것이다. 이 결혼식 날로부터 아홉 달이 채 지나기도 전에 샬럿의 아버지와 남편은 샬럿의 시신 옆에 함께 서 있을 것이다. 옛날에 아버지가 이모와 그랬듯 그들은 서로에게 구속될 것이다. 그리고 샬럿을 같은 교회에 묻을 것이다.

샬럿은 아버지가 결코 사윗감으로 원하지도, 존중하지도 않았던 남편과 함께 그녀보다 6년을 더 살 것이라는 사실을 모른다. 그 불굴의 노인은 여든네 살의 나이에 세상을 뜰 것이다. 아버지의 기도처럼 하느님이 질병과 상처로부터 계속 아버지를 지켜주리라. 아버지는 의학 사전과 사기담뱃대를 가지고 적막한 서재에 홀로 틀어박혀 지낼 것이다. 아버지의 뜻이 하늘에서와 같이 땅에서도 이루어지게 하소서. 우리가 우리에게 잘못한 이를 용서하듯이 우리의 잘못을 용서하시고 우리를 유혹에 빠지지 않게 하소서(마태복음 6장 10~13절―옮긴이).

서글픈 밤들의 기나긴 어둠 속에서 아버지는 깬 채로 누워, 자주 들리던 아이들의 발소리가 들리나 귀를 쫑긋 세울 것이다. 아이들은 어둠 속에서 식탁을 맴돌며 이야기를 만들어 큰 소리로 말하고, 웃고, 아버지가 깰까 봐 "쉿!" 하며 서로를 조용히 시킨다. 딸들이 아버지에게 오는 목소리가 계단을 타고 올라온다.

"쉿, 아버지 깨시겠어."

아버지는 딸들의 말을 마음속으로 들을 것이다. 어둠 속에 말짱한 정신으로 누워 딸들의 목소리를, 아니면 늙은 플로시의 꼬리가 돌바닥을 탁탁 때리는 소리라도 들으려 귀를 기울일 것이다. 사각사각 연필을 끼적이는 소리가 들린다고 생각할 것이다.

| 감사의 말 |

이 작품은 소설이고 등장인물들도 허구지만 개스켈, 게린, 고든 같은 위대한 전기작가들과 그 밖에 브론테 자매에 대해 저술한 수많은 작가들, 그리고 브론테 자매의 편지들과 서평들에 큰 도움을 받았다. 그리고 물론 세 자매의 작품들도 자유롭게 인용했다.

내가 이 소설을 짓기로 마음먹은 것은 린덜 고든이 쓴 샬럿 브론테의 전기에 나오는 한 줄 때문이었다.

그녀가 바운더리 가의 어두컴컴한 방에서 아버지와 함께 앉아 있었을 때 어떤 일이 있었는지는 세상에 알려지지 않았다.

나는 샬럿 브론테가 맨체스터와 호어스에서 『제인 에어』를 집필할 당시 어떤 일이 있었을까, 그 작품이 브론테 가족과 우리의 삶을 어떻게 바꾸어놓았을까 상상해보았다.

언제나 고마운 이들이 있다. 몇 년 동안 관심과 애정으로 내 작품을 읽어준 사랑하는 세 딸들 사샤, 시블리, 브렛, 오랜 세월 많은 작품을 함께해준 대리인 로빈 스트라우스, 나의 친구 마니 밀러, 프린스턴대학교와 베닝턴칼리지의 동료들, 특히 큰 격려와 응원을 보내준 조이스 캐럴 오츠, 통찰력과 훌륭한 판단력으로 도움을 준 '바이킹 펭귄'의 편집자 캐스린 코트, 그리고 캐서린 텔리샤크에게 감사를 보낸다.

| 작가와의 대화 |

Q_ 작품을 위한 조사에서 참고했던 전기들 중에 샬럿 브론테의 삶에 대하여 더 많은 정보를 원하는 독자들에게 추천할 만한 책이 있나요? 브론테 자매의 작품들을 더 알고 싶어하는 독자들에게 『제인 에어』 외에 추천해줄 작품이 있다면요?

A_ 내 책에 큰 영감을 준 린덜 고든의 『Charlotte Brontë: A Passionate Life』와 엘리자베스 개스켈의 고전적인 전기인 『The Life of Charlotte Brontë』를 추천하고 싶어요. 브론테 자매들의 소설 중에서는 상당히 현대적인 『빌레트』를 좋아합니다. 샬럿 브론테가 벨기에에서 외롭게 지낸 시절을 통렬하게 묘사하고 있는 작품이죠. 어린 시절의 열정을 아름답게 그린 『폭풍의 언

덕』도 아주 좋아요. 덜 알려지긴 했지만 브론테 자매 중 막내의 작품인『애그니스 그레이』도 추천합니다. 가정교사의 인생, 사랑에 빠진 젊은 여성의 굴욕과 시련을 정밀하고도 감성적으로 그리고 있어요.

Q_ 브론테 가족의 삶을 소설로 쓰겠다고 결심한 계기는 무엇인가요? 샬럿 브론테나 다른 브론테 자매들에게 동질감을 느끼고 있나요?

A_ 프리츠 폰 하르덴베르크는 "소설은 역사의 결핍에서 나온다."라고 말했죠. 린덜 고든의 책에서 "그녀가 바운더리 가의 어두컴컴한 방에서 아버지와 함께 앉아 있었을 때 어떤 일이 있었는지는 세상에 알려지지 않았다."라는 내용을 읽고는, 샬럿이 어둠 속에서 아버지 곁에 앉아 대작을 쓰기 시작했을 때 어떤 일이 있었을까 상상하게 되더군요.

많은 여성들이 그렇겠지만 나도 브론테 자매들과 특별한 유대감을 느낍니다. 내 경우엔 아버지가 돌아가시고 나서 얼마 안 되어 이모(어머니 가족은 세 자매와 남자 형제 한 명이 있었죠)가 내 언니와 사촌언니, 그리고 내게『제인 에어』의 첫 장을 읽어주셨어요. 난 일곱 살이었는데, 제인이 붉은 방에서 외삼촌의 유령을 봤다고 생각하는 장면이 인상에 깊이 남아 오래도록 지워지지 않았죠. 그래서 내 작품도 어둑한 방에 아버지와 딸이 함께 있는 장면으로 시작했는지도 몰라요.

내게도 소설을 쓰는 딸 사샤 트로얀이 있어서 그런지 한 가족, 특히 여자 가족들에게 이런 재능과 직업이 이어지는 현상이 참 재미있어요. 나의 세 딸은 각각 작가, 화가, 역사 교수이고 난 브론테 자매들처럼 내 작품을 딸들과 함께 나누죠. 세 딸 모두 내 작품에 아주 큰 도움이 되어줬어요.

Q_ 소설을 위한 조사 작업은 얼마나 걸렸나요? 작품을 쓸 때 샬럿 브론테의 실제 삶과는 다른 방향으로 창작하고픈 욕구가 느껴진 순간은 없었나요? 그럴 땐 어느 방향을 따르셨죠?

A_ 내 소설 계획을 들은 J. M. 쿳시는 "너무 진실에 집착하지 말아요." 하더군요. 좋은 조언이라고 생각해요. 물론 아주 잘 알려진 진실은 왜곡할 수 없고, 내가 그러지 않았기를 빌어요. 하지만 아무리 유명한 사람이라도 누군가의 삶에 대해 우리가 모르는 부분은 상당히 많고, 그 부분에서 나는 상상력을 마음껏 발휘했습니다. 그리고 어떤 사실을 선택하느냐의 문제도 있죠. 난 샬럿과 유부남 교수의 인연, 그리고 아주 젊은 나이에 세상을 뜬 세 자매의 관계가 흥미로웠어요. 내가 아주 사랑한 언니가 30대에 살해당했고, 아직도 언니가 그리워요. 어쩌면 이 작

품을 쓰면서 언니에게 닿으려 했는지도 몰라요.

정확한 조사 기간을 말하긴 어렵군요. 많은 여자들처럼 나도 아주 어린 일곱 살 때부터 브론테 자매의 작품들을 읽기 시작했고, 10대에 기숙학교에서 『빌레트』를 읽고는 그 작품의 뜨거운 열정에 감동받았어요. 물론 전기들도 많이 읽었고, 브론테 가족의 편지들이 특히 도움이 많이 됐죠. 작품을 쓰는 동안 딸을 한 명 데리고 호어스에 가서 찌푸린 하늘 아래 황무지를 함께 걸었어요. 목사관과 그 낮은 잿빛 하늘을 직접 보고 이 놀라운 여인들의 삶을 이해해야 할 것 같았거든요.

Q_ 「감사의 말」에 샬럿 브론테의 전기 작가인 엘리자베스 개스켈을 언급하셨는데, 개스켈은 작품 속에도 조지 스미스의 작가들 중 한 명으로 등장합니다. 그녀의 인생에 대해, 그리고 그녀의 책이 이 소설의 집필에 어떤 영향을 미쳤는지 말씀해주시겠어요?

A_ 엘리자베스 개스켈은 물론 샬럿 브론테의 첫 전기 작가이자 친한 친구였고, 자신도 작가였어요. 그녀의 전기는 현대 독자들이 보기에는 샬럿의 덕망을 약간 지나치게 강조하는 면도 있지만(조악하다는 빅토리아 시대의 비난을 반박하고 싶었던 거죠), 그래도 아주 공감 가고 유익한 전기예요. 난 특히 샬럿의 아버지

에 대한 호의적이지만은 않은 묘사에 영향을 받은 것 같아요. 이후로 그는 훨씬 더 긍정적인 평가를 받았지만, 개스켈의 묘사 중 몇몇 부분은 근거가 확실하고 내 작품의 인물에도 잘 들어맞는다고 생각했죠.

Q_ 샬럿 브론테는 집필 활동을 통해 어떤 힘을 얻었나요? 여성 작가들에 대한 일반적인 태도는 어땠죠? 19세기에 여성이 지위나 독립을 쟁취하고 차별을 받지 않을 수 있는 다른 방법은 없었나요?

A_ 샬럿 브론테는 가정교사와 교사로서 힘들고 치욕스러운 시절을 보낸 끝에 소설을 씀으로써 명성을 얻고 인정을 받았어요. 계관시인인 로버트 사우디는 저술 활동이 남자의 영역이라 믿었고, 샬럿에게 쓴 그 유명한 편지에서도 분명히 그렇게 말했죠. 그당시 많은 여성 작가들은 성별을 숨기기 위해 필명을 쓸 수밖에 없었어요. 물론 조지 엘리엇이 그 유명한 예지요. 그 시대 여성들에게는 기회가 별로 없었어요. 앤 브론테가 상세하게 기록했듯이, 가정교사의 삶은 분명 치욕적이고 힘들었을 거예요. 지금 세상의 유모라고 해서 크게 다를 것도 없을 것 같지만요.

Q_ 샬럿이 아버지에게 『제인 에어』에 대하여 알리기 위해 방

문 밖에 서서 기다리며, 사랑과 성공에 대한 여성의 욕망이 그 작품에 표현되어 있기 때문에 긴장하는 장면이 있습니다. 한편 에밀리는 열정적이고 정직한 소설인 『폭풍의 언덕』의 작가로 알려지는 걸 두려워하죠. 영혼을 작품 속에 드러내기란 얼마나 어려운 일인가요? 작가로서 극복해야 했던 두려움이 있나요?

A_ 진실을 쓰는 건 항상 위험한 일이죠. 누군가의 심기를 불편하게 만들고 마니까요. 문학사를 돌이켜보면 코르네유 같은 초기 작가들부터 플로베르, 제임스 조이스, 오스카 와일드, 나보코프에 이르기까지 수많은 문호들은 작품 때문에 심각한 곤경에 처했어요. 그리고 매우 친밀한 사람들을 속상하게 만들 위험도 있죠. 제50회 고등학교 동창회에 참석하기 위해서 남아프리카공화국으로 돌아갈 때, 나는 『Cracks』를 발표한 후라 동창생들이 날 어떻게 맞을까 궁금하더군요. 실라 콜러라는 인물이 화자로 등장하는 작품으로, 동창생들의 재회에 대한 내용이었거든요. 나는 언니의 죽음에 대해 은근히 반복해서 썼는데, 가끔은 형부의 친척들에게 비난을 받기도 했죠. 작가는 감정을 솔직히 표현해야 한다고 생각해요. 그렇지 않으면 별 의미가 없어요. 하지만 난 그 위험을 잘 알고 있습니다. 샬럿 브론테와, 특히나 내성적이었던 에밀리도 분명 그랬을 거예요.

Q_『비커밍 제인 에어』는 작가님의 다른 작품들과 어떻게 조화를 이루나요? 작품을 통해 어떤 주제들을 탐구하고 싶으세요?

A_ 난 권력에 대해, 그리고 자신의 이익을 위해 약자들을 조종하는 권력자들에 대해 자주 썼습니다. 이 작품에서는 허약해진 건강으로 권력을 어느 정도 잃은 아버지, 샬럿이 벨기에에서 사랑에 빠지는 교수(이런 사제 관계는 내가 『Cracks』를 비롯한 여러 작품들에서 탐구한 주제죠), 샬럿이 가정교사로 일했던 가족들, 앤과 브랜웰 브론테가 일했던 소프 그린의 부부 등이 등장하죠. 샬럿의 삶에서는 교수의 아내와 조지 스미스의 어머니가 그녀를 조종하려 하고요. 나는 이런 권력자들에게 끌리면서도 자립심과 자신의 본질적 가치를 주장하려는 그녀의 노력을 묘사했어요. 이러한 주제는 『The Children of Pithiviers』와 『Crossways』 같은 작품들, 그리고 내 첫 장편소설인 『A Perfect Place』에도 반복됩니다.

Q_ 샬럿의 아버지는 '외딴 요크셔에 사는 무명 목사의 딸이 쓴 글을 누가 읽고 싶어하겠는가?'라고 생각하죠. 이런 물음에 대해 작가님은 어떻게 생각하시나요? 『제인 에어』가 세월이 흘러도 변함없이 사랑받는 이유는 뭘까요?

A_ 이 질문에 완벽하게 답할 수 있을지 모르겠군요. 『제인 에

어』의 어떤 부분은 모호하고 불분명하지만, 수많은 좋은 이야기들이 그렇듯 반전이 매력적이죠. 아무런 힘도 없는 가난한 고아, 방치된 여학생, 무시당하는 가정교사였던 주인공은 눈먼 로체스터 씨를 쟁취합니다. 물론 사랑하기 때문이지만, 남들과 동등한 인간으로서의 품위와 자신의 가치를 지키려는 제인 에어의 굳은 결심 때문이기도 하죠. "세상 누가 당신을 걱정하겠소? 당신이 무슨 짓을 하든 상처 입을 사람이 누가 있냔 말이오?" 중혼죄를 범한 로체스터 씨는 제인을 붙들기 위해 이렇게 묻고, 제인은 이렇게 답합니다. "바로 나 자신이 날 걱정해요." 이런 도덕적 승리에 독자들은 용기를 얻죠.

Q_ 이 소설을 읽는 독자들이 어떤 감정, 어떤 교훈 혹은 경험을 얻기를 바라나요?

A_ 어떤 작품에서든 마찬가지지만 내가 원하는 건 독자들을 낯설고 신비롭고 색다른 곳으로 데려가는 거예요. 사건들을 납득할 만한 하나의 이야기로 구성하는 거죠. 그리고 동시에 샬럿 브론테의 인생뿐만 아니라 내 인생 체험을 그럴듯하고 알기 쉽게 독자들과 함께 나누고 싶었어요. 시간과 공간이 멀리 떨어져 있다 해도 우리는 비슷한 감정을 느끼고, 혼자가 아니며, 누구나 슬픔과 고통, 희망과 절망의 순간을 경험하고, 공동체의 일

원으로 감정을 공유한다는 사실을 모든 독자들에게 전하고 싶었습니다. 그리고 이 용감한 여성들이 걸었던 길을 잠시나마 따라가면서 용기를 얻고, 이 책을 읽으며 삶의 활력소와 더불어 인간의 마음에 대한 더 깊은 이해를 얻기를 바랍니다.

옮긴이 | 이영아

서강대학교 영어영문학과를 졸업하고 성균관대학교 사회교육원 전문번역가양성 과정을 이수했다. 현재 전문번역가로 활동하고 있다. 옮긴 책으로 『아름다운 거짓말』 『오메가 스크롤』 『페리 이야기』 『웬디 수녀의 미국 미술관 기행』 『오페라의 유혹』 『키스의 재발견』 『웬디 수녀의 명상』 『세상을 바꾼 사진』 『세상을 바꾼 건축』 『서바이버 클럽』 『한 밤의 배회자』 『비취의 눈』 『이 회사에서 나만 제정신이야?』 『풍장』 등이 있다.

비커밍 제인 에어

1판 1쇄 인쇄 2012년 3월 13일
1판 1쇄 발행 2012년 3월 20일

지은이 실라 콜러
옮긴이 이영아

발행인 양원석
총편집인 이헌상
편집장 송명주
해외저작권 정주이
제작 문태일, 김수진
영업마케팅 김경만, 임충진, 곽희은, 주상우, 장현기,
        이수민, 김혜연, 권민혁, 송기현, 우지연

펴낸 곳 ㈜알에이치코리아
주소 서울시 금천구 가산동 345-90 한라시그마밸리 20층
편집문의 02-6443-8850 구입문의 02-6443-8838
홈페이지 www.randombooks.co.kr
등록 2004년 1월 15일 제2-3726호

ISBN 978-89-255-4595-0 (03840)